JN166837

ダークゾーン 上

貴志祐介

角川文庫
20688

DARK-ZONE 上
First volume

目次

DARK-ZONE 下
Last volume

下巻目次

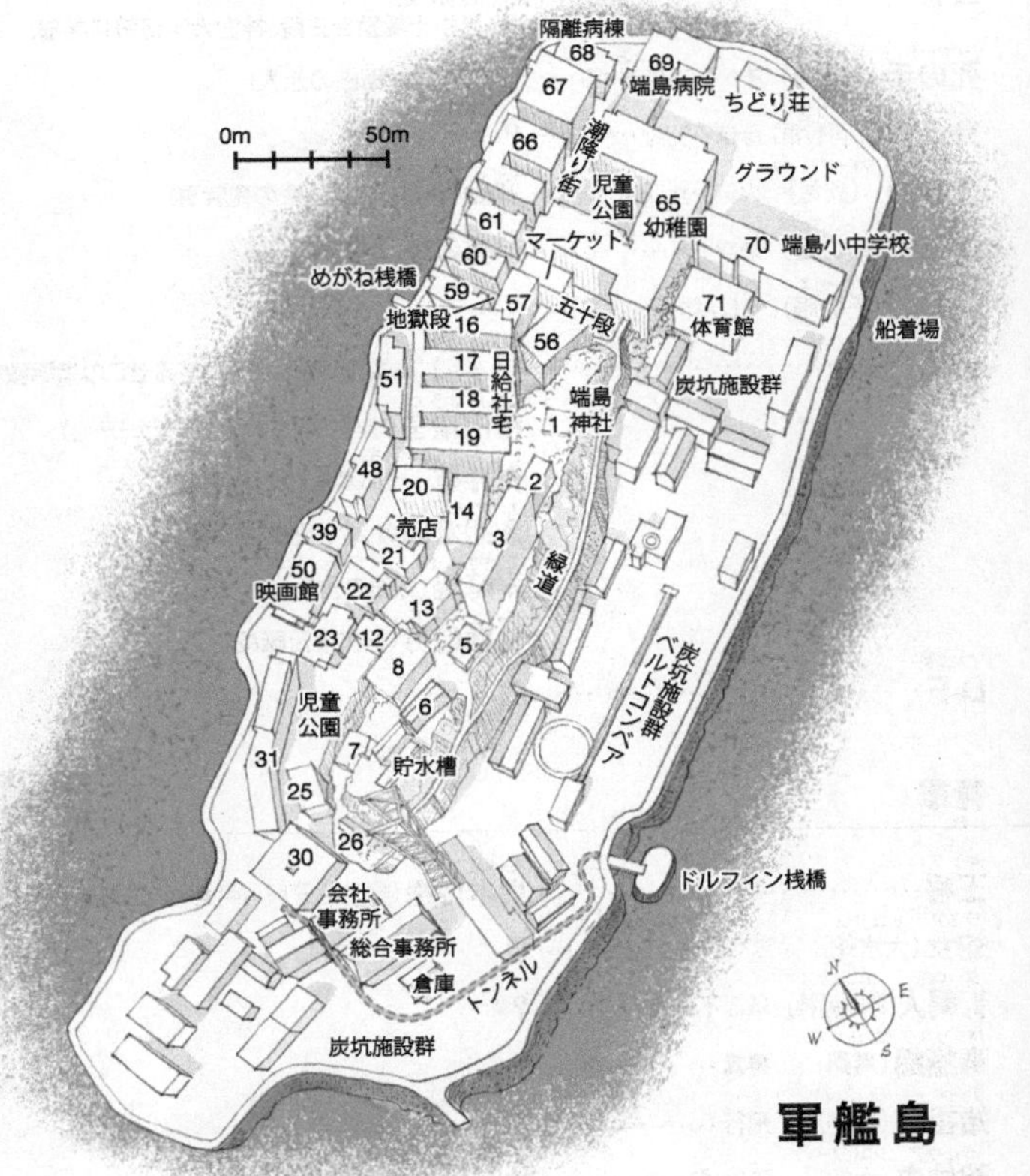
隔離病棟
68
69
端島病院
ちどり荘
67
0m
50m
66
潮降り街
児童公園
65
幼稚園
グラウンド
61
マーケット
70
端島小中学校
60
めがね桟橋
59
57
五十段
71
体育館
船着場
地獄段
16
56
17
日給社宅
18
19
51
端島神社
1
炭坑施設群
48
20
14
2
3
売店
39
21
50
映画館
22
緑道
13
23
12
5
8
炭坑施設群ベルトコンベア
児童公園
6
31
7
貯水槽
25
26
30
ドルフィン桟橋
会社事務所
総合事務所
倉庫
トンネル
N
E
W
S
炭坑施設群
軍艦島

赤軍　RED

王将《キング》……………………………塚田裕史《つかだひろし》
（将棋棋士奨励会三段、神宮大学情報科学部）

死の手《リーサル・タッチ》（黒水母《メデューサ》）すべての駒を斃《たお》せる……井口理紗《いぐちりさ》（塚田の恋人）

鬼土偶《ゴーレム》（不可殺爾《プルガサリ》）ほぼ不死身…………？

火蜥蜴《サラマンドラ》（火竜《フアイアドレイク》）火炎…………斉藤均七段《さいとうひとし》（奨励会の鬼幹事）

皮翼猿《レムール》（夜の翼《ナイトウイングス》）滑空…………河野暢宏《こうののぶひろ》（塚田の友人）

一つ眼《キュクロプス》（千の眼《アーガス》）テレパシー…………？

歩兵《ポーン》（金狼《ライカン》）……………………根本毅《ねもとたけし》（准教授、塚田が所属するゼミの指導教官）
稲田耀子《いなだようこ》（学生アイドル女優「イナヨー」）
白井航一郎《しらいこういちろう》（塚田のゼミ仲間）
多胡重國九段《たごしげくに》（塚田の師匠）
木崎豊《きざきゆたか》（塚田の友人）
竹腰則男《たけごしのりお》（将棋連盟職員）

ＤＦ《デイフエンダー》……………………………？

青軍　BLUE

王将《キング》……………………………奥本博樹《おくもとひろき》（奨励会三段、神宮大学法学部）

蛇女《ラミア》（大水蛇《ヒユドラ》）　すべての駒を斃《たお》せる……？

青銅人《ターロス》（青銅魔神《コロッサス》）ほぼ不死身…………？

毒蜥蜴《バシリスク》（毒鶏《コカトリス》）　毒霧…………？

始祖鳥《アーキー》（妖鳥《ハルピユイア》）　飛行…………？

聖幼虫《ラルヴア》（太歳《ジユピター》）　テレパシー…………？

歩兵《ポーン》（金狼《ライカン》）……………………銘苅健吾《めかるけんご》（ゲームデザイナー）ほか

ＤＦ《デイフエンダー》……………………………？

※カッコ内は、昇格《プロモーション》（成る）後の姿

第一局

暗い部屋の中に、男女とり混ぜて十八人——あるいは十八体の影が佇《たたず》んでいた。

新月の夜なのか、窓の外に見えるのは混沌《こんとん》とした無明《むみょう》の闇である。幽《かす》かな星明かりも射《さ》し込んでこないが、全員が炎のような深紅のオーラに包まれており、サイズや形状がまちまちなシルエットが、ぼんやりと浮き上がっていた。

掌《てのひら》を目の前にかざしてみた。オーラは心臓の鼓動に同調しているのか、太陽の火焔《フレア》のように脈動しながら、燃え上がっている。

俺は、いつから、ここにいるのだろう。

なぜ、ここにいるのか。

ここは、どこなんだろう。

わからない。記憶に靄《もや》がかかったように、何も思い出すことができなかった。

ただ一つの声だけが、記憶の奥底から湧き上がってくる。

戦え。戦い続けろ。

意識の中で執拗《しつよう》に反響する声に、塚田《つかだ》は混乱した。

……俺は、いったい誰なんだ。

ようやく、答えのようなものが湧き上がってきた。奇妙なことに、二種類の異《こと》なった答えが。

俺の名前は塚田裕史《ひろし》。二十歳だ。将棋のプロの予備軍である新進棋士奨励会の三段で、同時に、神宮《じんぐう》大学情報科学部の三回生でもある。

俺は、赤の王将《キング》だ。

もう一つの内なる声は圧倒的に大きく、それ以外のすべての思考をかき消してしまう。

赤の王将《キング》。赤の王将《キング》。赤の王将《キング》……。

「我々に与えられた猶予《ゆうよ》は、残り十五分というところだ」

暗い部屋の中で、唐突に別の奇妙な声が響く。ひどく弱々しく、生まれたての仔猫《こねこ》の鳴き声のように甲高《かんだか》い。その声を聞いたとき、塚田は、心の底から戦慄《せんりつ》を覚えた。

「我々は、それまでに基本的な戦略を決定しておかなければならない。いったん戦端《せんたん》が開かれてしまえば、悠長《ゆうちょう》に考えを巡《めぐ》らせている暇《いとま》などないだろう」

塚田は、部屋を透《す》かして声の主を捜してみたが、どこにいるのかよくわからない。

「今喋《しゃべ》ったのは、誰だ？」

塚田と同じ思いに駆《か》られたらしく、一人が訊《き》く。しかし、こちらも声がおかしかった。発音はくぐもっていて聞き取りにくく、声の中に笛を吹いているような音が混入している。

今度の声の主は、こちらから見て右手の奥に立っているのがわかった。しかし、そのシルエットは、人間というより、発芽したヒヤシンスの球根のようだった。

「私は、一つ眼《キュクロプス》だよ。火蜥蜴《サラマンドラ》」

暗闇の中から、最初の声が淡々と応じる。

「……火蜥蜴《サラマンドラ》？　それは、俺のことか？　あんたには、こっちが見えるのか？」

興奮したためか、ますます声が変になり、まるでピロピロ笛を吹きながら話しているような感じになる。にもかかわらず、その声の主が誰なのか、塚田にはわかった。

斉藤均《さいとうひとし》七段。B級1組のプロ棋士で、礼儀に厳《きび》しいことで奨励会員に恐れられている、奨励会の鬼幹事だった。

「私の目には、全員の姿がはっきりと映っている」

一つ眼《キュクロプス》。火蜥蜴《サラマンドラ》。それらの名前は、赤の王将《キング》と同様に、塚田の記憶の中にインプットされていた。まるで焼き付けられたような鮮明さで。

内なる声は、さらに大きく執拗になって、塚田に命じる。

戦え。戦い続けろ。

「ちょっと待って！　一つ眼《キュクロプス》……さんでいいの？　どういうこと？　悪いけど、わたし、この状況が全然理解できてないんですけど」

ここにいる全員の疑問を代弁するように、女性の声がした。

塚田は、はっとした。ここで初めて聞くまともな人間の声というだけではなかった。

それは、この世で一番大切な、涙が出そうになるくらい懐かしい声だった。

「理紗《りさ》……本当に、理紗なのか？」

塚田の声に、彼女は敏感に反応した。

「裕史？　これ何なの？　いったい、どうなってるわけ？」

「わからないんだ。俺にも、さっぱり」

井口《いぐち》理紗が、部屋の左の隅から前に進み出た。ひときわコントラストの強い、真っ赤なオーラに包まれている。ほっそりした輪郭《りんかく》は、まぎれもなく理紗だ。やがて顔が見え、塚田は胸がいっぱいになるのを感じる。

「わたし、気がついたら、ここにいたんだけど……」

理紗は、そこで絶句する。それ以上のことは、どうしても思い出せないらしい。

「俺もだ。おい、今一つ眼《キュクロプス》って言ったやつ。どこにいる？　何がどうなっているのか説明してくれ」

塚田は、暗い部屋の奥に向かって訊《たず》ねる。

「王将《キング》のご命令とあらば、説明しよう」

あいかわらずか細い、一つ眼《キュクロプス》の声。

「王将《キング》というのは、誰のことだ？」

間近から野獣の唸《うな》り声のような野太い声が発せられたために、塚田はぎょっとした。壁際《かべぎわ》に蹲《うずくま》っている巨大な影に気がついたのだ。高さは天井すれすれまであって、横幅もまた異常な大きさだった。なぜか、塚田は、正視することができずに顔をそむける。

「君のすぐ横にいる方が、赤の王将《キング》だよ。鬼土偶《ゴーレム》」

一つ眼《キュクロプス》は、平然と答える。

「時間がないので、手短《てみじか》に話そう。ただし、なぜこうなったのかは、私にはわからない。説明できるのは、現状がどうなっているかだけだ」

部屋の中は水を打ったような静寂に包まれた。一つ眼《キュクロプス》の不自然に可愛らしい声だけが響く。

「ここにいる十八体は、赤の軍勢に属する駒だ。そして、ここからほど遠くない場所に、青の軍勢が集結している。これから——おそらくは十五分以内に——両軍が激突して、戦いが始まる。戦いは、いずれか一方の王将《キング》が殺害されることにより決着する」

塚田は、息を呑《の》んだ。状況は依然《いぜん》として理解不能だったが、自分の置かれている立場が、とてつもなく危険なものであることは感じられた。

「俺たちが駒？　どういうことだよ？」

「赤と青って何？　全然意味わかんない！」

次々と怒りの声が上がったが、塚田が「待ってくれ」と言うと、再び静まりかえる。

「一つ眼《キュクロプス》。なぜ、俺たちは、その相手と戦わなきゃならないんだ？」

全員が、固唾《かたず》を呑んで、その答えを待ち受ける。

「今言ったように、私には、なぜかという質問には答えられない。とはいえ、こちらが戦意を示さなかった場合、どうなるかはわかる。青の軍勢が殺到してきて、あなた……赤の王将《キング》を殺すだろう。戦いは青軍の勝利で幕を引かれ、敵が四勝した時点ですべては終わる。むろん、味方が先に四勝することでも、同様にこのゲームを終わらせることができるのだが」

あまりにも多くの疑問がいっぺんに浮かんできたため、何から訊けばいいのか迷う。

「ちょっと待ってくれ。敵が四勝するって、どういう状態だ？　おまえは今、負ければ俺は殺されるって言ったじゃないか？　誰かが赤の王将《キング》の称号を引き継ぐのか？」

「いや、赤の王将《キング》は、あなただけだ。あなたが四度死んだら、赤の軍勢の負けとなる。だが、その前に、青の王将《キング》を四度殺すことができれば、我々の勝利だ」

「俺が……四度死ぬ？」

突拍子《とっぴょうし》もない話だったが、塚田の中では不思議と腑《ふ》に落ちる感覚があった。自分には、四つの命がある。それが、しごく当然のことのように思えたのだ。

「我々が負けたら、王将《キング》以外の駒は、どうなる？」

さきほど、鬼土偶《ゴーレム》と呼ばれた巨大な影が、低周波のような唸り声で問い詰める。

「正確な予言はできないが、負けた側は、全員が消滅させられると覚悟しておいた方がいいだろう」

一つ眼《キュクロプス》の答えに、全員が凍りついた。束《つか》の間《ま》、沈黙が場を支配する。

「……ねえ。ここは、どこなの？」

理紗の質問に、塚田は、はっとした。

「わたしたちが、どうしてここにいるのかは、どうせ説明してくれないんでしょう？　でも、ここがどこかくらいは教えてくれてもいいんじゃない？」

「我々がいるのは、無人島の上だ」

一つ眼《キュクロプス》の答えに、ざわめきが起こった。

「南北約480メートル、東西約160メートル、面積にして、約6・3ヘクタールの島だ」

ずいぶん小さな島のようだ。無人なのは当然かもしれないが、だったら、この建物は、いったい何だろう。暗い中でも、コンクリート製であることと相当な築年数が経過していることはわかった。足下は、朽《く》ちた畳や木片などで埋め尽くされている。どう見ても、相当昔に遺棄《いき》された廃墟《はいきょ》のような感じだった。

「そうかよ。で？　その島ってのは、どこらへんにあるんだ？」

そう訊ねた声は友人の河野暢宏《こうののぶひろ》のようだったが、滑舌《かつぜつ》が悪く獣じみた荒い息づかいが混じっているため、まるで動物が慣れない口を使って無理やり喋《しゃべ》っているようだった。

「その質問に答えるのは、困難だよ。皮翼猿《レムール》」

一つ眼《キュクロプス》の声は、どことなく聞き覚えがある。特定の個人というわけではなく、このか細く弱々しい感じは……。

「困難？　つうのは、おまえにはわからねえってことか？」

「この島の位置を示す言葉は、日本語には存在しないということだ」

「ああ？　何言ってんだ、てめえ？　なめてんのか？」

皮翼猿《レムール》と呼ばれた相手は、腹を立てて声を荒げた。この短気さは、まちがいなく河野だろう。

「ちょっと待ってくれ。言葉がないというのは、どういうことなんだ？　なにも正確な緯度と経度がわからなくてもいい。たとえば太平洋上とか、日本海にあるとかくらいは、言えるだろう？」

諄々《じゅんじゅん》と一つ眼《キュクロプス》を諭《さと》すような落ち着いた声が響いた。こちらは、はっきり聞き覚えがある。大学のゼミの指導教官で、社会学から知能工学まで幅広い専門分野を持つ根本毅《ねもとたけし》准教授だ。塚田は、ほっとした。根本准教授だったら、この不可解な状況を解《と》き明かしてくれるかもしれない。声をかけようと思ったとき、一つ眼《キュクロプス》が言いだしたことに耳を奪われる。

「この島があるのは、そうした海洋上ではない。それどころか地球上ですらないのだ」

「いくら何だって、それは信じがたいな」

失笑が起きた。

根本准教授は、溜《た》め息をつく。

「地球上でないとしたら、火星だとでも言うのか？」

「もしそうだったら、簡単に日本語で表現できる」

一つ眼《キュクロプス》は、淡々と答える。

「……あえて表現すれば、この島は、ダークゾーンと呼ばれる異次元空間にぽっかりと浮かんでいるのだよ」

「ダークゾーン？」

「堤防の外を覗《のぞ》いてみればわかるが、どこにも海面は見えない。島の外に存在するのは虚無《きょむ》だけなのだ。故に、この島の外に抜け出そうとする企《くわだ》ては、無意味であるばかりか自殺行為だ。島から外に出た場合、何が起きるか予言することは難しいが、おそらくは無に呑み込まれて、存在そのものが消滅するだろう」

全員が、黙り込んだ。ある者は茫然《ぼうぜん》とし、別の者はじっと考え込み、またある者は、怒りのあまり言葉が出なくなってしまったようだ。

「ねえ。この、喋ってる人って、ふつうに頭おかしいだけなんじゃないの？」

理紗とは別の女性の声が沈黙を破る。塚田は、その声にも聞き覚えがあった。しかし、これも、友人という感じではない。

「ここでこんなことしてたって、しょうがないよ。外、調べに行ったら？」

「そうだよな。ちっ。時間を無駄にした」

同調する声が、いくつか上がる。

「時間を無駄にしたというのは正しい指摘だ。すでに、青の軍勢の方は戦う準備が整いつつあるようだ。あと十分ほどで最初の交戦《ファースト・コンタクト》が発生するだろう。それまでに、こちらは戦略を決定しなければならないが、いまだに自軍の戦力についてさえ、満足に把握《はあく》していない。第一局の勝利には、すでに黄信号が点《とも》っていると警告しておこう」

「ふん。馬っ鹿じゃないの？」

さっきの女性が、吐き捨てるように言う。

「いや、ちょっと待て。……今、相手は準備ができつつあるって言ったよな？　なぜ、そんなことがわかるんだ？」

塚田は、気になって、女性を制して訊《たず》ねる。

「私には、見えるのだ。ぼんやりとだが。それが、私の持つ最大の能力の一つだ」

「見える？　透視とか、千里眼みたいなことか？」

「もう、いいかげんにしようぜ。その変な声のやつの言うことを真《ま》に受けんのは。なあ、赤の王将《キング》って呼ばれてたの、おまえ、塚田じゃないのか？」

さっき皮翼猿《レムール》と呼ばれた河野が、こちらを向いて話しかけてくる。まるで、だぶだぶのマントを着ているような、妙なシルエットだった。

「ああ、そうだ」

塚田は、目をそらしながら答える。鼓動が速くなった。なぜか、周囲にいるものは、見てはいけないような気がしたのだ。

「ねえ。外、見に行かない？」

さっきの女性と、その近くにいた二人が、自らの放つオーラを頼りに部屋を出て行こうとする。

「赤の王将《キング》に勧告する。ただちに、彼らを止めるべきだ」

一つ眼《キュクロプス》が、あいかわらず甲高く奇妙な声のままだが、今までになく強い調子で促《うなが》した。

「しかし、止めると言っても……」

塚田は、ためらった。その間に、三人の影は、部屋から出て行ってしまう。

「統制を失っては、勝利はおぼつかない。離れ駒は敵の好餌《こうじ》となって、戦力ロスを招くばかりか、その威力は、将来、直接こちらに跳《は》ね返ってくることになるだろう」

一つ眼《キュクロプス》の警告には、その場に残った全員の胸を刺す不吉《ふきつ》な響きがあった。

「それ、どういう意味なのかな？」

誰かが質問をした。若々しい声と、メリハリの付いた抑揚《よくよう》は、どうやら、大学で同じゼミにいる白井航一郎《しらいこういちろう》らしい。

「ここでの戦いには、必勝法はないが、守るべき鉄則は存在する。まず肝《きも》に銘《めい》じなければならないのは、**死者は生者の十倍強力だ**ということだ。今、ここを出て行った三名が敵の手に落ちれば、彼らは死者となった後、我々に向かって牙《きば》を剝《む》くことになる」

「死者が、十倍強力って……？　何だよ、それ。ゾンビかよ？」

白井らしき人間の声は、震えていた。

「もう少し、わかるように説明してくれよ。もし死んだ人間が……」

だが、一つ眼《キュクロプス》は、白井の言葉を途中で遮《さえぎ》る。

「もうすぐ月が出る。敵が闇討ちを意図しているなら、その前に攻撃をかけてくるかもしれないが、初戦では、戦闘は月光に導《みちび》かれる公算が大きい。いずれにしても、もう、ほとんど時間がない」

「待ってくれ。いったい今、何時ごろなんだ？　夜明けは、いつ来る？」

塚田は叫んだ。理由はわからなかったが、一つ眼《キュクロプス》という、いまだ姿も見えない相手の言葉を疑う気持ちは消え失《う》せていた。今は、どうしてこうなったのかを思い悩むより、差し迫っているらしい危険の回避を考えなくてはならないような気がする。

「夜明けは来ない」

一つ眼《キュクロプス》の言葉は、あいかわらず淡々と、かつ無情に、暗い部屋の中に響いた。

「ここには、太陽は存在しないのだ。月が出て、月が沈む。その間隔《かんかく》は正確に三時間だ。つまり、三時間ごとに、薄明《はくめい》と暗黒の状態が繰り返されることになる」

荒唐無稽《こうとうむけい》にもほどがあるだろう。あまりにも馬鹿げた話に、笑い出したくなったが、その一方で、塚田はすんなりと一つ眼《キュクロプス》の説明を受け入れている自分に気がついていた。

「……ほ、本当だった！　あいつらが、来るわ！」

息せき切って部屋に飛び込んできたのは、さっき出て行ったばかりの女性のようだ。その後ろに、もう一人が続く。

「あいつらって、何だ？……いや、それより、どこにいる？」

塚田は、厳しい声で詰問《きつもん》する。

「あっちよ！　青く輝いてた。わたしたちみたく。何人もいたわ！」

「あっちって、どっちだよ？」

「俺たちは、この建物を下りる途中で、窓から外を覗《のぞ》いてみたんだ。左手には長い塀《へい》が続いていて、その外は海かもしれない。波音は聞こえなかったが……」

外から帰ってきた男の方が、もどかしげな口調で説明する。

「とにかく、この建物の向こうにも、似たような建物がたくさんあるんだ。その下に、青く光ってるシルエットがいっぱい見えた。建物の陰に身を隠し、ゆっくり、こっちへ近づいてくるみたいだ」

「一つ眼《キュクロプス》！　どうすればいい？」

塚田は、暗がりに向かって叫んだ。

「早急に、迎撃する準備を整えるべきだろう」

「どうやって？」

「戦略を立案するのは、赤の王将《キング》である、あなたの役目だ」

「無茶なこと言うな！　俺はまだ、何が何だかわからないんだ！」

塚田は、かっとなって叫ぶ。

「ねえ、さっき外に出てったのは、三人じゃなかった？」

理紗の囁《ささや》き声が響いた。

「そうだけど」と、さっきの女性がぶっきらぼうに答える。

「もう一人は、どうしたの？」

「もう少し近づいて、あいつらの様子を見てくると言ってたな」

男の方が、理紗の質問を引き取った。

「まずいな。これで、青の軍勢は歩兵《ポーン》を一体持ち駒にすることが、ほぼ確実な情勢だ」

一つ眼《キュクロプス》が、世間話をするような口調で言った。

「持ち駒？　それじゃ、まるで」

「今……月が出る」

一つ眼《キュクロプス》の声が、塚田の言葉を遮る。

次の瞬間、幾筋もの月光によって、部屋の中が照らし出された。

建物は、ひどく荒廃しており、窓だけでなく、壁や天井の隙間《すきま》からも光が射し込んでくるのだ。

塚田は、目を瞬《しばたた》き、うっすらと明るくなった室内を見回した。

そこに佇《たたず》んでいる十六体の姿が、否応《いやおう》なく目に飛び込んでくる。

塚田は、気が遠くなるような恐怖に襲われた。

そのときになって、ようやく、自分の目には、最初からすべてが明瞭《めいりょう》に見えていたことに気づく。正気を保とうとする意識が、見たものをありのままに認識するのを拒《こば》んでいたのだ。

「……嘘」

理紗がつぶやく声がしたが、残りの全員は、驚愕《きょうがく》のあまり言葉を失っていた。異形《いぎょう》化の程度こそ、人によってまちまちだが、ほぼ全員が怪物のような姿に変貌《へんぼう》しているのだ。

すぐそばの壁際には、鬼土偶《ゴーレム》と呼ばれていた巨大な生き物がいた。

赤いオーラに包まれたシルエットだけが見えていたときも、身長は2メートルを超《こ》えているように見えたが、今月光に照らされている怪物は、天井に頭がぶつからないよう身を屈《かが》めている。身体《からだ》をいっぱいに伸ばせば、3メートル半はあるのではないか。

鬼土偶《ゴーレム》は、巨大な頭部を塚田の方に向けた。全身がオランウータンのような剛毛で覆《おお》われており、瞳《ひとみ》のない琥珀《こはく》色の眼球が爛々《らんらん》と輝いている。人の頭がすっぽり入りそうな口の端《はし》からは、黒光りする長い二本の牙が覗いていた。巨大な体軀《たいく》と比《くら》べても不釣り合いに長い両腕は三対《つい》もあり、大きな指の先に付いている太い鉤爪《かぎづめ》もまた真っ黒だった。

誰なのかはわからない。でも、その姿には、どことなく既視感《きしかん》があった。

火蜥蜴《サラマンドラ》もまた、人間離れしているという点では、負けず劣《おと》らずだった。口吻《こうふん》は漏斗《じょうご》のように細長く伸び、蜥蜴《トカゲ》というよりは蟻喰《アリクイ》いを思わせる顔つきだった。対照的に、腹部は風船のように膨《ふく》らんでいる。両目は、蛙《カエル》のように頭の上に付いていた。無数の斑紋《はんもん》が散っている全身は、ぬめぬめと濡《ぬ》れ光っている。直立していると、目線は普通の人間と同じ高さだったが、山椒魚《サンショウウオ》のような尻尾《しっぽ》の先まで含めると、体長は3メートル以上はあるだろう。太短い四肢《しし》の先には、蛙のような水掻《みずか》きがある。声で斉藤七段だとわかったものの、外見は人間らしさの名残《なごり》さえとどめていない。

皮翼猿《レムール》になった河野は、微妙に人間だったときの面影を残してはいたが、三つの点で、やはりホモサピエンスとは認め難《がた》かった。真っ黒い大きな眼球と、鼬《いたち》のように尖《とが》った口、それに上肢と下肢の間に張られたマントのような皮膜である。どうやら自分の姿の異常さには気づいていないらしく、きょろきょろと周囲を眺《なが》め回しては、驚きに目を見張り、犬のように舌を出して喘《あえ》いでいる。

「理紗！」

塚田は、恋人の姿を追い求めた。輪郭からは何も変わっていないように思われたが、彼女もまた、奇怪な形に変貌しているのだろうか。狂おしい想像が脳裏《のうり》を駆け巡る。

「……裕史」

部屋の中央に佇んでいる姿を見て、塚田は心底《しんそこ》ほっとした。理紗だ。だいじょうぶ。彼女は、以前と変わらず、人間のままだった。着ているのも、見覚えのあるTシャツとジーンズである。ところが、なぜか右手を背後に隠し、それ以上、塚田に近づこうとはしない。

「理紗。どうしたんだ？」

「裕史。わたし……」

理紗は、まわりを見回して、溜《た》め息をついた。それから、これ以上隠してもしかたがないと思ったのか、ゆっくりと右手を身体の前に出した。

一目見た瞬間、塚田は、身体が痺《しび》れるようなショックを受けた。他の部分は変わっていないのに、右手の肘《ひじ》から先が異様な器官と置き換《か》わっていた。ぬめぬめと黒光りしている手には、節足《せっそく》動物の肢《あし》のように無数の棘《とげ》が生《は》えている。肘から先だけで1メートル以上あるだろうか。

理紗が指を開くと、それが、一応、手の原形を保っていることがわかる。異常に細長い五本の指。アイアイという不気味な猿を思い出す。関節の数は倍増しているようだ。

「どうして？　わたし、どうして、こんなことになっちゃったの？」

月光に照らされた理紗の顔は、絶望に青ざめているようだった。塚田は、返答に窮《きゅう》する。そうだ。一つ眼《キュクロプス》は、どこにいるのだろう。この事態にも、もしかしたら、何らかの説明が付くのかもしれない。

「一つ眼《キュクロプス》！」

塚田が叫ぶと、部屋の一番奥から、返事が聞こえた。

「私は、ここだ」

声が聞こえた方に目をやって、唖然《あぜん》とする。そこには、襤褸《ぼろ》布にくるまれた赤ん坊が横たわっていた。甲高く弱々しい声は、赤ん坊の声帯から生み出されたため、どこかで聞いたことがあるような気がしたのだろう。

とはいえ、一つ眼《キュクロプス》もまた、通常の意味での人間とは言い難かった。その名が示す通り、本来両目があるべき場所には何もない。その代わりに、額《ひたい》の中央には菱形《ひしがた》をした巨大な目が一つ鎮座《ちんざ》しており、瞬《まばた》きもせずに、こちらを見つめている。手足は枯れ木のように萎《しな》びており、廃用身《はいようしん》のようだ。

こいつは、いったい何なんだ……。塚田は、胸が苦しくなり目をそらした。なぜか、長く一つ眼《キュクロプス》を見つめていることができない。

「このとおり、百聞《ひゃくぶん》は一見《いっけん》にしかずだろう。全員の姿を見れば、今の状況について私が語ったことが、嘘や出鱈目《でたらめ》ではなかったとわかるはずだ」

一つ眼《キュクロプス》は、赤ん坊の声で淡々と話す。塚田の非現実感は限界を超え、奇妙な無感動《アパシー》に陥《おちい》っていた。

「簡単に説明しよう。我々にとって最も大切な駒は、当然ながら、赤の王将《キング》だが、次に位置するのは、鬼土偶《ゴーレム》、火蜥蜴《サラマンドラ》、死の手《リーサル・タッチ》、皮翼猿《レムール》、それに私、一つ眼《キュクロプス》の五体で、これら役駒が、特に高い攻撃力や、重要な機能を与えられている」

死の手《リーサル・タッチ》というのは理紗のことだと、すぐにわかった。音《おん》が似ているせいかもしれない。

「残る十二体を構成するのは、六体の歩兵《ポーン》と、六体のDF《ディフエンダー》だ」

歩兵《ポーン》というのは全身を穿山甲《センザンコウ》のような鱗《うろこ》に覆われ、鎌のような鉤爪を持った連中だ。DF《ディフエンダー》とはアルマジロっぽい装甲があるともに、比較的人間に近い姿を残していたが、眉間《みけん》に長い角《つの》が生えている一団だろう。みな、うっすらと顔に見覚えがあるような気がする。

よく見ると、さっきの暗闇の中で、歩兵《ポーン》のメンバーは発言していたが、DF《ディフエンダー》はまったく喋《しゃべ》らなかった謎が解けた。DF《ディフェンダー》には口がなかったからだ。その代わり、目だけがぎょろぎょろと動いている。まるで、マスクを付けた人々のようで、六人とも、どことなく見覚えがあった。

「歩兵《ポーン》とDF《ディフェンダー》は、戦闘力に関しては、ほぼ互角だ。しかしながら、価値は歩兵《ポーン》の方がずっと高い。DF《ディフェンダー》は守り専門の駒という位置づけなので、王将《キング》以外の役駒や歩兵《ポーン》には昇格《プロモーション》の権利があるが、DF《ディフェンダー》にはないからだ」

そのとき、外から、世にも恐ろしい悲鳴が響いてきた。悲鳴は長々と続いて、唐突に途切《とぎ》れる。

「何だ、あれは？」

火蜥蜴《サラマンドラ》が、細長い口から声を絞り出す。長い管《くだ》を吹いているような響きだった。

「遊び駒だったこちらの歩兵《ポーン》が一体、敵に捕殺されたのだ」

一つ眼《キュクロプス》は、楽しげにさえ聞こえる調子で言う。

「戦端は開かれた。敵の作戦は、こちらの準備が整う前に速攻をかけることのようだ。向こうも充分な準備はできていないはずだが、とにもかくにも先手必勝ということだろう。もはやゲームのルールについて詳《くわ》しく解説しているような暇《ひま》はない。王将《キング》。あなたが、今すぐに全軍の指揮をしなければ、我々の敗北は必至だ」

「待て！　もう一つだけ。青チームは、なぜ、そんなに早く意思統一ができたんだ？　こっちだって無駄にした時間はごくわずかだ。だけど、こんなめちゃくちゃな状況で、どうしてこんなに迅速《じんそく》に動けたんだ？」

一つ眼《キュクロプス》の答えは、単純明快だった。

「意思統一は、必要ない。すべては青の王将《キング》の決断しだいだ。王将《キング》の命令に、すべての駒は従う。そう定められているのだから」

なるほど、だからだったのかと、塚田はすんなり納得した。自分が制止したときに、皆が静かになったのは。さっき三人が部屋を出て行こうとしたときも、強く命令すれば、止められたのかもしれない。

それにしても、敵の王将《キング》は、相当頭の回転が速いやつらしい。塚田は冷や汗が滲《にじ》むのを感じた。まちがいなく、この相手は手強《てごわ》い。よほど気持ちを引き締めてかからないと、やられるだろう。

「よし。全員、隊列を組め。……そうだな、歩兵《ポーン》は一番外側だ。DF《ディフェンダー》は、俺の周囲を固めるんだ。他の駒は、とりあえず、その間に入れ」

塚田が命令を下すと、全員が、黙々《もくもく》と言われたとおりに動く。理紗が、気遣《きづか》わしげな目でこちらを見たが、何も言わなかった。

何もかも、とても現実に起きていることとは思えなかったが、これから戦わなければならないのは、将棋かチェスのようなゲームらしい。どういう戦略で戦ったらいいのか見当も付かなかったが、今はとにかく戦うしかない。塚田は深呼吸した。現実が崩壊するような感覚に目眩《めまい》がし冷や汗が出てくるが、考えるのは後だ。今は、何とかして……

何としても、勝つしかないのだ。

将棋やチェスでは、孤立した歩兵《ポーン》は弱体化して、敵に狙《ねら》われる。本物の戦争でも同じかもしれない。歩兵《ポーン》とＤＦ《ディフェンダー》は、がっちりと隊列を組ませて敵に当たらせた方がいい。アメフトで言えば、歩兵《ポーン》はオフェンスラインというところか。

いや、待て。狭い建物の中に全軍を配置して、何の意味がある。まずは、もっと広い場所に散開しなくてはならない。青チームに後《おく》れは取ったが、とにかく、この建物から外に出て……。

塚田が、そう命令を下そうとしたとき、窓の外を、黒い影が横切った。

ぎょっとして見ると、再び黒い影が現れて、窓の外の張り出しに止まった。恐れげもなく、部屋の中を覗《のぞ》き込んでいる。逆光だったが、青い燐光《りんこう》を放っているために、ぼんやりと顔の造作《ぞうさく》が見える。

一言で言うなら、それは、女の顔をした鳥の化け物だった。

顔の上半分――豊かな黒髪から細い眉《まゆ》までは、おそらく、元の人間の造作を残しているのだろう。だが、顔から飛び出た巨大な両眼と、猛禽《もうきん》のような嘴《くちばし》は、この世のものと思えない禍々《まがまが》しさだった。羽根が生えた両腕には人間のような手指が残っていて、青くマニキュアされた鋭い爪が覗いている。

女……というより鳥の化け物は、部屋の中を隅々まで見渡し、こちらの姿を確認していた。半開きになった嘴からは先の尖《とが》った長い舌が覗き、まるで笑っているように見える。

「青軍の始祖鳥《アーキー》だ。偵察に来たのだろう」

一つ眼《キュクロプス》が、幼子《おさなご》の声で警告する。

「こちらの全軍の様子を見られた。このまま帰してはいけない」

まるで、その言葉を合図にしたように、女怪《にょかい》は、ぱっと飛び立った。

瞬時に、塚田は、命令を下していた。

「皮翼猿《レムール》。追え！　殺すんだ！」

河野……皮翼猿《レムール》は部屋の中を走り抜けると、ガラスのない窓から、ためらわずに外に飛び出した。

一瞬、はっとしたが、皮翼猿《レムール》は手と足の間にある皮膜を広げると、ムササビのように滑空《かっくう》する。塚田は、窓辺に駆け寄って、成り行きを見守った。皮翼猿《レムール》は、始祖鳥《アーキー》のすぐ背後に追いすがったが、間一髪《かんいっぱつ》で逃げられてしまった。皮翼猿《レムール》は、巧《たく》みに飛翼の角度を変えながらブーメランのように空中で方向転換する。別の建物の外壁に取り付いては、再びジャンプして滑空に入った。

一方、逃げる側の始祖鳥《アーキー》は、小さな羽根で不器用に羽ばたきつつ、建物から建物へ滑《かっ》翔《しょう》していく。どちらも、本物の鳥のように、自由に飛翔《ひしょう》できるわけではないらしい。

「惜《お》しいところだったが、もう捕まらないだろう。皮翼猿《レムール》を呼び戻した方がいいかもしれない」

一つ眼《キュクロプス》が、ぽつりと言う。

「どうしてだ？」

「逃げることだけが目的だったら、始祖鳥《アーキー》は、地上に舞い降りて自軍に合流すればいい。ああやって空中を逃げ回っているのには、何か魂胆《こんたん》があると思う。もしかすると、敵は、皮翼猿《レムール》を狙っているのかもしれない」

塚田は、叫んだ。

「皮翼猿《レムール》！　早く戻ってこい！……逃げろ！　逃げるんだ！」

塚田の命令に応じて、皮翼猿《レムール》は空中で方向転換し、こちらへ向けて最後の滑空に入る。

そして、それが命取りとなった。

突如《とつじょ》として地上から真っ黒な噴流が立ち上《のぼ》り、皮翼猿《レムール》の姿を完全に覆い隠してしまう。

はっとして地上を見た塚田の目は、黒い霧を吐いた生き物の姿を捉《とら》えていた。

火蜥蜴《サラマンドラ》に似ているが、全身が松毬《まつかさ》のような鱗《うろこ》に覆われている。火蜥蜴《サラマンドラ》を湿地帯に棲《す》む山椒魚《サンショウウオ》に喩《たと》えるなら、砂漠に適応した蜥蜴のような格好だった。

「あれは、青軍の毒蜥蜴《バシリスク》だ。今見たとおり、毒霧を噴射する能力がある。射程は１００メートル以上あり、開《ひら》けた場所で狙われた場合、回避するのは不可能だ」

「そんな！　河野、いや、皮翼猿《レムール》は、どうなったんだ？」

塚田は、茫然《ぼうぜん》として、一つ眼《キュクロプス》を詰問する。

「毒蜥蜴《バシリスク》の毒霧の直撃を受ければ、鬼土偶《ゴーレム》以外の駒は、すべて殺《と》られる」

「なぜだ？　なぜ、もっと早く警告しなかった？」

河野が、死んだ。とても信じられない。タフな現実主義者だったが、まさか、こんな非現実的《アンリアル》な場所で、ありえないような死に方を……。

しかも、まだ緒戦なのに、すでに歩兵《ポーン》を一体屠《ほふ》られて、大切な役駒である皮翼猿《レムール》まで失ったことになる。戦力差は回復困難なまでに拡大してしまったのではないか。

それに対して、一つ眼《キュクロプス》は、意外な答えを返してきた。

「あそこで、敵が毒蜥蜴《バシリスク》の毒霧を使うことは、予測できなかった」

「なぜ？　あれだけの威力があれば、噴《ふ》き付けられたら、誰が見たって、ひとたまりもない……」

「理由は簡単だ。敵の立場に立った場合、ここで毒霧を用いるのは、せっかくの優位を投げ棄《す》てる暴走であり、悪手《あくしゅ》だと考えられるからだ」

「悪手？　どういうことだ？」

「赤軍と青軍の駒は、それぞれに異なるが、能力的には互角だ。毒蜥蜴《バシリスク》は毒霧を噴き、火蜥蜴《サラマンドラ》は高温の火炎を吐くが、どちらも、一度噴射を行うと腹の中のタンクが空っぽになり、回復するまでに丸一時間かかる。したがって、その前に総力戦になったら、大砲が使えないために、あきらかな不利に陥るだろう」

塚田は、パニック寸前になっていたが、かすかな希望の光を感じた。

「だとすると、決戦のチャンスは、今しかないということか？」

「そのとおり」

塚田は、全軍に指令を発した。

「全員、今すぐにこの建物から下りろ！　これから敵と雌雄《しゆう》を決する。先頭は六名……いや、五名の歩兵《ポーン》だ。密集隊形を組んで、お互いを守るんだ」

塚田は、歩兵《ポーン》の中に、根本准教授や白井らも含まれていることを思い出す。しかし、今は、そんなことに頓着《とんじゃく》していられない。

「その後ろは、鬼土偶《ゴーレム》だ。それから、火蜥蜴《サラマンドラ》」

毒霧でも死なないというのだし、たぶん、鬼土偶《ゴーレム》は、フォワードに使うべき駒だろう。その後ろに切り札となる大砲を置いて、最も効果的なタイミングで発射すれば、勝てるかもしれない。

「その後に、俺が続く。ＤＦ《ディフエンダー》は全員、俺のまわりを守ってくれ」

王将《キング》が殺《と》られたら終わりなのだから、自分だけ助かりたいというエゴなどではなく、当然の戦術だ。

「わたしは？　どうすればいいの？」

理紗が、悲しげな声で訊《き》く。

どうすればいいのだろう。理紗……死の手《リーサル・タッチ》の役割は、まだわからない。

「俺のすぐ横にいてくれ」

理紗は、どんなことがあっても敵に殺させるわけにはいかない。彼女は、かけがえのない存在なのだから。

それから、一つ眼《キュクロプス》のことに気がついた。どうやら必要不可欠な存在らしいが、どう見ても、自力で移動することは不可能だろう。塚田は、すぐそばにいるDF《ディフェンダー》の一人――女性のように見えた――に命令する。

「一つ眼《キュクロプス》を抱いていてくれ」

口のきけないDF《ディフェンダー》は、黙ってうなずいた。目を見たとき、彼女が笠原《かさはら》という名前の看護師だったことを思い出したが、どこで会ったのかは見当もつかない。

「待って」

理紗が、制止する。

「わたしが」

理紗は、まるでふつうの赤ん坊に対してするように、自然な動作で一つ眼《キュクロプス》を抱き上げる。

「その人には、裕史を守る役目があるんでしょう？」

まるで言い訳のように言い添《そ》える。

十六名の元人間、あるいは十六体の駒は、無言で建物の階段を下っていった。廃墟《はいきょ》のような建物の階段は、思いのほか頑丈《がんじょう》らしい。羆《ひぐま》よりはるかに重そうな鬼土偶《ゴーレム》の体重がかかったときも、劣化したコンクリートにヒビが入り、小さな欠片《かけら》が飛んだが、何とか持ちこたえる。

「敵は、すでに失策に気づいているだろう。歩兵《ポーン》に続き、役駒の皮翼猿《レムール》を獲得したのはポイントだが、その反面、早々と毒蜥蜴《バシリスク》の毒霧を使い切ってしまったのは、より大きなマイナスであることに」

理紗に抱かれた一つ眼《キュクロプス》は、塚田の耳元で囁《ささや》いた。

「だったら、向こう……青軍は、どうすると思う？」

「考えられる戦術は二つだろう。まずは、失敗を認めて一時撤退すること。一時間だけ稼《かせ》ぐことができれば、毒蜥蜴《バシリスク》の能力は復活するから、後は、青軍の駒得《こまどく》だけが残る」

この島の様子がわからない状態で、逃げ回る相手を追いかけて捕まえるのは、かなり厄介《やっかい》かもしれないと思う。

「もう一つは？」

「敵は、すでに待ち伏せには有利なポジションを占《し》めている。我々が出て行くのを待ち、一気に攻勢に出ることで、速戦即決を目指すかもしれない。おそらくは、こちらの方が可能性が高いだろう」

「じゃあ、建物から外に出た瞬間が、一番危険ということか？」

「その通りだ」

だとすれば、鬼土偶《ゴーレム》を先頭で出した方《ほう》がいいのだろうか。

「さっき、鬼土偶《ゴーレム》は、毒蜥蜴《バシリスク》の毒霧でも殺《と》られないって言ってたよな？　ということは、鬼土偶《ゴーレム》は不死身なのか？」

塚田の質問に対して、一つ眼《キュクロプス》は、赤ん坊じみた声で答える。

「たしかに、鬼土偶《ゴーレム》と青軍の青銅人《ターロス》には、ほとんどの攻撃が無効だ。お互い同士ですら、殺すことはできないのだから。だが、それでも不死身というわけではない。両軍には、一体ずつ、鬼土偶《ゴーレム》や青銅人《ターロス》を殺せる駒《ピース》がある」

塚田は、あえて質問はしなくても、それが何なのか見当が付いた。

「我が軍の死の手《リーサル・タッチ》は、触れるだけですべての駒を殺せる。青軍の青銅人《ターロス》も例外ではない。そして、青軍の蛇女《ラミア》の毒牙《どくが》に咬《か》まれれば、鬼土偶《ゴーレム》もまた斃《たお》されるのだ」

理紗は、目の前にかざした黒い手を、じっと凝視《ぎょうし》していた。


一階に下りると、息を殺して外の様子を窺《うかが》う。建物の壊れた窓からは、何も見えない。相当数の敵が、すぐ近くに潜《ひそ》んでいるはずだったが、物音一つ聞こえなかった。

「一つ眼《キュクロプス》。敵は今、どこにいる？」

塚田の問いに、一つ眼《キュクロプス》は、すげなく答える。

「わからない」

「なぜだ？　おまえには、敵の姿が見えるんじゃないのか？」

「敵の接近を、ぼんやりと感知することはできる。しかし、正確な位置までは判別できない」

ちくしょう。肝心《かんじん》なところで、使えねえやつだ。

「本来なら、偵察や索敵《さくてき》には皮翼猿《レムール》を使うのだ。青軍が、開始早々、始祖鳥《アーキー》を飛ばせたように。だが、すでに、こちらに皮翼猿《レムール》がない以上、何か別の方策を考えなくてはならない」

そうだったのかと、塚田は、考える。敵が早々と毒蜥蜴《バシリスク》の毒霧を使ってしまったのは、失策だという話だったが、代償として、こちらの目を奪ったと考えれば、意外に損得勘《かん》定《じょう》は合っているのかもしれない。

現在、敵はこちらの位置を正確に把握しているのに、こちらは、皆目《かいもく》見当が付かない状態なのだ。この不利は、もしかしたら、大砲の有無《うむ》に匹敵するのではないか。とにかく、一ヵ所の出口からぞろぞろ出て行ったら、敵が好きなように攻撃するのを待つばかりになる。

塚田は、とりあえず全員を一階の窓の内側に潜ませた。窓の外では、空が漆黒《しっこく》から濃紺に変わり、ちょうど夜明け前くらいの明るさだった。地面は、いたるところが瓦礫《がれき》の山である。

「一つ眼《キュクロプス》。敵は、俺たちを待ち伏せするために、どう布陣すると思う?」

こんな化け物に真剣に相談を持ちかけている自分が、どうにも信じられない。

「敵としても、我々を完全に包囲するには駒数が足りないし、我々がどこから出て行くかは、予測が難しいはずだ」

赤軍がいる建物には、見たところ二ヵ所の出口があるが、窓ガラスがすべてなくなっているので、極端なことを言えば、どこからでも出ることができるだろう。

「出てくる場所を決め撃ちすることができないのだから、少し離れた場所に陣取って、こちらの動きに応じて展開できるように、駒を配置するだろう。それだけの条件では、可能性が多すぎて、とても絞り込むことはできない」

「向こうから、すぐに仕掛けてくる可能性は？」

「まずないだろう」

一つ眼《キュクロプス》の言葉に、塚田は、一瞬だが、ほっとした。

「毒蜥蜴《バシリスク》の毒霧を先に使ってしまった以上、向こうから仕掛けてきて攻め潰《つぶ》すのはまず無理だ」

「ということは、青軍は、こちらが出て行くのを待ってのカウンター狙いしかないんだな？」

少しだけ、展望が明るくなったような気がする。こちらが専守防衛に徹していれば、少なくとも、負けはないのだから。

「現状はそうだが、忘れてはならないのは、一時間たてば、毒蜥蜴《バシリスク》の能力が復活するということだ。敵は、それまでは無理はしないはずだが、一時間後には猛攻をかけてくるだろう」

つまり、そのときまでに、この状況を打開しなくてはならないのは、こちらだということか。

塚田は、目をつぶった。

いったい、どうすればいいのだろう。敵がどこにいるのかもわからないし、数的にも劣勢の状況で。

だが、このまま何もしなければ、ジリ貧の末に死が待っている。もし一つ眼《キュクロプス》の言葉が真実なら、失うのは、四つもある命のうち一つにすぎないが。

塚田は、一つ眼《キュクロプス》から、それぞれの駒の性能について詳しくレクチャーしてもらうと、将棋の対局のときのように腕組みをして考え込んだ。それらの組み合わせにより正しい戦略が導かれるはずだが、依然として次の一手がわからない。

もしかしたら、すでに、勝てない形勢になっているのではないだろうか。

そんな疑心暗鬼に陥りかけたものの、そんなはずはないと考え直した。現時点では、毒蜥蜴《バジリスク》が使えない敵方よりも、こちらの戦力の方が上回っているはずだ。事実、敵は、いっこうに仕掛けてこないではないか。

戦いになってしまえば、火蜥蜴《サラマンドラ》が使えるこちらが必ず優勢になる。だとすれば、何か、こちらから打開する手段があるに違いない。しかし、その具体的な手段がわからないのだ。

「とにかく、敵の位置を探《さぐ》らなければ、どうにもならないと思う。皮翼猿《レムール》がいなくても、偵察を行う方法は、何かあるんじゃないかな？」

塚田のそばにいた歩兵《ポーン》——根本准教授が、考え深げに言った。全身を、靴べらほどもある大きな鱗《うろこ》にびっしりと覆われており、両手の先には、指の代わりに鎌のように湾《わん》曲《きょく》した鋭い鉤爪《かぎづめ》が生えている。とはいえ、顔の一部——両目と鼻の周辺は表情がわかる程度に残されており、低く落ち着いた声音《こわね》も以前と変わらなかった。

「たしかに、そうですね」

不用意な行動から歩兵《ポーン》を一体失っているだけに、味方を分散することに臆病《おくびょう》になりすぎていたかもしれない。このまま何もせず時間を空費するよりは、たとえリスクを冒《おか》しても、動くべきだろう。

「一つ眼《キュクロプス》。さっきから、どのくらい時間がたった?」

「もうすぐ、六分になる。毒蜥蜴《バシリスク》の毒霧が復活するまで、残された時間は、五十四分だ」

一つ眼《キュクロプス》が答える。どうやら、クォーツのように正確な体内時計を持っているらしい。塚田の中では、一つ目の赤ん坊に教えを請《こ》うことに対する違和感は、しだいに薄れつつあった。

「……偵察するのなら、誰か、歩兵《ポーン》を使うしかありませんね」

万一の場合、役駒を失ったのでは打撃が大きすぎる。根本准教授は、うなずいた。

「私を含め、残っている歩兵《ポーン》は五人か。そのうち、二人ないし三人を使って、偵察に行かせるしかないだろう」

「ちょっと、待って!」

理紗――死の手《リーサル・タッチ》が、たまりかねたように叫ぶ。

「あなたたちは、なんで、平然とこんなゲームやってるの？　おかしいって思わない？　ここがどこなのか、どうしてこんなことになってしまったのかを、まず突き止めるべきじゃない？」

「今、そんな余裕はないよ」

塚田は、溜《た》め息まじりに言う。

「敵は、すでに俺たちを包囲している。このまま何もしなければ、こちらの負けだ」

「そんな、負けとか、勝ちとかって」

理紗は、胸に抱いている一つ眼《キュクロプス》を、ちらりと見た。

「さっき、この子から聞いた話を鵜呑《うの》みにしてるわけ？　あんなの、どう考えたって、めちゃくちゃじゃない！」

「たしかに、荒唐無稽《むけい》な話です。しかし、我々には、現状を説明できる合理的な仮説は、何一つないんです。とりあえずは、一つ眼《キュクロプス》の言うことが真実であると仮定して行動するしかないでしょう」

根本准教授が、諭すように言う。

「我々は、この戦いに負けた場合、本当に消滅するのかもしれない。だとすれば、今は、勝つことに全力を傾けるよりない」

「絶対、嘘よ。……そんな」

理紗は、黙り込んでしまった。

「偵察隊を送るのはいいが、問題は、連絡を取り合う方法だろうね」

根本准教授は、塚田の方に向き直って言う。

「軍略には詳しくないんだが、かりに偵察隊が首尾よく相手の陣容をチェックできたとしても、無事に帰ってくるのを待っているだけの時間はないだろうな。退路を断《た》たれて戻れなくなる可能性もあるし……。かといって、誰も携帯電話や無線機のようなものは持ってないみたいだしね」

たとえあったとしても、ダークゾーン内で携帯電話が通じるとは思えない。塚田は、皮肉に唇を歪《ゆが》めたが、ふと疑問が生まれた。

「一つ眼《キュクロプス》。敵は、こちらを包囲するためには、ある程度、駒を分散せざるをえないはずだろう？」

「その通りだ。まして、こちらだけが大砲——火蜥蜴《サラマンドラ》を温存している状況では、全軍を一カ所に集めるのは、極力避けるだろう」

「だったら、どうやって連絡を取り合っているんだ？　指令を下せなければ、いざというときに戦えないだろう？」

一つ眼《キュクロプス》は、額の中央にある巨大な目で塚田を見た。単眼というだけでも、充分すぎるくらい非人間的だが、黒目が小さな四白眼《よんぱくがん》で、全体が菱形《ひしがた》であるため、超自然の怒りを湛《たた》えた古代の神に睨《にら》まれているような畏怖《いふ》に襲われる。

「青軍の聖幼虫《ラルヴァ》や私には、テレパシーの能力がある。したがって、我々を介した場合は、離れた駒と通信することも可能だし、それぞれの駒の目を通して見ることもできる」

なぜ、それをもっと早く言わないのだろうか。塚田は怒りを覚えた。一つ眼《キュクロプス》は味方の駒のはずだが、こちらを見つめている目に冷ややかな悪意のようなものを感じるのは、気のせいだろうか。

塚田は、一つ眼《キュクロプス》に命じて、赤軍の駒と次々にテレパシーでコンタクトを取ってみた。結果は良好だった。まるで携帯電話かトランシーバーで話しているように、明瞭《めいりょう》に相手の思考内容が聞こえるのだ。ただし、DF《ディフェンダー》は例外だった。口がないために喋《しゃべ》れないのと同様、テレパシーでも、ほとんどコミュニケーションを行うことができない。伝わってくるのは、漠然《ばくぜん》とした悲しみのような感情だけだった。

塚田は、残っている五体の歩兵《ポーン》の面々を見やった。

一人目は、塚田の師匠である多胡重國九段《たごしげくに》だった。師匠とは言っても、将棋界のそれは身元保証人のようなものであり、ふつうは、それほど濃密な関係ではない。塚田も、多胡九段から直接指導を受けたことはなかった。それでも、弟子の自分が王将《キング》で師匠が歩兵《ポーン》というのは、気が引けたのだが、やむをえない。根本准教授は大学のゼミでの指導教官だったが、やはり歩兵《ポーン》である。

残る三人は、大学の友人である白井航一郎と木崎豊《きざきゆたか》、それに、稲田《いなだ》と名乗る若い女性だった。さっき勝手に外へ出て、敵の姿を見て逃げ戻った二人は、木崎豊と稲田だったようだ。

塚田は、歩兵《ポーン》のみの三名で偵察隊を組織するつもりだったが、誰を選べばいいのかと、迷っていた。

「さっき、外に出て行って敵にやられたやつは、誰だったんだろう？」

塚田は、独《ひと》りごつ。

「あれは、もしかしたら、竹腰《たけごし》さんだったんじゃないかな」

多胡九段が、答えた。

「竹腰さんですか？　連盟の職員の？」

塚田は、はっとした。竹腰則男《のりお》さん。将棋連盟の職員で、日頃からいろいろ奨励会員の相談に乗ったり、アドバイスしてくれたりする人だ。元奨励会員だが、初段のときに年齢制限で退会し、師匠の有馬《ありま》九段の口利《き》きで連盟に職を得たらしい。

「さっき、あなたは、竹腰さんを誘って出て行きましたよね？　知り合いだったんですか？」

塚田は、稲田と名乗る女性に訊《たず》ねてみた。

「知らないわよ！」

稲田は、けんもほろろの態度だった。

「何となく優しそうだったから、頼んだら、一緒に来てくれただけ」

「じゃあ、お互いに見ず知らずだったわけか……」

塚田は、腕組みをした。赤軍に選ばれた人間は、全員が知り合いというわけでもないらしい。

「まあ、向こうは、わたしのこと知ってたとは思うけど」

「どうして？」

塚田は、眉《まゆ》をひそめる。

「どうして？　わたしのファンだったかもしれないでしょう？」

「はあ？　ファンって何だよ？」

横から白井航一郎が訊ねると、稲田は、白井を睨んだ。

「あんた、わたしのこと、知らないわけ？」

「あれ？　会ったことあったっけ？」

「あるわけないでしょ！　なんで、あんたなんかが、簡単にわたしに会えるのよ？」

稲田は、苛立《いらだ》ったように叫ぶ。

そのとき、理紗が、はっとしたように言った。

「稲田さんって、もしかしたら、アイドルのイナヨー……あの、稲田耀子《ようこ》さん？」

「そうよ！　何？　今ごろ、わかったの？」

稲田耀子は、ひどく高圧的な物言いだった。

ああ、そうだったのか……。塚田も、大学の同学年に現役のアイドル女優がいたことを思い出す。小柄な身体とは不釣り合いに大きな胸と、強い目力《めぢから》に人気があるらしい。漫画雑誌のグラビアでデビューして、最近は、連ドラにも出演していた。キャンパスで見かけたのは一、二回だが、何となく親近感を覚えてCDを買ったこともある。

とはいえ、顔面の一部を除く皮膚がびっしりと鱗《うろこ》で覆われ、指の代わりに鎌のような鉤爪《かぎづめ》が生えた姿には、アイドルらしさの片鱗《へんりん》も残っていなかった。

「……何よ！」

塚田の視線を感じ取ったらしく、耀子は、こちらに物凄《ものすご》い一瞥《いちべつ》をくれる。

「わたしの姿が、怪物みたいだとでも言いたいわけ？」

「いや、そんなことはないよ」

塚田は、辟易《へきえき》して答える。図星《ずぼし》だったが、そんなことを言ったら、この部屋にいる大半の人間——駒が、そうである。

「ふん！　偉っそうに上から目線で。自分は王将《キング》だから、特別だとでも思ってるの？　あんただって、どっからどう見たって立派な化け物なんですけどー」

塚田は、ぎょっとした。身体に違和感はなかったし、見た限り、何の異変もないようだったので、自分だけは、まったく変貌《へんぼう》していないものと決め込んでいたのだ。

あわてて、顔や頭に触れてみたが、特に変わった感触はなかった。

「俺は……どうなってる？」

塚田は、理紗に訊ねる。

「他のみんなに比べたら、それほど変わってないかも……」

　理紗は、口ごもる。

「はっきり言ってくれ。前と、どこが違うんだ？」

　自分の姿を確認したくても、近くに鏡のようなものはない。

「目が」

「目？」

　塚田は、一つ眼《キュクロプス》に向かって叫ぶ。

「テレパシーで、駒の目を通した映像を見られるって言ってたな？　俺に見せてくれ！　理紗の目に、俺はいったい、どんなふうに映ってるのか……」

　まるで、モニターのスイッチを入れたように、脳裏に、別の映像が立ち上がる。

　自分の顔だ。塚田はそう思った。だが、どこかが違う。……目だ。理紗の言うとおり、目がおかしい。

　それから、頭の中の映像は、くっきりと輪郭を結んだ。

　そうか。そういうことかと思う。たしかに、以前と比べても、それほどの違いはないかもしれない。目をつぶればわからない程度のことだから。

　とはいえ、虹《にじ》色に輝く虹彩《こうさい》が、片眼に二つずつ、計四つもあるというのは、一つ眼《キュクロプス》と同様、個性的な風貌《ふうぼう》という範囲は超えている。

結局、塚田が偵察隊に任命したのは、白井航一郎、稲田耀子、木崎豊の三名だった。根本准教授は、相談相手として留《とど》まってもらいたかったし、師匠の多胡九段を使うのは、さすがに憚《はばか》られたからである。

耀子は、血相を変え（そう認められたのは、鱗に覆われていない目鼻の部分だけだが）不公平だと喚《わめ》き、か弱い女性を危険な任務につけることへの不満をぶちまけたが、やはり王将《キング》の命令には逆《さか》らうことができなかった。

「とにかく、よけいな危険は冒すな。常に三人一組で行動し、敵を発見したら、まず相手を確認しろ。心の中で一つ眼《キュクロプス》に呼びかけて、正確な位置を伝えるんだ。もし敵に見つかったら、戦いはできるだけ避けて、すぐに逃げろ」

塚田は、嚙《か》んで含めるように言う。

「はあ？　わたしたちに危ないことをやらせて、自分は安全圏から温かく見守ってるってわけ？　本当に、いいご身分よね？　王将《キング》って何様なの？」

耀子は、辛辣《しんらつ》な口調で言う。王将《キング》は王様だと思ったが、塚田は黙っていた。

「じゃあ、行ってくる……」

白井は、すっかり気落ちした様子だった。自分が、簡単に使い捨てにされる歩兵《ポーン》だと、あらためて思い知らされたらしい。

三名の歩兵《ポーン》は、身を低くし、建物から外に出た。外は月光に照らされて、夜が明ける寸前くらいの視界が利く。こうなると、三名が薄ぼんやりと身にまとった赤いオーラが邪魔だった。かなり遠くから視認することができるだろうし、物陰に身を隠していても、そのために発見されてしまう可能性がある。

「待て！」

突然、一つ眼《キュクロプス》が、鋭い声を発した。

「どうした？」

塚田は、三名に止まるように指示し、訊ねる。

「敵だ」

「どこにいるんだ？」

「わからない。だが、かなり近い位置だ。一体……二体……少なくとも四体はいるようだ」

だとすれば、敵は、まちがいなく、偵察隊の動きを注視していることだろう。

しかし、いったい、どこにいるのだろう。塚田の目は、自然に上を向いた。廃墟《はいきょ》のような建物群の窓が並んでいる。あのどこかに歩兵《ポーン》を置き、こちらを監視するというのが、最も妥当《だとう》な戦術だろう。こちらの一つ眼《キュクロプス》に相当する青軍の聖幼虫《ラルヴァ》という駒のテレパシーにより、見ているものは味方に伝えることができる。駒の目は、いわば、監視カメラの役割を果たせるのだから。

死角をなくすために、数体の歩兵《ポーン》を割《さ》いて監視に使っているのかもしれない。敵は、すでに、歩兵《ポーン》を一体駒得《こまどく》しているのだし。

「敵がいるのは織り込み済みだ。彼らには、予定通り、偵察に行かせよう」

根本准教授が、塚田の耳元で囁《ささや》く。

「そうですね。……よし、前進だ！」

塚田の指示により、三名の歩兵《ポーン》は、ゆっくりと歩みを進めた。

その瞬間だった。彼らが進もうとする前方に、空から大きな影が舞い降りたのは。

歩兵《ポーン》たちは、立ち竦《すく》む。大きな影は、地面から3メートルほどの位置で不器用にホバリングすると、水平に飛び、偵察隊に襲いかかろうとする。

「始祖鳥《アーキー》だ！　気をつけろ！」

塚田が指示するまでもなく、三名の歩兵《ポーン》たちは、いっせいに両腕の鎌のような鉤爪を振りかざして、防御姿勢を取った。

始祖鳥《アーキー》は、嘲《あざわら》笑うように、そのまま歩兵《ポーン》たちの頭上を飛びすぎる。

「あいつを撃ち落とすことはできないのか？」

塚田は、一つ眼《キュクロプス》に向かって叫ぶ。

「飛び道具は火蜥蜴《サラマンドラ》だけだ。我々にできるのは、せいぜい石を投げることくらいだろう」

どうやら、敵は、こちらに火蜥蜴《サラマンドラ》の火炎を使わせたいらしいが、かりに始祖鳥《アーキー》を撃ち落としても、勘定が合うとは思えない。駒損《こまぞん》はやや回復するが、依然として敵が占めている有利なポジションと歩兵《ポーン》一個の差は残るし、今度は相手の毒蜥蜴《バシリスク》の方が先に能力を回復することになる。その時点で総攻撃をかけられたなら、こちらはひとたまりもないだろう。

始祖鳥《アーキー》は、にたにた笑いながら、偵察隊の頭上を旋回する。こちらには攻撃のすべがないのを見越しているようだ。

「あの、始祖鳥《アーキー》という駒は、たしかに厄介だが、それほど脅威に感じる必要もないかもしれないな」

根本准教授が、ぽつりと言う。

「どういうことですか？」

「武器としては、あの嘴《くちばし》と爪だけだろう。たぶん、戦闘能力は歩兵《ポーン》を若干上回る程度のものだと思う。こちらが三体いれば、まずやられる気遣いはない」

なるほど。たしかに、背後から奇襲を受けるのでない限り、歩兵《ポーン》でも自分の身は守れそうだ。

偵察隊とは、すでに30～40メートルは離れていたので、塚田は、一つ眼《キュクロプス》を介してテレパシーで指示を与える。

「一体は、常に頭上に注意しろ。足下から瓦礫《がれき》を拾い、いつでも投げつけられるようにするんだ。残り二体で、四方を警戒しながら進め」

そのとたんだった。始祖鳥《アーキー》から少し離れた場所で、目もあやな青い光が爆発する。

「何だ、あれは？」

塚田の叫びに対して、一つ眼《キュクロプス》が答える。

「敵が、持ち駒を打ってきたのだ」

青い閃光《せんこう》の中から、もう一つの駒が飛び出し、偵察隊の頭上を脅《おびや》かす。始祖鳥《アーキー》同様に、青く輝くオーラを身にまとっている。真っ黒い大きな眼球と鼬《いたち》のように尖《とが》った口吻《こうふん》には、見覚えがあった。

「河野……皮翼猿《レムール》なのか？」

皮翼猿《レムール》は上肢と下肢の間の飛膜をぴんと張り、始祖鳥《アーキー》とともに偵察隊の上をかすめるように滑空している。

「まずいな。今すぐに、偵察隊を呼び戻した方がいい」

根本准教授が、切迫した調子で、塚田に警告する。

「二体に、上空から交互に狙われたんでは、いつまで持ちこたえられるかわからないぞ」

「おーい！　全員、撤収しろ！　戻ってくるんだ、早く！」

塚田が大声で叫ぶと、三人の歩兵《ポーン》は、こけつまろびつしながら駆け戻ってきた。

「何よ、あれ？」

耀子が、心底ぞっとしたような声で呻《うめ》く。

「冗談じゃないわよ！　あんた、わたしたちを鳥葬《ちょうそう》にする気？」

「持ち駒を打つっていうのは……要するに、相手の駒を殺せば、ああやって自分の駒として、好きな場所に出現させられるってわけか？」

塚田は、一つ眼《キュクロプス》に訊《たず》ねる。将棋を覚えたての初心者が、ルールを確認しているようだった。

「さっき説明したとおりだ。両軍の王将《キング》は、持ち駒を任意の場所に打つことができる」

ふと、疑問が生まれた。皮翼猿《レムール》の能力は、見たところ、こちらにいたときと変わっていない。

「おまえは、死者は生者の十倍強力だって言ってなかったか？」

「そのとおりだ。ただし、それは、戦術による部分が大きいのだ。任意の場所に任意のタイミングで実体化させられるという点が、最大のポイントなのだから」

なるほどと思う。その点も将棋と同じらしい。だが、ちょっと待てよ。だとすると、敵は、どうしてあのタイミングで皮翼猿《レムール》を打ってきたのか。

もっとうまくやれば——たとえば始祖鳥《アーキー》で注意を引きつけておいて、偵察隊の背後に実体化させ、奇襲をかけるようなやり方なら、こちらの歩兵《ポーン》を一体タダ取りするくらいのことはできたのではないだろうか。

これまでの動きを見ても、青の王将《キング》は頭が切れ、手強《てごわ》い相手であるのはまちがいない。それが、なぜ、せっかくの持ち駒を活用するのに、ほとんどメリットのないやり方を選んだのだろう。

はっとする。

「一つ眼《キュクロプス》。今、時間は、どうなってる？」

「二十三分が経過した。毒蜥蜴《バシリスク》の能力が復活するまで、残り三十七分だ」

やはり、そうか。敵は、約二十分が経過したところで皮翼猿《レムール》を打ってきた。すべては、残り時間を見据えてのことだろう。

「塚田ー。もう、あきらめろ」

聞き覚えのある声がした。顔を上げると、反対側の建物の壁面に、河野……皮翼猿《レムール》が逆さにへばりついているのが目に入った。まるでヤモリのように、顔だけをもたげて、こちらに向けている。

「もはや、赤軍に勝ち目はない。潔《いさぎよ》く、投了した方がいいんじゃないか？」

皮翼猿《レムール》は、嘲弄《ちょうろう》するような言葉を投げかけてくる。塚田は唇を噛《か》んだ。乗せられるな。これも、敵の作戦の一環に違いない。

「河野。おまえは元はこっちのメンバーじゃないか？　俺たちが敗北したら、たぶん、おまえも消滅するんだぞ？」

「俺は、今は、青軍の駒だ。だから、結果がどうなろうとな、おまえたちを殺さなくてはならないんだよ」

皮翼猿《レムール》には、みじんも動揺した様子はなかった。

「塚田ー。おまえには、よくわかってるだろう？　将棋のプロの卵なんだからな。一体、駒を失うということは、自軍がマイナス1、敵がプラス1で、差し引き二体の差がつくということだ。すでに俺と歩兵《ポーン》一体を失っている赤軍には、とうてい挽回《ばんかい》のチャンスはない」

「塚田君。耳を貸すな。どうも、やつは、時間稼ぎを狙ってるようだ」

根本准教授が、アドバイスする。

「わかってます。……敵は、最初から、それが目的だったんだ」

「というと？」

「青軍は、決戦する気などなかったということです。とにもかくにも、毒蜥蜴《バシリスク》の能力が回復するまで一時間は戦いを避けるというのが、一貫した方針でしょう」

「だが、それなら、どうして、すぐに撤退しないんだ？」

「それでは、戦意がないのをこちらに見透かされるし、背後から追撃を喰《く》らうからです。この島の大きさからすれば、丸一時間逃げ切るのは、苦しいと見たんでしょう」

「塚田ー。聞こえてるのか？　おまえも、理紗も、あとわずかな命だ。友だちとして、心が痛いよ。早く、出てこい。できるだけ苦しまないように終わらせてやるよ」

皮翼猿《レムール》は、あいかわらずの心理作戦を続けている。

「一つ眼《キュクロプス》。今の推論をどう思う？」

「妥当なものだ。一見皮翼猿《レムール》を無駄打ちしたように見えたのも、実はそれが目的だったのだろう。青の王将《キング》は、戦術派というより、戦略家タイプのようだ」

塚田は、既視感《デジャ・ヴ》のような感覚に襲われていた。この相手……青の王将《キング》とは、以前にも相まみえたことがある。速攻から一転して睨《にら》み倒し。こちらの暴発を待って仕留《しと》めるという激辛ぶり。……そうだ。まちがいなく、これは将棋で対局したことのある相手だ。

「二十五分が、経過した。残りは三十五分だ」

一つ眼《キュクロプス》が、ただの時報を告げるように、淡々と言う。

「とはいえ、実質的な残り時間は、もっと短いと考えるべきかもしれない」

「なぜだ?」

「今の推論に基《もと》づけば、残り時間がわずかになった段階で、青軍はなりふり構わず撤退を開始すると考えられるからだ。一時間では難しいが、たとえば二十分程度であれば、充分逃げ切れると見ても、おかしくない」

ちくしょう。塚田は、ほぞを噬《か》む思いだった。こちらの持つ唯一の優位は、流砂の上に建てられた楼閣のように、時間とともに急速に崩れ去っていく。

今すぐに戦端を開かないと、手遅れになる。だが、敵の位置、特に青の王将《キング》の所在がわからない状態では、闇雲《やみくも》に突撃するわけにはいかない。

どうすればいい。どうすれば、敵の位置を知ることができるのだろう。

塚田の耳には、残り時間を刻んでいる、対局時計の秒針の音が聞こえるようだった。

「このままでは、まずい」

根本准教授が、腕組みから飛び出している巨大な鉤爪《かぎづめ》を、苛々《いらいら》と動かしながら言う。

「時間がたてばたつほど、敵が有利になる。こちらは、とにかく行動を起こすしかないんだろうし、やるんなら早い方がいい」

「わかってますよ！　しかし、闇雲に突撃したって、勝ち目はないでしょう？」

塚田も、もはや苛立《いらだ》ちを隠せなくなっていた。

「敵の居場所もわからないんじゃ、動きようがない。こちらの切り札は、火蜥蜴《サラマンドラ》が使えることだけなんですから。目標がなきゃ、どんな大砲も無用の長物だし……」

この戦いで火蜥蜴《サラマンドラ》を使えるのは、まず一回だけだろう。その後、一時間休ませられるほど悠長な展開になるとは、まず考えられないからだ。

つまり、火蜥蜴《サラマンドラ》を使うときは、一気に勝負を決めてしまわなくてはならないのだ。

だが、贅沢《ぜいたく》は言っていられない。敵玉《てきぎょく》を仕留められれば、もちろん、それに越したことはないが、敵にある程度の打撃を与え、かつ、こちらの駒損を解消できるチャンスがあれば、切り札を切るのをためらうべきではないだろう。

「……裕史」

理紗が、すぐ後ろにやって来た。

「わたし、何だか、思い出してきたみたい……ここがどこなのか」

「え？」

塚田は、彼女の方に向き直る。理紗は、まっすぐに塚田の目を見つめてから、すっと顔を伏せた。

「覚えてないの？　ここ、端島《はしま》じゃない。こんな場所、ほかにないもの」

その名前に触発され、いくつかの情景が意識に現れようとした。しかし、その映像はぐにゃりと歪《ゆが》み、闇の中に溶け去ってしまう。

まるで、この島に関する記憶は、絶対に思い出してはいけない禁忌《きんき》であるかのように。

「そうか……そうだった。俺も、たしかに、ここへ来たことがある」

長崎《ながさき》市の沖合にある、遺棄された海底炭鉱の島——端島。コンクリートの護岸に囲まれて、建物が密集した独特の外観から、軍艦島《ぐんかんじま》という通称で知られている。

だが、何のために、こんな島へ来たのかは、思い出せない。

まして、なぜ、ここで戦わされているのかは、見当もつかなかった。

「でも、ここは本物の端島じゃないって気がするの」

理紗は、あいかわらず、顔を伏せたまま言う。

「本物じゃなきゃ、何なんだ？」

「それは、わからないよ。……でも、もしかしたら、この子が言ってたことは、かなりのところまで本当なのかもしれない」

理紗は、暗い目で、胸に抱いている一つ眼《キュクロプス》を見やった。

「ここって、やっぱり、悪魔が作った異次元空間としか思えない」

「誰が作ったのかは、俺には、わからないけど……」

「ねえ、こんなのって、やっぱり馬鹿げてるよ」

理紗が、我慢しきれなくなったように訴える。

「相手が誰なのかも、戦う理由も全然わからないのに、どうして戦うことに疑問を持たないの？」

「それは、勝ってから考えよう」

「わたしたちを戦わせたがってるのは、絶対、悪魔よ！　とにかく、相手と話し合ってみるべきじゃない？」

「よく思い出してみろよ。こちらが、まだわけもわからないうちに、いきなり攻め寄せてきたのは、向こうなんだぞ？」

「それは……向こうの人たちもきっと、悪魔に唆《そそのか》されて、パニックになってるだけだと思うんだけど」

理紗は、悲しげにつぶやく。

だが、待てよと思う。相手と話し合うというのは、あながち悪くないアイデアかもしれない。今のままでは、あまりにも情報が少なすぎる。相手の王将《キング》を引っ張り出せれば、もうけものだが、そうでなくても、何かがつかめるかもしれない。現在の八方塞《ふさ》がりの状態を考えれば、試してみて悪いことはないだろう。

塚田は、廃屋《はいおく》の窓から外を見た。

青いオーラをまとった敵の始祖鳥《アーキー》と、元は赤軍の駒だが今は寝返っている皮翼猿《レムール》が、あいかわらず、こちらを監視するように建物の壁面に止まっていた。

いる。

「河野！　聞こえるか？」

塚田が、大声で呼びかけると、皮翼猿《レムール》が反応した。

「どうした？　とうとう諦《あきら》めて、投了する気になったのか？」

「そうじゃない。話し合いたいんだ」

「何でも話せ。聞いてやるぞ」

「そっちの王将《キング》と、直接、話したい」

皮翼猿《レムール》は、黒い大きな眼球を輝かせ、嘲《あざけ》るように歯を剝《む》き出した。

「塚田ー。おまえは、やっぱり、どうしようもないド天然だな」

「どういうことだ？」

「今さら、話し合って、どうするんだ？　この勝負を、引き分けにでもするつもりか？」

「それも、一つの選択肢だろう。少なくとも、何のために戦うのかがわからないまま、殺し合いなどしたくないんだ」

皮翼猿《レムール》から20〜30メートル離れた窓に止まっていた始祖鳥《アーキー》が、けたたましい笑い声を上げた。

「おほほほほほ……！　赤の王将《キング》！　あんまり、わたしたちを馬鹿にしてるんじゃないわよ！」

「馬鹿になんか、してないよ」

周囲の薄闇には、かなり目が慣れてきている。塚田は、始祖鳥《アーキー》にも何となく見覚えがあるような気がしてきた。人間の面影をとどめている顔の上半分だけではなく、全体の雰囲気だ。少なくとも一度は、どこかで出会ったことがある人物ではないだろうか。

「あんたの魂胆はわかってんのよ。青の王将《キング》をおびき出したら、いきなり火蜥蜴《サラマンドラ》の炎を浴びせて、一気に勝負をつけようっていう腹なんでしょう？　おあいにくさまだけどね。わたしたちの王将《キング》は、そんなチンケな手に引っかかるほど、お馬鹿さんじゃないのよ」

始祖鳥《アーキー》は、再び、怪鳥《けちょう》そのものの声で高笑いする。

「河野。おまえは、信じてくれるだろう？」

「そうだな。まあ、もう少し話してみろよ。俺が納得できるようなら、考えないでもない」

皮翼猿《レムール》の口先からは、へらへらと動く青い舌が覗《のぞ》いていた。

向こうが会話に応じているのは、こうやって時間を潰《つぶ》すことが戦略に適《かな》うからだろう。こちらは、何でもいいから情報が欲しい。とはいえ、何を聞き出したらいいのか、皆目見当がつかないのだが。

「おまえ、ずいぶん、流暢《りゅうちょう》に喋《しゃべ》るようになったよな」

話のきっかけにとりあえず言ってみただけだが、正直な感想でもあった。上の部屋で気がついたときには、河野……皮翼猿《レムール》は、ずいぶん喋りにくそうにしていた。獣の口と声帯を使うのに苦労しているような感じだったのだ。

「あ？　まあ、そうかもな。だんだん、慣れてきたんだよ。目覚めたばかりのときには、いろいろと発音しにくい音があったからな。この野獣の身体は、俺の奥ゆかしい内面とはミスマッチもいいとこでさ。舌は長すぎっし、口もでかすぎんのよ」

「そうか。……だけど、そのまん丸な目は、かなりよく見えるんじゃないのか？」

「だめだめ。俺の能力に関することはNGだ。俺がまだ赤軍にいる間に訊《き》いておくべきだったな」

皮翼猿《レムール》は、一転して、警戒した様子になる。

「わかった。じゃあ、おまえの正直な感想を聞かせてくれ。この勝負は、どっちが勝つと思う？」

皮翼猿《レムール》は、こちらの意図を訝《いぶか》るように、しばらく舌を動かしていた。

「青軍に決まってんだろう」

「なんで、そう思うんだ？」

「それは……おまえ」

皮翼猿《レムール》は、蝙蝠《こうもり》のように逆さにぶら下がって、こちらを見た。

「駒の性能では、両軍は互角なんだから、違うと言ったら、もう指《さ》し手の技倆《ぎりよう》しかないだろうが？」

「俺より、青の王将《キング》の方が、優秀なプレイヤーだっていうのか？」

「まあ、序盤のセンス一つ取ってみても、おまえとは段違いだな」

皮翼猿《レムール》は、急に会話に興味を失ったかのように、壁面にしがみつく元の姿勢に戻った。

「たしかに先手は取られたが、俺は終盤型だ。多少不利になっても、離されずに付いていき、最後に逆転する。これまでも、ずっとそうやって勝ってきた」

塚田は、むきになって反論する。

「ははは、言ってろ。……まあ、たしかに、青の王将《キング》も、こいつは将棋だって言ってたけどな」

「ん？　おまえは、さっき持ち駒として打たれたばかりだよな？　いったいいつ、青の王将《キング》の言葉を聞いたんだ？」

「俺たちは、聖幼虫《ラルヴァ》を介して、常にテレパシーで話し合ってるからな」

「あんまり、余計なこと言わないで！」

始祖鳥《アーキー》が、ヒステリックな声で警告する。

「わかってるって。俺はなあ、ちゃんと考えて喋ってんだよ、糞婆《くそばば》あ。いちいち口出しすんな！」

皮翼猿《レムール》は、うんざりした声で応酬《おうしゅう》する。今は同じ陣営に属していても、依然、相性はよくないようだ。

「そうか。青の王将《キング》もこのゲームが将棋だと思ってるのか。それでなお、奨励会三段の、この俺に勝てると言ってるんだな？」

塚田は、皮翼猿《レムール》に向かって、あえて挑戦的な口調をぶつける。

「そのとおりだ。青の王将《キング》は、自信たっぷりだぞ。相手がおまえなら、弱点は知り尽くしてるから、まず楽勝だってな」

「その自信は、いったい、どこから来るんだ？　青の王将《キング》っていうのは誰だ？」

「……さあな。それをぺらぺらと喋るほど、俺は馬鹿じゃない」

皮翼猿《レムール》は、突然、空中に飛び出すと、滑空して、どこかに姿を消した。

「ほほほほほほほほ……！　おまえたちは、みんな死ぬの！　もうすぐよ」

始祖鳥《アーキー》も、皮翼猿《レムール》の動きに呼応するように、強く羽ばたくと、建物の陰に消えて行った。

塚田は、今の会話について考えていた。

収穫はあった。あんな短時間の、お互いの腹を探りながらの会話の中では、まず上出来と言ってもいいだろう。

だが、それを、どう利用すればいいかとなると、難しい……。

「一つ眼《キュクロプス》。時間は？」

「三十三分、経過した。毒蜥蜴《バジリスク》の能力が回復するまで、残り二十七分だ」

一つ眼《キュクロプス》は、まったく感情のこもらない赤ん坊の声で告げる。

「ねえ！　このままじゃ超ヤバいんじゃないの？　あんたって一応は、赤の王将《キング》なんでしょう？　早く何とかしてよ！」

一体の歩兵《ポーン》……アイドルの稲田耀子が、食ってかかってきた。

「今、考え中だ」

「そんなこと言って、何もしないで、ぐだぐだ考えてるだけじゃないの！　いったい、いつまで……」

「うるさい。黙れ」

塚田は、反射的につぶやいただけだったが、耀子は、ぴたりと口をつぐんだ。

それまでは、ぼそぼそという雑談の声が聞こえていたが、全員が静かになる。

やはり、全員が、王将《キング》の命令には絶対服従のようだ。全責任がのしかかる独裁者になるのは、まっぴらだったが。

「今の河野君との会話なんだけど」

根本准教授が、考え込みながら、話しかけてくる。

「何か、狙いがあったんだろう？」

「はい。とにかく、敵の情報が欲しかったんですが、いろいろとわかったことがあります」

「というと？」

「まず、青の王将《キング》は、俺のよく知ってるやつです」

「なぜ、わかる？」

「俺に対しては自信を持ってるとか、弱点は知り尽くしてるとか、とっさに出る嘘とは思えません。青の王将《キング》というのはまちがいなく、将棋で、俺と対局したことがある人間です」

「だとすると、向こうも奨励会員か、プロだってことか？」

「そうだと思います」

「誰か、心当たりがあるの？」

一つの名前が心に浮かんだ。根拠はなかったが、塚田は、それが青の王将《キング》の名前だと確信していた。

「……奥本博樹《おくもとひろき》。うちの法学部の学生で、俺と同じ奨励会の三段です」

闇の中から一つの情景が現れる。渋谷《しぶや》区千駄《せんだ》ヶ谷《がや》にある将棋会館の四階だった。ときならぬ寒波の襲来にもかかわらず、各対局室には異様な熱気が充満していた。半年間かけて十八局戦われる三段リーグも今日が最後の一斉対局日で、その二局目を迎えていた。今期は三十四人が参戦しているが、そのうち四段になれるのは、たった二人である。特別対局室で行われる塚田の最終局の対戦相手は、宿命のライバル奥本三段だった。どちらも絶対に負けられない、意地と意地とがぶつかり合う一局だった。

盤を挟《はさ》んでいる奥本の表情は、険《けわ》しかった。度の強い眼鏡の奥では、鋭い目が光っている。左右に張った鼻翼《びよく》と突き出た顎《あご》が、絶対に負けてなるものかという闘志を示していた。

奥本は、こちらの歩《ふ》を取ると、空《あ》いたマス目に角《かく》をぱちんと打ち付け、せわしない手つきでチェスクロックのボタンを叩《たた》いた。チェスクロックには二つのボタンが並んでいて、指してから自分の側のボタンを押すと、相手の残り時間を示す時計が進み始める。

局面は緊迫していた。いきなり速攻をかけてきたのは奥本の方だったが、塚田は臆《おく》せず真正面から受け止めると、最強の順で反撃に出た。お互いに一歩も譲らず、足を止めての打撃戦が続く。

絶対に負けたくない。この一番だけは、何としても絶対に勝つ。塚田は、そう決意していた。

これまでの経験から、乱戦になるほど自分に分《ぶ》があると確信していた。それならば、攻めて攻めて、攻め抜くしかない。今さら、迷いはなかった。

塚田の指し手は、苛烈《かれつ》をきわめていた。俺には、ここまで厳しい将棋が指せたのかと、自分でも意外に思うくらいだった。奥本は、あいかわらずのポーカーフェイスだったが、いつも以上に顔色が蒼白《あおじろ》く見えた。局面は、こちらに利がある。このまま攻め続ければ、必ず攻め落とせる。

そのとき、奥本が、苦しげに呻《うめ》いた。

ふだんだったら、盤面に没入しているときには、雑音はいっさい耳に入らない。だが、その声は、なぜか塚田の意識の狭間《はざま》に侵入してきた。

奥本は、また何ごとかつぶやく。こいつは今、何と言ったんだ。塚田は、はっとして顔を上げる。

「俺の方が、悪い。この一局は……」

奥本の声音は掠《かす》れていた。

「俺の詰みだ」

奥本は、なぜ対局中にあんなことを言ったのだろうか。

記憶を辿《たど》りながら、塚田はふと疑問に思った。終局後の感想戦ならともかく、戦っている最中に形勢が悪いのを認め、自玉《じぎょく》に詰みがあると口走るなど、正気の沙汰《さた》とは思えない。ひょっとすると、死んだふりをして、こちらの攻め急ぎを誘発しようとしたのかもしれないが。

塚田は、駒音高く飛車《ひしゃ》を叩き切ると、一気の寄せを目指した。しかし、塚田と奥本の死闘は、ほどなく終局を迎えるどころか、三段リーグでも稀《まれ》に見る白熱した寄せ合いになった。

ぎりぎりの一手争いになった終盤戦で、ともに持ち時間を使い果たして、一手一分の秒読みに入った。すでに対局を終えていた奨励会員が、ストップウオッチを片手に秒を読んでいる。

互いに大駒を打ち合っては取り合う、秘術を尽くした応酬が続く。しかし、それも、ついに決着が付くときが来た。

勝った。塚田は、そう確信した。敵は角を成《な》る一手だろう。そのときに、飛車打ちで詰めろ逃れの詰めろだ。この絶妙手《ぜつみょうしゅ》で一手余している。

奥本は、将棋盤に叩き付けるように角を成り返った。読み筋通りだ。間髪《かんはつ》を容《い》れず、塚田は渾身《こんしん》の飛車打ちを放つ。二人の手が盤上を交錯《こうさく》し、澄んだ駒音の中に、わずかに異音が混じった。

塚田は、はっとした。

奥本が成ったばかりの角——竜馬《りゅうめ》が、縦に割れている。

将棋の駒は、空気が乾燥していて、力を入れすぎたとき、ごく稀にだが、割れることがある。

大きな亀裂《きれつ》の入った大駒は、この将棋の結末を暗示しているかのようだった。

奥本は、震える指で竜馬を摘《つま》み上げようとしたが、割れている駒は真っ二つになり、指の間を滑り落ちてしまった。それは、見守っている者全員の胸を押し潰《つぶ》すような痛ましい光景だった。

奥本は、しばらくは放心したように割れた駒を見つめていた。すでに、大勢は決している。

秒読みは容赦《ようしゃ》なく進み、五十秒まで秒を読まれたとき、ようやく諦《あきら》めたようだった。

「ありません」と言って、奥本は駒台に手を置き、頭を下げた。

「青の王将《キング》って、奥本くんなの？……信じられない」

理紗が、かすかに首を振る。たしか、理紗も、奥本とは親しかったはずだ。

「そういえば、うちの大学には、奨励会三段が、もう一人いたんだったな。青の王将《キング》が奥本なら、どんな戦術で来るか見当がつくの？」

塚田の話を聞いて考え込んでいた根本准教授が、質問した。

「ええ。あいつの棋風《きふう》なら、こっちも知り尽くしてます。序盤からけっこう動きが機敏なんですが、いったん作戦勝ちを収めて優勢になると、豹変《ひょうへん》するんです」

「どういうふうに？」

「一気に攻勢をかけると見せながら、動かない。睨《にら》み倒しで、相手を焦《あせ》らせて無理攻めを誘うんです。もともと受けには自信があるらしく、丁寧《ていねい》に面倒を見て受け潰す展開が一番好きみたいですね」

「なるほど。……今回の青軍の動きを見ていても、まさに、そんな感じだな」

根本准教授は、納得顔になった。

「しかし、だったら、どうする？　奥本には、何か弱点というか、付け入る隙みたいなものはないのかな？」

「難しいですね。とにかく、負かしにくい相手なんですよ。……まあ、優勢になったときに、慎重になりすぎて、しばしば震えが入ったのは感じましたけど」

「震えか……」

根本准教授は、溜《た》め息をついた。

「こういう状況だと、勝ち急いで、暴発してくれるタイプの方がありがたいんだがな。じっと待たれてたんでは、手の打ちようがない」

たしかにその通りだと、塚田は思った。このまま時間が経過したら万事休すなのだが、いまだ解決策は見つかっていない。さっきの河野……皮翼猿《レムール》との会話で得られた情報も、決定打にはなりそうもないし。

待てよ、と思う。

「一つ眼《キュクロプス》。持ち駒について、教えてくれ。敵に殺された駒は、どうなるんだ？」

塚田は、振り返って、叫んだ。

「いったん、意識が途絶《とだ》える。その意味では、普通に死ぬのと何ら変わらない」

「その後は？」

「駒台に載《の》ることになる」

「駒台？　それは、どこにあるんだ？」

「どこにあると表現することは困難だが、ダークゾーンの中でも、さらに暗い場所だ。そこにいる間、意識は、ある種の変容状態にある。夢を見ないで眠っているというのが、一番近いだろう」

「どこかに打たれて実体化すると、どうなるんだ？」

「元通りの意識を取り戻すことになる。ただし、再生した後は、新しいサイドへの絶対的な忠誠心に支配され、王将《キング》の命令には逆らえない」

「元通りの意識か。記憶は、どうなんだ？　反対側にいたときのことは覚えてるのか？」

「すべて記憶しているはずだ」

一つ眼《キュクロプス》は、菱形《ひしがた》の目を光らせて、うなずいた。

塚田は、もう一度、皮翼猿《レムール》との会話を反芻《はんすう》してみた。

「おまえ、ずいぶん、流暢《りゅうちょう》に喋《しゃべ》るようになったよな」

「あ？　まあ、そうかもな。だんだん、慣れてきたんだよ。目覚めたばかりのときには、いろいろと発音しにくい音があったからな……」

やはり、そうだ。河野は、赤軍の一員だったときのことを明確に覚えている。

もしかしたら、このことが突破口になるのではないか。

「根本先生。今すぐに、打って出ましょう」

塚田は、決然と告げる。

「だが、相手の配置もわからないのに、どうやって敵玉を目指すんだ？」

根本准教授は、不安《ふあん》げに訊《たず》ねた。

「とりあえずは、小競《こぜ》り合いでいいんです。その際、致命的な打撃さえ受けなければ、多少の駒損はかまいません」

「何か、思いついたんだな？」

「ええ。小競り合いと言いましたが、たぶん、その直後に、本当の決戦になるでしょう」

「勝算はあるのか？」

「わかりません。しかし、こっちはもう、これに賭《か》けるしかないんです」


赤軍の十六体は、密集隊形を維持して、建物から外へ出た。

地面は瓦礫《がれき》の山だった。建物から剝離《はくり》したコンクリートと、大量の木材の破片が、いたるところに堆《うずたか》く積み重なっている。ただし、人が通る場所には自然に道ができるものらしく、歩けないということはない。

恐れげもなく行進するこちらの部隊に、敵は、手出しをしてこなかった。

いったんは姿を消した始祖鳥《アーキー》と皮翼猿《レムール》が、再び現れ、威嚇《いかく》するように飛び回っていた。こちら側の火蜥蜴《サラマンドラ》に向かって、いつでも炎を吐けと挑発しているかのようだった。とはいえ、よく見ていると、二体が同時に火線に入ることはない。火蜥蜴《サラマンドラ》が、炎の一噴きで二体を撃ち落とせば、一時的にせよ、赤軍が駒得になる。そういう事態だけは避けたいのだろう。

敵は、こちらが進軍すれば、すぐに襲いかかってくるかのような強気の印象を与えていたが、今はブラフを捨てて、じっと息を潜めているようだ。毒蜥蜴《バシリスク》が再び毒霧を吐けるようになるまで、残り二十分ほどになっていたが、すぐに撤退を始めれば、かえって見つかる危険がある。今しばらくは、隠れん坊を続けることが、最善の策と考えているのかもしれない。

「敵は、この付近の建物の、どこかにいるはずだ」

塚田は、周囲を見回しながら言った。

「相手が出てこないのなら、こちらから行くしかない。手分けして捜索しよう」

「ちょ、ちょっと待って……！　それは、さすがに危険すぎるんじゃないかな？」

歩兵《ポーン》の白井航一郎が、あわてたように言う。

「敵は、待ち伏せをしてるんだろう？　こっちがバラバラになったら、たぶん、すぐに襲ってくるよ！」

「覚悟の上だ」

塚田は、冷然と告げる。

「このまま戦わなければ、確実に負ける。敵が攻撃を仕掛けてきて、こちらに損害が出たとしても、すぐに反撃して損失を取り戻せばいい」

「無茶苦茶言ってんじゃないわよ！　わたしたちは消耗品じゃないっつうの！　今度も、どうせ、自分一人だけ安全なとこから見物してるつもりなんでしょう？」

耀子が、またもや嚙《か》みついてくる。

「いいか。死ぬことを恐れるな」

塚田は、全員に対して言い渡す。逆らうことを許さない、王将《キング》の命令だった。

「死んでも、相手の駒となって甦《よみがえ》るだけなんだ。河野……皮翼猿《レムール》を見ただろう？」

全員、沈黙した。青いオーラに包まれていた姿は、こちらの側から見ればゾンビそのものであり、みな、あんなふうにはなりたくないと思っているのだろう。

「それに、これは、先に四勝しなければ終わらない戦い、つまり七番勝負だ。だったら、この一局で死んでも、第二局ではリセットされて、また復活できるはずだ」

「あのねえ。そんな馬鹿な話、信じられるわけないでしょう？　あんた、頭がおかしいんじゃ」

耀子は、なおも食い下がろうとしたが、塚田は、黙っててくれと言い渡した。

「……質問がある」

歩兵《ポーン》である木崎豊が、手を挙《あ》げた。

「おまえ、王将《キング》は、いいかもしれねえよ。サイドが変わることはないんだからな。だけど、俺たちが敵の駒になってるときに赤軍が勝利したら、俺たちは負け組ということになんじゃねえのか？」

「一つ眼《キュクロプス》。説明してやってくれ」

必ずしも確信が持てなかったので、塚田は話を振《ふ》った。

「王将《キング》の言うとおりだ。君たちは、この一局で殺られても、次の局では初期状態に戻って復活する。また、元々赤軍だった駒は、最後まで赤軍と一蓮托生《いちれんたくしょう》だ。途中で青軍の駒になっても、いっさい関係ない」

一つ眼《キュクロプス》は、顔さえ見ていなければ可愛らしいとも思える声で、歯切れよく答える。

「わかったか？　だから、俺たちは、あくまでも赤軍の勝利を目指すんだ。俺が殺《と》られたら、それで終わりなんだ。だから、俺は、できるだけ最前線に出ないようにするしかない」

塚田は、気をよくして発言を引き取った。

「一つ眼《キュクロプス》が言ったように、この七番勝負に勝利さえすれば、赤軍に属している俺たちは、全員、生き延びられるんだから」

「いや、ちょっと待ってほしい」

ここで異議を唱《とな》えたのは、意外にも根本准教授だった。

「私の記憶では、一つ眼《キュクロプス》は、最初の説明では、そうは言ってなかったはずだ。たしか、こうだった。赤の王将《キング》が四度死んだら、赤の軍勢の負けとなる。その前に、青の王将《キング》を四度殺すことができれば、我々の勝利だ。そして、負けた側は、おそらくは全員が消滅させられるだろうと……。勝った場合にどうなるかは、何の言及もなかったんだが」

この言葉には、全員がぎょっとしたようだった。

「じゃあ、勝っても、全然意味ねえっていうか、やっぱり、消滅させられるかもしれねえのか？」

木崎が、ぞっとしたようにつぶやく。

「一つ眼《キュクロプス》。その点は、どうなんだ？」

塚田が詰問すると、一つ眼《キュクロプス》は、小首《こくび》をかしげるようにした。目が一つしかない赤ん坊には、あまり似合わない仕草《しぐさ》だった。

「その点は、不明だ」

「不明？　ふざけるな！　一番、大事なことだろう？」

「それについては、私の知識には含まれていない。負けた側が消滅するというのは半《なか》ば推測だが、おそらく、まちがいはないと思われる。だが、勝った側がどうなるかは予測がつかない。負けた側と同じ扱いということは、あまりありそうにないが、絶対にないとは言えない」

「……やっぱり！　わたしたちみんな、悪魔に騙《だま》されて、無意味に戦わされてるだけなんだわ」

理紗が、ぞっとしたように、つぶやいた。

「いいか、みんな、よく聞いてくれ！」

塚田は、声を励《はげ》ます。

「どっちにしろ、俺たちが生き残るためには、勝つよりないんだ！　保証を求めても、そんなものはどこにもない。少なくとも、勝てば生き残れる可能性はある。だったら、勝利を目指す以外に、選択肢はないだろう？」

耀子が、何か言いたそうにしきりに首を振っていたが、先ほど塚田が下した黙っててくれという命令のために、言葉を発することができないでいるようだ。

これ以上、説得に費《つい》やしている時間はない。塚田は命令を下し、全員が黙々とそれに従った。

十六体の駒は、三つの部隊に分かれた。

王将《キング》である塚田と、一つ眼《キュクロプス》、火蜥蜴《サラマンドラ》、死の手《リーサル・タッチ》、それに二体のDF《ディフェンダー》。この六体が本隊であり、後詰《ごづ》めになる。

前衛の二番隊は、鬼土偶《ゴーレム》と、一体の歩兵《ポーン》、二体のDF《ディフェンダー》から成っている。

同じく前衛の三番隊は、四体の歩兵《ポーン》と、二体のDF《ディフェンダー》という構成だった。

駒損をしているため、こうして三つの隊に分けてみると、かなり手薄な感じは否《いな》めないが、しかたがない。

「よし、行け！」

塚田の号令で、前衛の二隊は、別々の建物に突入した。

自分が青の王将《キング》なら自軍を配置しそうだと思った二棟だが、それほどの根拠はない。ほとんど丁半博打《ちょうはんばくち》のようなものだろう。

後詰めの本隊は、二番隊のすぐ後から進入する。こちらの部隊には鬼土偶《ゴーレム》がいるので、そう簡単にやられないだろうという読みである。一方、歩兵《ポーン》とDF《ディフェンダー》から成る三番隊は、孤立して殲滅《せんめつ》される可能性もあったが、あえて目をつぶるしかなかった。

薄暗い廃墟《はいきょ》の建物の階段を駆け上がる。自分の息づかいが、耳の中で反響した。敵の姿は見えない。すぐ後ろから、理紗がぴったりと付いてくる。意外にすばしっこかったのは、奨励会幹事の斉藤七段——火蜥蜴《サラマンドラ》だった。メタボの大山椒魚《オオサンショウウオ》のような体形なのに、すばやく身をくねらせて塚田らを追い抜き、階段を上がっていく。

「どうだ？　いたか？」

塚田は、右側の建物に突入した前衛の部隊に向かって叫ぶが、返答はなかった。

「鬼土偶《ゴーレム》と、テレパシーでつなごう」

理紗に抱かれた一つ眼《キュクロプス》が背後で告げると、次の瞬間、塚田の脳裏に別の映像が映し出された。肉眼で見ているのとよく似た建物の中だが、視点は、天井すれすれの位置から見下ろしているようだ。

これは、今、鬼土偶《ゴーレム》が見ている光景だ。

「どこかに、敵はいるか？」

塚田は、心の中で呼びかけてみる。やり方を教えられたわけでもないのに、最初から、ごく自然にテレパシーを使うことができた。

「いない。……どこにも見えない」

鬼土偶《ゴーレム》は、普通の人間とはまったく周波数が違う、奇怪な声で答えた。

「徹底的に探してくれ。隠れているかもしれない。……一つ眼《キュクロプス》。根本准教授とつないでくれ」

頭の中の映像は、別の視点に切り替わった。

やはり、薄暗い廃屋の中だが、微妙に造りが違うので、別の建物であることがわかる。

「根本先生。そこに、敵はいますか？」

「いや……。今のところ、何も見えないな。ここには、いないのかもしれない」

「引き続き、捜索をお願いします」

外《はず》れか。塚田は唇を噛《か》んだ。どちらの建物にも敵はいなかったようだ。立ち止まって、窓から地上を眺める。動くものは見あたらない。ただちに下りて、別の建物を捜索すべきだろうか。

「一つ眼《キュクロプス》。この建物に、敵の気配は感じられないのか？」

「わからない。どちらとも言えない」

煮え切らない返事に、塚田は、苛立《いらだ》った。

「何も場所を特定しろとは言ってない。敵が近くにいれば、ぼんやりと感知できるって、言ってたじゃないか？」

「その通りだ」

一つ眼《キュクロプス》の幼《いとけな》い声が、笑みを含んでいるように響く。こいつは、理紗が言ったとおり、悪魔の手先なんじゃないのか。塚田の中で疑惑が交差する。

「だが、感知できる反応の強さは、条件によって微妙に異なるのだ。敵が活発に活動している場合は強い反応があるが、息を潜めていれば、ごく微弱にしか感じられない」

まったく、使えないやつだ。塚田は落胆したが、続いて一つ眼《キュクロプス》が発した言葉に、思わず息を呑《の》んだ。

「現在、きわめて微弱にだが、敵の反応が感じられる。外を飛び回っている二体以外に、十体前後の青軍の駒が、至近距離にいるようだ」

「至近距離？　どのくらいの近さなんだ？」

「20メートルから、50メートルの間だ」

「ということは、隣の建物か？」

塚田は、薄暗い廊下の両側を透かし見た。立っているのは廊下の中央あたりだから、20メートルとしても、この建物からは飛び出してしまう。

「そうとは言いきれない」

一つ眼《キュクロプス》は、菱形《ひしがた》の目をこちらに向けた。

「気配では水平の距離と垂直の距離を区別できない。上階にいるとすれば、同じ建物の中だとしてもおかしくない」

塚田は、階段のところへ行って、上の階を見上げた。鬼土偶《ゴーレム》らが捜索をしているはずだが、まだ敵の発見には至っていないようだ。

再び一つ眼《キュクロプス》に命じて、根本准教授の視界を借りる。こちらも、まだ敵とは遭遇していないようだ。

指示を出そうとしたとき、上階から、激しい足音が聞こえてきた。

ただちに、視点を鬼土偶《ゴーレム》に切り替える。視界は上下に激しく動揺し、荒い息づかいが聞こえてくる。廊下を疾駆《しっく》しているようだが、まわりの狭さに、巨体をもてあましているようだ。

「鬼土偶《ゴーレム》！　見つけたのか？」

「隠れてた。敵の歩兵《ポーン》だ。上に逃げた。こっちの歩兵《ポーン》と、DF《ディフェンダー》が追ってる」

「一つ眼《キュクロプス》！　視界を変えてくれ。追いかけてる歩兵《ポーン》だ！」

くるくると、頭の中で、いくつかの視界が交錯する。

「これだ！」

一つの視界に、ピントが合う。追っているのは白井航一郎らしい。平素の臆病《おくびょう》なまでの慎重さとは打って変わって、獲物を追う猟犬のように猛然とダッシュしている。

塚田も、必死で階段を駆け上がったが、白井の視界に集中するあまり足を踏み外しそうになって、背後から来た理紗に支えられる始末だった。

「だいじょうぶ？」

「ああ。ごめん」

塚田が体勢を立て直したときには、白井は、獲物を追って開けた場所に出ていた。屋上のようだ。薄明の中で、逃げている敵が、はっきりと映った。ブルーのオーラに包まれて、全身を鱗《うろこ》に覆われた後ろ姿が。青軍の歩兵《ポーン》だ。

「そいつを殺せ！」

塚田は、テレパシーと肉声の両方で、叫んでいた。

白井が、タックルするように飛びかかっていく。背後からは、味方のDF《ディフェンダー》もバックアップしているはずだ。もはや殺《と》ったも同然と思った瞬間、上から黒い影が差した。

激しい音と悲鳴。何が起きたかわからないうちに、視界は暗転した。

「一つ眼《キュクロプス》！　どうなったんだ？」

視界が切り替わる。白井の後ろを走っていたDF《ディフェンダー》の見た光景に、塚田は、愕然《がくぜん》とした。

白井は床に倒れ伏しており、背中に傲然《ごうぜん》と足を載せているのは、始祖鳥《アーキー》だ。嘴《くちばし》が血で真っ赤に染まっている。こちらを威嚇しながら、白井の首筋を鋭い鉤爪《かぎづめ》で引き裂いて、とどめを刺した。

白井は、断末魔の痙攣《けいれん》を見せていたが、真っ赤なオーラが爆発するように輝いたかと思うと、まるで異次元の穴に呑み込まれたように、忽然《こつぜん》と姿がかき消えてしまった。

始祖鳥《アーキー》は、目的は達したとばかり悠然と飛び立つ。追いかけてきたDF《ディフェンダー》は、ただ茫《ぼう》然《ぜん》と見送るしかなかった。

その向こうでは、今は敵である皮翼猿《レムール》が、せっかくこちらが追い詰めた青軍の歩兵《ポーン》を救出していた。歩兵《ポーン》を背中に乗せて、かなり重そうな様子ながら何とか滑空して、屋上からの脱出に成功する。

「戻れ！　もういい！」

塚田は、屋上に集まりつつあった味方の駒に命令した。もう捕まらない。まんまとしてやられた。敵は、監視役だった歩兵《ポーン》を囮《おとり》にすることで、またもや駒得を果たした。歩兵《ポーン》の数だけ取ってみれば、これで8対4である。もはや、致命的な大差といっていいだろう。

「王将《キング》。三番隊が危ないようだ」

頭の中で、一つ眼《キュクロプス》の声が響き、唐突に映像が切り替わった。

別の建物に侵入した、四体の歩兵《ポーン》と二体のＤＦ《ディフェンダー》から成る部隊は、敵から待ち伏せを受けていた。敵の歩兵《ポーン》は三体、ＤＦ《ディフェンダー》は二体だったが、じっと遠巻きにして、こちらの退路を断っている。

袋のネズミとなった三番隊に対して、単騎向かってきたのは、巨大な怪物だった。

身長は鬼土偶《ゴーレム》より高く、４メートル以上あるかもしれない。その分、横幅はスリムで、ぬめぬめと藍《あい》色に光る甲冑《かっちゅう》のような鱗で覆われている。頭部には二本の細長い触角が生え、千手観音《せんじゅかんのん》のような無数の手が蠢《うごめ》いていた。大きな口の端からは鎌のように湾曲した牙《きば》が覗《のぞ》き、残忍そうな双眸《そうぼう》はサーチライトのように強い輝きを発している。

青銅人《ターロス》だ。何の説明も受けなくても、塚田は確信していた。

鬼土偶《ゴーレム》と同じく、ほぼ不死身に近い化け物である。こいつを殺せるのは、赤軍では、理紗――死の手《リーサル・タッチ》だけだ。

「そいつと戦うんじゃない！」

塚田は、テレパシーで叫んだ。

「後ろへ戻れ！　ＤＦ《ディフェンダー》も相手にするな！　敵の歩兵《ポーン》を殺すんだ！　相討ちでもいい！」

四体の歩兵《ポーン》は、きびすを返して退路を断っている敵の歩兵《ポーン》に向かって突進していった。背後から迫ってくる青銅人《タロス》には、二体のＤＦ《ディフェンダー》が勇敢に立ち向かう。しかし、たちまち無数の腕に捕らえられ、首を引き抜かれてしまう。血飛沫《しぶき》が上がり、二体のＤＦ《ディフェンダー》は、赤いオーラを爆発させて消滅した。

塚田の視点となっている歩兵《ポーン》――根本准教授は、前へ向き直った。両腕の先端にある鎌のような爪を振りかざし、敵の包囲網へ突っ込んでいく。

赤軍の四体の歩兵《ポーン》に対して、青軍の歩兵《ポーン》三体とＤＦ《ディフェンダー》二体が迎え撃つ。

敵はまず、価値は低いが戦闘力は歩兵《ポーン》と互角であるＤＦ《ディフェンダー》を、前面に押し立ててきた。先に突っ込んでいった味方の歩兵《ポーン》が、敵ＤＦ《ディフェンダー》の角に串刺し《くしざ》にされたが、二本の爪をふるって、相手の首筋を掻《か》き切る。

赤いオーラと青のオーラが、相前後して爆発した。両者は、その場からかき消える。

これで、初めて、こちらの駒台に駒が載ったことになる。しかし、ＤＦ《ディフェンダー》では、ダメなのだ。

次いで、もう一体の歩兵《ポーン》も、敵ＤＦ《ディフェンダー》と相討ちになる。これで、持ち駒はＤＦ《ディフェンダー》二個となった。

さっきまでは人間らしい感情を持っていたはずの駒が、敵と遭遇したとたん、完璧《かんぺき》な戦闘機械に変貌《へんぼう》して命を惜しまずに戦う。凄惨《せいさん》な光景を目《ま》の当たりにしながら、塚田は、驚きに打たれていた。

残りは、二体。だが、一体は、敵の歩兵《ポーン》二体に挟み撃ちにされて、身動きを封じられてしまった。背後から両腕を押さえられ、正面にいる敵兵の爪で腹を抉《えぐ》られる。

再び、赤い閃光《せんこう》爆発。

これで、終わりなのか。塚田は、絶望の中で考える。無理やりに戦端を開いた代償は、予想以上に大きかった。こちらは、すでに、歩兵《ポーン》五体とＤＦ《ディフェンダー》二体を失っているのに、代わりに獲得できたものは、二体のＤＦ《ディフェンダー》だけなのだ。

差し引き、歩兵《ポーン》五体の丸損。しかも、口がきけないだけでなく、テレパシーでも満足に自分の思考内容を伝えられないＤＦ《ディフェンダー》では、出血覚悟の戦いも酬《むく》われない。

こちらに残された最後の歩兵《ポーン》——根本准教授は、正面に一体だけ残された敵の歩兵《ポーン》めがけて襲いかかっていく。塚田の感覚は完全に根本准教授と一体化しており、背後から巨大な存在が迫ってくる風圧まで、まざまざと感じることができた。

「殺せ！」

塚田は、声を嗄《か》らして絶叫する。

根本准教授は、正面に立った敵歩兵《ポーン》の両肩に二本の鉤爪を打ち込んだ。ほぼ同時に、敵の鉤爪は、こちらの脇腹に食い込む。

さらに、背後から伸びてきた青銅人《タ－ロス》の腕が根本准教授をつかむと、鋭い牙が首を両断してしまった。

だが、絶命する間際《まぎわ》に、根本准教授の鉤爪は、クロスするように相手歩兵《ポーン》の首筋を切り裂いていた。

根本准教授の視界が、唐突に暗転する。

これで、三番隊は全滅した。塚田は、しばらくの間、震えが止まらなかった。だが、最後の最後に根本准教授が一体を仕留めたのではないかという、希望が湧いてくる。あの傷では、敵の歩兵《ポーン》も助からないだろう。

「駒台を見せてくれ！」

塚田は、一つ眼《キュクロプス》に向かって叫んだ。

「私の助けは必要ない。あなたには、見えるはずだ」

一つ眼《キュクロプス》は、静かに託宣《たくせん》する。

「見えるって……どうやって？」

塚田は、絶句した。

見えた。別の次元、別の世界が、ゆらゆらと揺らぎながら、このダークゾーンと重なり合うようにして存在している。

暗い場所で。三つの駒が、さなぎのような仮死状態で、目を閉じていた。二体のDF《ディフェンダー》。そして、一体の歩兵《ポーン》が。

「……駒を打つには、どうするんだ？」

「実体化させたい場所を意識して、ただ、そう念じればいい」

「ちょっと待って！ 裕史。それじゃ、意味ないんじゃないの？」

理紗が、ぎょっとしたように叫んだ。塚田が、血迷ったと思ったらしい。ずっと戦うことには反対していたが、徐々に状況を受け入れつつあるのかもしれない。

「お、俺も、そう思う。持ち駒は、好きなところに打てるから、価値があるんだろう？ 今ここに、すぐ打ってしまったら、ただの歩兵《ポーン》になるだけじゃないか？」

斉藤七段――火蜥蜴《サラマンドラ》も、笛のような音の混じるたどたどしい発音で、懸命に制止しようとした。

「いいんです。今すぐ実体化させなきゃ、勝機はない」

塚田は、目の前に意識を集中した。歩兵《ポーン》。ここだ。実体化しろ。今すぐに……。

目も眩《くら》むような赤い光の爆発。目の前に、歩兵《ポーン》が現れた。

「おい。おまえは誰だ？」

歩兵《ポーン》は、妙に鋭く細い目をした男だった。挙動不審にきょろきょろあたりを見回すと、塚田の目を見ないで、間延びした声で答える。

「銘苅《めかる》……銘苅健吾《けんご》」

知ってるだろうと言わんばかりの口ぶりだった。たしかに、こいつには会ったことがある。それも、一度や二度ではない……。

塚田は懸命に記憶を探ったが、どういう関わり合いがあった人間なのか、どうしても思い出せない。

「うちの学生だっけ？」

「いやー。ゲームデザイナーだけど？」

銘苅は、胡乱《うろん》な目で塚田を見ていた。

理由はわからないが、こいつは、この状況を説明する鍵《かぎ》を握っているという気がした。詳しく話を聞けば、何かヒントが得られるかもしれない。だが、今は、それどころではなかった。

「よし、銘苅健吾。思い出せ。……青の王将《キング》は、どこに隠れてるんだ？」

生き残った赤軍は、王将《キング》、一つ眼《キュクロプス》、鬼土偶《ゴーレム》、火蜥蜴《サラマンドラ》、死の手《リーサル・タッチ》、歩兵《ポーン》の銘苅健吾、それから二体の持ち駒を含む、六体のＤＦ《ディフエンダー》だけだった。合計で十二体だが、一つ眼《キュクロプス》は戦力にはなりそうもないから、初期状態からは半減に近い惨状である。

しかし、これは、駒の数を競うゲームではないはずだ。

途中経過は、まったく関係ない。要は、一手でも早く敵玉《てきぎょく》を斃《たお》せばいいのだ。

十二体は、縦一列になって、すばやく建物から出た。まっしぐらに、敵玉を目指す。

青の王将《キング》が奥本なら、すでに完封勝利を手にした気でいるだろう。もし、こちらの意図にまだ気づいていなければ、あえて隠れ場所を移そうとはしないはずだ。主力部隊を前面に配置して、自分自身は背後の目立たない建物に隠れているというのは、いかにも穴熊が得意な奥本らしい気がする。

「あと、何分だ？」

塚田は、一つ眼《キュクロプス》に訊《たず》ねる。

「ちょうど四分後に、毒蜥蜴《バシリスク》は、毒霧を噴く能力を取り戻す」

それだけあれば、充分だ。三分以内に、片付けてやる。

さっきから、頭上を皮翼猿《レムール》と始祖鳥《アーキー》が舞っていた。青の王将《キング》は、彼らの視界を通じて、こちらの動きを見ているはずだ。赤軍が、迷わずに自分の潜む建物めがけて殺到してくるのを見て、ようやく気がついただろうか。

案の定、背後であわただしい動きがあった。青銅人《タロス》を含む主力を呼び戻しているのだろう。しかし、もう遅い。

もし、一時は圧倒的な優位に立った青軍が、この勝負に敗れるようなことがあるなら、駒の獲《と》り合いが単なる戦力の交換ではなく、記憶——情報の流出でもあることに気づかなかったことが敗因になるはずだ。

正面に目指す建物が見えた。入り口の前に青い光が立て続けに閃《ひらめ》く。持ち駒を打って防衛線を作り、青銅人《タロス》が追いついてくる時間を稼ごうとしているらしい。だが、それは悪手だった。

敵が打ってきた三体の歩兵《ポーン》（白井と竹腰、それに多胡九段だった）と二体のＤＦ《ディフェンダー》は、ほとんど赤軍を足止めする役には立たなかった。赤軍の先頭に立つ鬼土偶《ゴーレム》が、鬼神のように荒れ狂い、三対の腕で薙《な》ぎ倒してしまったからだ。この過程でかなり駒損を回復できたのは、棚ぼただった。

さすがに、持ち駒を無駄に費消《ひしょう》する愚《ぐ》を悟《さと》ったのだろう。青の王将《キング》は、残りの持ち駒である三体の歩兵《ポーン》は駒台に温存したまま、逃走にかかったようだった。

「見て、あれ！」

理紗が、上空を指さす。皮翼猿《レムール》と始祖鳥《アーキー》が、青の王将《キング》の救出のために建物の屋上へと舞い降りたところだった。

「くそ。逃がしてたまるか！」

建物の中に突入し、階段を駆け上がる。ふつうなら、これだけ激しい運動を連続して行ったら、息が切れるはずだが、すぐに回復する。やはり、人間の身体ではなくなっているのだ。

最初は、鬼土偶《ゴーレム》が先頭だったが、鈍重で機動力には欠けるため、塚田と理紗、それに、火蜥蜴《サラマンドラ》が、階段の途中で追い越してしまう。

敵玉を追い詰めるのに夢中になるあまり、守りの意識がおろそかになっていたようだ。塚田が、階段の踊り場をすぎたとたん、前後に青い閃光《せんこう》が現れる。

はっとして立ち止まったときには、二体の歩兵《ポーン》によって、挟み撃ちにされていた。

前から来るのは、青のオーラをまとった木崎豊だった。両手の鎌状の爪を振りかざし、抱きつくように襲いかかってくる。

塚田は、無我夢中で拳《こぶし》を固めて、木崎を殴りつけた。

驚いたことに、木崎は吹っ飛んで階段に叩《たた》きつけられると、そのまま動かなくなってしまった。王将《キング》自体に、歩兵《ポーン》を上回る戦闘力があることが、初めてわかった。木崎は、出現したときと同じような青い閃光を放って、消滅する。

だが、その間に、背後の歩兵《ポーン》が間近に迫っていた。鉤爪《かぎづめ》が塚田の左腕に突き刺さる。

振り向くと、稲田耀子がいた。

「死ね……」

耀子は、口元に薄ら笑いを浮かべて、もう一方の鉤爪を一閃《いっせん》した。

てっきり喉元《のどもと》を裂かれて死ぬかと思った瞬間、耀子は、表情を失い、ばったりと倒れる。

耀子の後ろに立っていたのは、理紗だった。

あの真っ黒な右手で背中に軽く触れただけらしいが、耀子は絶命していた。全身から青白い光を放ち、あっさり消えてしまう。

「さあ、早く!」

理紗は、叫ぶ。塚田は、再び階段を駆け上がった。

前方に、ひときわ明るいブルーの炎を揺らめかす、青の王将《キング》らしき姿が見えた。二体の歩兵《ポーン》を打つことで塚田の頓死《とんし》を狙ったが、不発に終わり、あわてて逃げ去ろうとしているのだ。

今や、こちらの持ち駒には、五体の歩兵《ポーン》と四体のDF《ディフェンダー》がある。塚田は、青の王将《キング》の前に歩兵《ポーン》を実体化させようとしたが、間に合わなかった。

屋上への出口だ。青の王将《キング》は一瞬だけ後ろを振り返る。顔の上半分は見えなかったが、鼻と口、それに細面《ほそおもて》の輪郭は、まちがいなく奥本博樹の顔だった。

追いすがろうとしたとき、敵のDF《ディフェンダー》四体が現れ、塚田の行く手を阻《はば》もうとする。こちらも四体のDF《ディフェンダー》を打ち、敵と一対一で相殺《そうさい》させ、間を擦《す》り抜ける。

だが、わずかな時間のロスが、青の王将《キング》に、死地を脱する余裕を与えてしまった。青の王将《キング》は、屋上から空に飛び出すと、みるみるうちに遠ざかっていく。両脇を皮翼猿《レムール》と始祖鳥《アーキー》に抱《かか》えられながら。

ここで逃がしたら、再び、不利に陥ることは、あきらかだ。相当数の歩兵《ポーン》を殺《と》り返してはいるが、役駒である皮翼猿《レムール》を失ったままだし、あと数十秒で、毒蜥蜴《バシリスク》は能力を回復する。

「火蜥蜴《サラマンドラ》！」

塚田が呼ぶと、斉藤七段が、奇怪な大山椒魚《オオサンショウウオ》のような姿でぺたぺたと駆け寄ってきた。

「あいつを、撃ち落とすんだ！」

火蜥蜴《サラマンドラ》は、腰を落とすと、膨らんだ腹部を地面に付けて、頭を高くもたげた。細長いノズルのような口吻《こうふん》で、小さくなっていく敵の姿に照準を合わせる。

次の瞬間、火蜥蜴《サラマンドラ》の口吻から発した眩《まばゆ》い炎の柱が、巨大な竜のようにうねりながら、水平に走っていった。

その先端が、もう少しで建物の陰に入ろうとしていた敵をひと呑《の》みにする。炎の中に、三つの青い光の球が、一瞬だけ浮かび上がり、そして消えた。

勝った……。塚田は、茫然《ぼうぜん》として、その光景を見守った。

青の王将《キング》――奥本は、死んだ。清浄な炎によって焼き尽くされたのだ。

第一局は、こちらの逆転勝ちだ。

後ろを振り向いて、理紗や火蜥蜴《サラマンドラ》らと勝利を喜び合おうとする。

そして、自分自身が、地獄の業火《ごうか》を思わせる、真っ赤な光に包まれていることに気がついた。

なぜだ。おかしいじゃないか。勝ったのに。塚田は、叫んだ。

俺たちは、勝利したんだ。

一つ眼《キュクロプス》。どうなってるんだ。

理紗。理紗……。

意識は、そのままゆっくりと、赤い光の中に溶け去っていく。

断章1

勝ちだ……。これで、はっきり、こちらの勝ち筋になったはずだ。
塚田裕史三段は、内心の興奮を押し殺して、将棋盤の反対側に座っている対局相手の
顔をちらりと見た。
外へ出たことがないんじゃないかと思うくらい色白で、締まりのない真っ赤な唇を歪《ゆが》
め、度の強い眼鏡の奥で睫毛《まつげ》の長い目を瞬《しばた》いている。箕作進也《みつくりしんや》三段だ。まだニキビが目
立つ中学生ながら、今期の三段リーグでは圧倒的な本命と目《もく》されており、ここまで八戦
全勝だった。奨励会三段リーグでは、半年間かけて十八回戦を戦い、上位二名が晴れて
新四段、すなわちプロになれる。箕作三段がこのままリーグを抜ければ、史上五人目の
中学生棋士誕生とあって、メディアの注目も徐々に高まっているようだった。
だが、三段リーグ二期目の中学生に、そう簡単に名を成さしめるわけにはいかない。
周囲の期待を裏切って申し訳ないが、ここは一発入れさせてもらう。
対戦相手が決まってからは、塚田は今日の一局に照準を合わせていた。最初のうちは
先輩奨励会員の意地という意味合いが強かったが、ここへ来て、自分自身が三段リーグ

を抜けるために、喉から手が出るほど一勝が欲しい状況になっていた。

今期、箕作三段がこのまま突っ走った場合は、昇段枠《わく》はあと一つしか残っていない。すでに一敗者はなく、二番手争いは、二敗で塚田を含めた五人が並ぶという混戦になっていた。うち、大橋《おおはし》三段と松井《まつい》三段は箕作三段とは対戦がなく、中野《なかの》三段と奥本三段は、すでに箕作戦を終えている。この四人は、実質的に、塚田の半歩先を行っている状態なのだ。

ここで箕作三段を下せば、星勘定でもライバルたちと五分になるし、一差に迫ることで一位通過の可能性も見えてくる。最強の若手を止めて存在感を示せば、今後の対戦相手にプレッシャーをかけることもできる。

箕作三段は、小考《しょうこう》の末、塚田の突いた歩を取り、不機嫌そうにチェスクロックのボタンを押した。

そうだろう。そこは取るしかないんだ。局面は、少し前からこちらのペースだったが、徐々に霧が晴れるように視界が良好になってきた。

塚田は、相手の金《きん》取りに桂馬《けいま》を打った。かすかに指先が震えたのを見られなかったか心配になり、チェスクロックを強めに叩く。気にすることはない。名人でさえ、勝ちの局面になると手が震える。この震えはむしろ、相手に対する勝利宣言なのだ。

箕作三段は、また考え込んだ。局面が思わしくないせいなのか、しきりに首を振って、溜《た》め息をついている。若いなと思う。いくら天才と呼ばれていても、しょせん中学生である。修羅場《しゅらば》をくぐってきた経験なら、こちらの方が数段上だ。

また、降ってきたようだ。せわしなく窓ガラスを叩く雨音が、対局室の中にも響き始めた。梅雨《つゆ》時とあって、本当によく降る。

自分も、初めて三段リーグに参加した高校一年生のときは、ポーカーフェイスを続ける余裕はなかったような気がする。揺れ動く形勢に一喜一憂《いっきいちゆう》し、頭を掻《か》きむしり、苦吟《くぎん》していた。

それでも、一期か二期、長引いてもせいぜい三、四期のうちにはリーグを抜けられるという確信があった。自分の才能への信頼と、たゆまぬ努力を続けている自負があったからだ。高校生の間にプロになった棋士の多くは後《のち》にA級八段に上り、タイトル戦にも登場している。自分もいつかはその仲間入りをするはずだと、塚田は信じて疑わなかった。

ところが、幾度となく訪れたチャンスをあと一歩のところで逃し続けているうちに、いつしか二十歳を迎えていた。すでに三段リーグでも、年齢的には中堅からベテランの部類に入りつつある。

十代と二十代では、プロになったときに、周囲のかける期待の大きさも違ってくる。いや、それでもまだ、プロになれればいい。三段リーグには二十六歳という年齢制限があるため、二十代になると、否応《いやおう》なしに残り時間がなくなってきたのを意識させられる。リーグで勝ち越しを続けていれば、二十九歳まで命が延びるが、余計なプレッシャーを背負っていては、勝てる将棋も勝てなくなることだろう。

早く四段になりたい。早くこの三段リーグという地獄から抜け出し、プロ棋士として活躍したい。塚田が、そのことを思わない日は一日もなかった。

人生に保険をかけるため、大学にも進学したが、受験のために将棋の勉強がおろそかになっては本末転倒なので、奥本とともに、千駄ヶ谷の将棋連盟にほど近く、一芸入試があった神宮大学に入学した。情報科学部を選んだのは、数学が得意でコンピューターに興味があったのに加え、別の視点から将棋というゲームを捉《とら》え直すため、将棋のアルゴリズムを学ぼうと考えたためだった。現役の奨励会員であるおかげで、ゲームのプログラムを研究しているゼミにも入れた。機械が将棋の局面を評価し、次の一手を選択する過程は興味深かったものの、本業の勝率アップにはまったく寄与しなかったのだが。

将棋会館の四階にある特別対局室には、異様な熱気が充満していた。

誰もが明日を夢見て、目の前に立ちはだかる壁——対戦相手を倒そうと必死になっている。両者が前傾姿勢になって、食い入るように盤上を見つめている組は、まだ形勢にそれほど差がついていない。しかし、そろそろ、あちこちで勝負が決着し始めていた。勝利を手中にしかけている側は、一様に、万が一にも逆転など許してたまるものかと、厳しい眼光で将棋盤を睨《にら》んでいた。一方、敗色濃厚な側は実に様々な反応を示している。歯を食いしばり、最後の最後まで逆転を信じて戦い抜こうとする者。身を捩《よじ》り、苦悶《くもん》の表情を露《あら》わにする者。すでに心が折れてしまったのか、虚《うつ》ろな目で天井を見上げながら溜め息をつく者。静かに駒台の上の駒を整えて、投了のための形作りをし始める者。

戦え。戦い続けろ。塚田は、自分を鼓《こ》舞《ぶ》するための呪文《じゆもん》を、何度も口の中で繰り返す。

それから、箕作三段を見やって、眉《まゆ》をひそめた。この中坊は諦《あきら》めてはいないようだ。

苦戦は意識していても、まだまだ勝負はこれからだという態度である。

なぜだ。塚田は、もう一度盤面をチェックしてみた。プロ的には大差の局面である。ここからひっくり返せると本気で信じているのか。だったら、ずいぶん俺も舐《な》められたものだ。

箕作三段は、貴重な残り時間のうち三分を費やして、金の下に歩を受けた。

たしかに、そうしないと保《も》たないだろう。だが、それでは、逆転の目は出て来ない。こちらには、まったく怖《こわ》いところがないからだ。玉砕《ぎよくさい》よりも、ジリ貧を選んだか。

塚田は、桂馬で金をむしり取り、駒台の上に置いた。ノータイムで桂馬を取り返すかと思いきや、箕作三段は、また考え始めた。

まあ、最後までベストを尽くそうという姿勢は見上げたものだろう。こういう神経でなければ、タイトルを取ったり棋戦で優勝したりはできない。一流棋士は、棋力もさることながら、おしなべてメンタル面が強い。

いや、待て。こいつは、別にメンタルが強いわけじゃない。

塚田は、気分を落ち着けるために、スポーツドリンクのペットボトルに口を付けた。

最初っから、何も感じていないのだ。もう勝てなくなるんじゃないかという不安も。

人生を棒に振ることに対する危惧《きぐ》も。

なぜなら、こいつは子供だからだ。

大人には、どれほど精神を鍛《きた》え悟りを開いても、絶対に得られない鈍感力。子供は、子供であるが故に、最初からそれを備《そな》えている。

塚田は、まるでパソコンのソフトと対局しているような、居心地《いごこち》の悪さを感じていた。ソフトは、どんなに怖い局面でも、微塵《みじん》も恐れずに踏み込んでくるし、詰まされるまで絶対に諦めない。

それと同じことだ。余計なことを何も考えずに盤面に集中できる相手を倒そうと思ったら、読みで相手を上回るしかない。論理の戦いで、完膚《かんぷ》無きまでに叩《たた》き潰《つぶ》すしかないのだ。

塚田は、ふと、離れた場所で対局している奥本三段の表情に目を止めた。

腕組みをして背筋をぴんと伸ばし、天井を見上げている。

どういうことだろう。すでに、それだけ形勢が悪いのか。それとも、その逆なのだろうか。

奥本の将棋を見に行きたい誘惑に駆られて、腰を浮かせかけたとき、箕作三段が着手した。

ぴしりという駒音に、塚田は、注意を将棋盤に引き戻され、眉をひそめた。

何だ、それは。

箕作三段は自陣《じじん》飛車《びしゃ》を打っていた。こちらの攻めを緩和《かんわ》しようという意図はわかるが、それではますます攻撃力に乏《とぼ》しくなり、受け一方になってしまう。

……とはいえ、よく読んでみると、一気に敵陣を攻略しようと用意していた攻め筋は、ことごとく封殺されている。ならば、しかたがない。ゆっくり優位を拡大していくことにしよう。敵が手足を縮めて亀になっている限り、こちらへの響きもないのだから。

塚田は、離れ駒の金を寄って、自陣を整備した。

箕作三段は、ノータイムで、さっきこちらが金を取った桂馬を取り返す。

塚田は、飛車を一段目に引いた。これは単なる手待ちではなく、次に飛車を転回させる鋭手《えいしゅ》を見ている。

箕作三段は力強く玉を立った。王様が戦場に近づくので怖い手だが、こちらが強引に手を作って攻めていっても受けきれると読んでいるのだろう。これで行けないとなると、敵陣にはますます隙がなくなってしまう。

塚田は、狙い通り下段の飛車を五筋に回って、中央突破の構えを見せた。

箕作三段は、悠々と八筋の歩を突く。駒音と、チェスクロックを叩く音が交錯した。

相手は、こちらが中央から行くと見せているにもかかわらず、まったく反応していない。どういうことだろうと再度慎重に読みを入れてみると、すぐに総攻撃をかけるのは、うまい返し技があって、銀損《ぎんぞん》に陥ることがわかった。

おかしい。金桂交換の駒得だし、こちらの方が玉ははるかに固い。遊んでいる駒もないし、こちらが悪い要素は何もないはずだ。にもかかわらず、次の一手がわからない。どうすれば、優位を拡大して勝利へと近づけるのだろうか。

雨音は、依然としてやまない。遠くで、かすかに雷が鳴った。

時間も、徐々に切迫してきた。塚田は、そっと玉側の香車《きょうしゃ》を上がった。銀冠《ぎんかんむり》から穴熊《あなぐま》に組み替えるための一手だった。もはや攻め合いにはなりそうもなく、玉を固めているような時代ではなかったが、それに代わる有効な手を見出《みいだ》せなかったのだ。その構想が根底から破綻《はたん》していたことを思い知らされるのは、それから二十手以上も先のことだった。


「負けました」

塚田は、茫然《ぼうぜん》として駒台に手を載せた。

なぜだ。どこで逆転した。こちらの方が、優勢だったのに。序盤から思惑《おもわく》通りに進み、金桂交換の駒得も果たし、ついに敵は受け一方の飛車を打つ羽目《はめ》になった。

ところが、そこから、一転して、わけのわからない世界に引きずり込まれてしまった。

三段リーグで、、、、ビックリ箱とか、ミックリ・ワールドとか囁《ささや》かれている奇妙な展開。

どこからどう見ても、完全な勝ち将棋だったのに。

なぜ、こんなガキに、まんまとしてやられたのか。

感想戦をやる気にもなれなかった。塚田は、ふらふらと立ち上がる。周囲ではまだ、奨励会員たちが人生を賭《か》けた熱戦を続けていた。

それから、気がついた。

あんな馬鹿な手順があってたまるか。

こちらが飛車を五筋に回ったときに、敵が八筋の歩を突いたのは、他にどうしようもないからだ。やはり、すぐに仕掛ける一手だった。たしかに、はっとするような返し技があって、こちらはタダで銀を取られてしまう。だが、その前に金桂交換を果たしているのだから、実質的に桂損でしかない。局面がほぐれ、攻め合いにさえ持ち込めればよかったのだ。玉の固さの違いを考慮すれば、ほとんど必勝形ではないか。

勝ちだったのに。あれは、俺の勝ち……。

気がつくと、奥本の後ろ姿が目の前にあった。対戦表にスタンプを押していた奥本は、気配に振り返り、驚いた顔になった。

「塚田。おまえ、あいつに勝ったのか？」

そのとたん、背中を叩かれた。振り返ると、箕作三段が、こちらを睨みつけていた。

「塚田さん。何やってんすか？」

子供っぽい声に、抜きがたい疑惑が入り混じっている。塚田は、はっと気がついた。

対局の後は、勝者が対戦表に白丸と黒丸のスタンプを押すことになっている。敗者である自分は、ここへ来てはいけなかったのだ。

「あ。いや。ちょっと星を確認したかっただけだから」

塚田は、必死に弁解すると、逃げるように部屋を出た。背中に箕作三段の鋭い視線が突き刺さるのを感じながら。もしかしたら、俺は、自分が負けたのに勝手にスタンプを押して勝ちにしようとしていたと思われているのか。いくら焼きが回っても、そんな、すぐにバレるような不正をやるわけねえだろ。

「塚田。おい、待てって！」

奥本三段が、部屋の外へ追いかけてきた。スタンプを押していたということは、今日の一局目には勝利して、七勝二敗になったということだ。一方、こちらは、六勝三敗と一歩後退してしまった。

「何だ？　俺に何か用か？」

塚田は、振り返りもせず、不機嫌に応じる。

「……あんまり気にするなよ。前回、指してみてわかったが、あのガキは、ものが違う」

奥本は、慰《なぐさ》めるように言った。何を言ってるんだ。俺は、見事に作戦勝ちを収めた。もう一歩で、本当に勝つことができたんだ。

「箕作《ゴブ》は、まちがいなく将来の永世名人だよ。あいつには、俺たちには見えてないものが見えてる」

箕作の渾名《あだな》の一つがゴブリンだったが、塚田は由来を聞いたことはなかった。身体は小さいのに、魔力を発揮するというような意味かもしれない。

「勝ちだった……完全に、勝ってたんだ！」

　塚田は、吐き出した。

「おまえの将棋は、見てたよ。たしかに、序盤は一本取ったな。だけど、箕作《ゴブ》は、あそこからが強い。絶対に決め手を与えず、一手で形勢を入れ替えるんじゃなく、何十手もかけてゆっくり逆転してくんだ。今のトップ棋士でも、なかなか、あんなやり方はできない。まるで、大山《おおやま》十五世名人とか、伝説の真剣師、小池重明《こいけじゆうめい》みたいな指し回しだ」

「いや、俺は、はっきり勝ってたはずだ！　あのとき、すぐに仕掛ければよかったんだ。銀損なんか気にしないで」

「それだよ」

　奥本は、首を振る。

「たしかに、今の将棋界の常識では、いったん優位に立ったなら、どんなに危険そうに見えても最短の勝ちを目指すのが一番安全だ。下手《へた》に安全運転しようとするのが、実は一番危ない」

「ああ。だから、俺も一気に行くべきだったよ」

　奥本は、溜《た》め息をついた。

「だけど、それが難しいんだ。せっかく有利になった場面なのに、なんで駒損して強攻しなきゃならないんだって、誰でも思う。もうちょっと、まともな勝ち方があるんじゃないか、自然な手の方がいいんじゃないかってな。だけど、何でかわからんが、箕作《ゴブ》の将棋は、妙な作りになってる。めったに劣勢にならないが、たまにやつが負けになった局面では、盤上唯一の決め手が、そういう指しにくい変な手になるようにできてるんだ。それが指し切れなくて、みんなやられてるんだよ」

塚田は、奥本を見た。細面《こわもて》で学究を思わせる風貌《ふうぼう》だが、盤面を挟んで対峙《たいじ》したときは、冷酷非情と評される強面の勝負師に変貌《へんぼう》する。しかし、今は、塚田に対する温かい友情と気遣いしか感じられなかった。

「とにかく、今期の一位通過は箕作《ゴブ》で決まりだろう。前半、一番厳しいところと当たって九連勝、それもほとんどが完勝、圧勝ばかりだからな。おまえが最後の望みだったんだが、残りの九人で一発入りそうなやつは見あたらない。死に馬ブラザーズに蹴《け》られるとも思えんし、箕作《ゴブ》が二敗したら、まず奇跡だ」

「……せめてスイス式だったらなあ」

同星の者を当てていくスイス式トーナメントなら、勝ち込んでいったら必ずどこかで対戦するから、クジによる運不運はない。これまで幾度もそうした指摘はされていたのだが、三段リーグでは、伝統的に対戦カードはクジ引きで組まれることになっていた。

「今さらそれを言っても、しかたがないだろう。俺たちは、やつと割りが組まれてしまった以上、一敗はハンデと思うしかない。さいわい、それ以外のライバルとも直接対決があるから、残り一つの椅子は自力でゲットできるさ」

奨励会員同士は、みなライバルだが、特に三段リーグでは、二つしかない過酷な椅子取りゲームを強《し》いられている敵同士である。だからこそ、その中でも生まれる友情には打算を超えた純粋さがあるのだが。

奥本は、塚田と同い年で奨励会も同期入会だった。性格も棋風も正反対に近いのだが、なぜか初対面から気が合って、学部こそ違うものの、同じ神宮大学の一芸入試を受けて入学し、VS《ブイエス》と呼ばれる一対一での研究会をやったり、仲間を誘って数人で旅行に行ったりもしていた。

しかし、塚田には、奥本の言葉を素直に受け取ることができなかった。残りの椅子が一つだと言いながら、なぜライバルである俺を気遣うような真似をするんだ。

余裕を見せつけているつもりか。それとも、俺など最初から問題にしてないということなのか。

自分の考えが拗《ねじ》けていることは、自覚していた。一敗して昇段が遠のくごとに、心に真っ黒な澱《おり》が溜《た》まっていく。三段リーグに長くいると、そのうち本当におかしくなってしまいそうだ。一期でも早く抜けたかった。いや、今期だ。今期こそ、必ず昇段を果たさなければ。

牢獄《ろうごく》からの唯一の脱出口には、『四段』というネオンサインが煌々《こうこう》と輝いている。

しかし、それは、どんなに身を捩《よじ》り、背伸びしても、ぎりぎりのところで指先が届かない位置にあった。

第二局

真っ赤な光は、消え失せていた。

暗い部屋の中にいることに気づいて、塚田は目を瞬《しばたた》く。戦場から、瞬間移動させられたらしい。

違和感は、視界に残像がないことにあった。さっきまで強い光に網膜を灼《や》かれていたのに、目は、ずっと暗闇に慣れた状態だった。記憶と身体の間に、奇妙なギャップがある。

さっきまで朦朧《もうろう》としていたのが嘘のように、意識は清明《せいめい》だった。

塚田は、周囲を見回した。自分を含めて十八体の存在が、佇《たたず》んでいる。誰かが身じろぎするたびに、暗闇の中で炎のようなオーラが脈動していた。

みな一様《いちよう》に、声にならないどよめきを上げているようだった。いったん死んだはずの自分が、また復活していることに対しての、驚きと安堵《あんど》の反応だろうか。

「一つ眼《キュクロプス》。どうなったんだ？」

塚田は、低い声で叫んだ。

「第二局が開始された」

　赤ん坊の声帯から発せられるか細い声が、冷静に答える。

「第一局は、俺たちが勝ったってことだよな？」

「そのとおりだ。したがって、我々は、残り六局のうち三勝すればいいことになる」

　部屋の中のざわめきが、一段と大きくなった。この一局に勝ったら、きわめて有利な立場になることに気づいたのだろう。第一局の開始時と比べると、全員がこの不条理な状況を受け入れつつあるようだった。

「ちょっと、待って。本当に、それでいいの？」

　ただ一人、異議を唱えたのは、理紗だった。

「たしかに、一つ眼《キュクロプス》の言ってたことは、かなり、本当っていうか、当たってた。でも、わたしたちは、わけもわからないまま、姿も見せない存在に操《あやつ》られて殺し合いをさせられてるのに」

「そういう議論は、勝ってから、ゆっくりしよう」

　根本准教授が、穏《おだ》やかに制した。

「古代ローマの闘技場《コロッセウム》に放り込まれて、戦いを強いられている奴隷が、これは不当だとか野蛮だとか叫んだって、せんない話だ。とりあえずは、目の前の敵を斃《たお》して、人生の残り時間を確保するしか道はないだろう」

「わたしたちは、その時代の人たちとは違うでしょう？」

理紗は、静かに反論した。

「それに、ここには、わたしたちを操っている存在はいません。誰かから、強制されているわけじゃないんだし」

理紗は、ごく自然な動作で、一つ眼《キュクロプス》を抱き上げた。

「第一、青軍の人たちって、わたしたちが知ってる人たちみたいじゃないですか。話し合えば、絶対、わかりあえるはずです。まだ一度もコミュニケーションを取ってないんですから」

「無理だ」

塚田は、首を振った。

「俺は、青の王将《キング》の性格はよく知ってる。あいつは、そんな甘いことは考えない。勝つためなら、どんな汚い手でも平気で使う男だ」

「奥本くんは……そんな人じゃないと思うけど」

理紗が、小さな声でつぶやいた。そう言われると、そんな気もしないでもなかったが、理紗が奥本を庇《かば》ったことが、妙に不愉快だった。

「……とにかく、第一局では、問答無用でいきなり攻撃してきたじゃないか？　それが、一敗して不利になったからって、急に軟化するなんて考えられないよ」

「一つ眼《キュクロプス》。かりに、このお嬢さんの言うように話し合ったとして、もし休戦ということになったら、どうなるんだ？」

根本准教授が、訊《たず》ねた。

「そういう事態は、想定されていないようだ。しかし、論理的には、二つの帰結が導かれる。第一は、両軍とも戦意を喪失した——つまり、投了したに等しいと見なされて、ともに消滅させられるということだ」

うそ寒い沈黙が訪れる。

「ただし、どの時点で見切りを付けられるのかは、きわめて難しい問題だ。私としては、もう一つの帰結の方が可能性が大だろうと思う」

「それって……どういうこと？」

理紗が、一縷《いちる》の望みを込めて訊《き》く。

「両軍が戦って七番勝負に決着が付くまでは、現在《いま》のこの状態が、未来永劫《えいごう》にわたって続くということだ」

その場を沈黙が支配する。

「未来永劫……？　嘘よ！　だいたい、永遠なんてことありえないでしょう？　宇宙にだって、寿命があるのに！」

理紗が、声音に怒りを滲《にじ》ませた。

「ここダークゾーンでは、どんなこともありえる。現実世界での時間と、ここで流れている時間は、あきらかに異質だ。時間は、閉じた円環となり、いつまでも流れ続けるのかもしれない。そのために、ここに囚《とら》われた我々にとって、時間は、事実上、あるいは感覚上、永遠と感じられる……」

「おめえら、雁首揃《がんくびそろ》えて、ギネス級の大馬鹿野郎だろう？　永遠についてしみじみ語ってる暇なんかねえんだよ！　第一局も、そんで不利になりかけただろうが？」

皮翼猿《レムール》――河野が、我慢しきれなくなったように叫んだ。

「俺は、直《ちょく》に会ったから知ってる。青の王将《キング》は、恐ろしいやつだぞ。わけがわからないまま始まった第一局でさえ、あんだけ機敏に動けたんだ。今ごろ青軍は、一足早く展開してるはずだ」

その言葉に、全員がはっとする。

「その通りだ。展開の遅れは、致命傷になる。同じ轍《てつ》は踏めない」

塚田は、すばやく考えて、指示を出す。六人の歩兵《ポーン》は、二人一組で索敵《さくてき》に向かわせることにした。組み合わせ《ペアリング》は、適当だった。多胡重國九段と根本毅准教授。白井航一郎と木崎豊。それに稲田耀子と竹腰則男の三組である。誰も表だって異議は唱えなかった。

「皮翼猿《レムール》――いや、河野は、上空から偵察してくれ」

「皮翼猿（レムール）でいい」

　河野は、真っ黒な眼球を光らせ、鼬《いたち》めいた口でにやりと笑う。

「今はこんな化け物になってても、この勝負に勝ちさえすれば、また人間に戻れるんだもんな」

塚田は、あまり確信はなかったものの、うなずいた。

「ちょっと待ってくれ。また、第一局のように、皮翼猿《レムール》を失ったらどうする？　それで、敵の様子を偵察できなくなって、難局に陥ったじゃないか？」

根本准教授が、心配げに言った。

「いや、それはないでしょう。飛んでいる皮翼猿《レムール》を攻撃できる駒は、毒蜥蜴《バシリスク》と始祖鳥《アーキー》しかありません。しかし、今回は、毒蜥蜴《バシリスク》は使えないはずです。先に毒霧を吐いてしまうデメリットには、敵も懲《こ》りてるはずですから」

「ふん。じゃあ、当面の敵は、あの婆《ばば》あだけか。楽勝だな」

皮翼猿《レムール》は、口ぶりこそイケイケだったが、窓辺に立つと、意外なくらい慎重な様子で外を眺めた。まだ月は出ておらず、一面、漆黒の闇である。

「あれ？　この部屋は、第一局のときとは微妙に違うぞ」

塚田が、もの問いたげな視線を向けると、一つ眼《キュクロプス》が答える。

「毎局、両軍は、島の中の任意の場所に復活させられる。それがどこになるのかは予測不能だ」

「よし、行ってくる」

皮翼猿《レムール》は、飛翼を広げて、さっと窓から飛び出していった。

残りの全軍は、第一局と同じように静かに階段を下りていくと、周囲の気配を窺《うかが》う。まだ、青軍が近くに来ている感じはなかった。

二体一組の歩兵《ポーン》は、三方向に向かって、そろそろと動いていった。

塚田は、一つ眼《キュクロプス》のテレパシーを使って皮翼猿《レムール》と三組の歩兵《ポーン》の視界をめまぐるしく切り替えながら、周囲の状況を調べた。

まず気がついたのが、自分とそれ以外の駒では、視力に大きな違いがあることだった。星明かりもない状況では、他の駒はほとんど視界が利かないが、王将《キング》である自分だけは、まるで赤外線暗視装置を使っているように闇を見通すことができる。

いずれにせよ、第一局と比べると、こちらの始動が早かったこともあって、敵はまだ接近していないらしい。

あるいは、この一局に関しては、奥本——青の王将《キング》には第一局のような速攻をかける意思はないのかもしれない。奇襲は、初戦だったからこそ意味があって、あわや勝利をもぎ取るところだったが、第二局は、じっくり戦う可能性もある。元来、奥本の棋風は、長手数《ちょうてすう》の泥仕合や相入玉《あいにゅうぎょく》も辞さずという、相手を辟易《へきえき》させるほど粘り強いものだったし……。

「塚田君——王将《キング》。聞こえるか？」

皮翼猿《レムール》も含めて四組の偵察隊の意識をザッピングしているうちに、向こうからこちらに呼びかける声が聞こえてきた。根本准教授のようだ。

「根本先生。どうしました？」

根本准教授の視界をチェックするかぎり、特に不審なものはない。

「我が軍の布陣に関する提言がある。第一局の、青の王将《キング》の位置を覚えてるだろう？

護衛付きだったが、こちらに見つからないように、主力部隊からは距離を置いていた」

「ええ」

「味方の歩兵《ポーン》から情報が漏れるのを、うっかりしていたようだが、あのやり方自体は、有効じゃないかと思うんだ」

「俺に、身を隠せというんですか？」

「うん。君と青の王将《キング》の間には、このゲームの本質は将棋だという共通認識があるようだが、一つ、ゲームの根幹に関わる重大な相違がある」

「何ですか？」

「ゲームの理論で言ったら、将棋は完全情報ゼロ和《サム》ゲームだ。サイコロのような偶然の要素はないし、麻雀《マージャン》みたいに見えない牌《はい》もない。盤上の情報はすべて、双方の指し手《プレイヤー》に対して開示されているということだ。だが、我々が今やっているゲームはそうじゃない。敵の姿も、離れた場所の地形も、まったく見えないんだからな」

なるほど。不完全情報ゼロ和ゲームということか。気鋭の社会学者らしい分析だが、いったいそれが、どう戦術に結びつくのか。

「気鋭の社会学者とは恐縮だが、戦術に関して言うと、こういうことなんだ……」

塚田は、苦笑いした。テレパシーで会話していると、自分が密《ひそ》かに考えていることと、相手に伝えようとすることが、非常に区別しにくかった。下手をすると、思考内容が、すべてだだ漏れになってしまうのだ。

「このゲームの本質は、双方向の隠れん坊じゃないかと思う。互いの玉《ぎょく》は安全な場所に隠しておき、先に敵玉を見つけて捕獲《ほかく》した方が勝ちということだ。その際に、鬼同士のバッティングが起きれば、戦いになるにすぎない。言いたいことは、わかるかな？」

「よくわかりました。……ちょっと考えさせてください」

塚田は、一つ眼《キュクロプス》に命じて通信を終えた。

「どうしたの？」

理紗が訊《たず》ねる。醜《みにく》い右手を、胸に抱いた一つ眼《キュクロプス》の下に隠している。

塚田は、根本准教授の提言について説明した。

「俺は、的確な分析だと思う。将棋と違って、お互いに、敵玉も敵の陣形も見えないんだからな」

自玉を完全に隠してしまえば、敵玉を見つけることに専念することができる。いわば四枚穴熊《よんまいあなぐま》に囲ったようなもの……というより、特殊ルールのついたて将棋（盤の中央に衝立《ついたて》を置いて、敵の駒が見えない状態で指す変形将棋）をやってるのに近い。

「とにかく、俺は、根本先生が言うように身を隠した方がいいと思うんだ。青の王将《キング》は姿が見えないのに、こちらだけ居場所がバレバレだったら、あきらかに不利だろう？だから、隠れ場所について意見を聞きたいんだ」

理紗は、当惑した顔になった。

「そのことも、どうして根本先生と相談しないの？」

「できるわけないだろう」

塚田は、溜《た》め息をついた。

「どうして？」

「第一局のことを思いだしてみろよ。こちらの駒は、殺《と》られれば敵の駒に寝返るんだ。相談して隠れ場所を決めた後で根本先生が殺《と》られたら、その情報は敵に筒抜けになるだろう？」

「だったら、誰も信用できないってことになるじゃない？」

理紗は、眉《まゆ》をひそめた。

「信用できないんじゃない。少なくとも味方である間は、全面的に信用してるよ。ただ、敵に知られたら致命的な情報は、共有できないっていうだけだ」

「それなのに、どうして、わたしには話すの？」

「少なくとも第二局の間は、理紗には、ずっと俺のそばにいてもらうからだ」

塚田は、他の駒に聞こえないよう、小声で言った。

「わたしだけ、特別扱いってわけ？」

「そういうことじゃない。まだ、君の——死の手《リーサル・タッチ》という駒の使い方は、よくわからないんだ」

第一局で、理紗は、敵駒となった稲田耀子を斃《たお》して急場を救ってくれたが、本格的に戦闘に参加したとはいえない。あの右手には、すべての駒を殺せる威力があるらしいが、その反面、防御力は、見るからに心許《こころもと》なかった。不意を衝《つ》かれれば、歩兵《ポーン》やＤＦ《ディフェンダー》にも殺《と》られてしまうかもしれない。

いや、自分には正直になろう。

塚田は、唇を噛《か》んだ。

もし、戦術上はそうする必要があったとしても、理紗を死の危険に晒《さら》すような真似はできない。

たとえ、次局には、必ず復活するとわかっていても。

理紗が死ぬような事態だけは、絶対にあってはならないのだ。

そのとき、何の脈絡もなく、ＤＯＡという言葉が頭の中に浮かんできた。ＤＯＡ……ＤＯＡ。いったい何のことだろうか。

とはいえ、いつまでも物思いに耽《ふけ》っている時間はない。その奇妙な言葉は、ほどなく塚田の念頭から消え去ってしまった。


端島――通称軍艦島は、もともとは非常に狭い島だったらしい。草一本生えてない、ちっぽけな岩礁《がんしょう》にすぎなかったものが、明治時代に海底炭鉱の採掘が開始されてから、度重《たびかさ》なる拡張と護岸工事を繰り返して、これだけの大きさになったのである。

堤防の内側を歩きながら、塚田は、徐々にこの島に関する記憶が甦《よみがえ》るのを感じていた。

月は出ておらず、あたりは闇に閉ざされているが、かすかな星明かりで屹立《きつりつ》する建物の黒々としたシルエットを見分けることができる。

一方で、堤防の外から聞こえるはずの波の音がしなかった。さっき、ちらりと覗《のぞ》いてみたが、そこに蟠《わだかま》っているのは完璧《かんぺき》な虚無——これまでに一度も見たことがないような純粋な暗黒だったため、背筋がうそ寒くなって、すぐに顔を引っ込めた。

もちろん、その軍艦島が、ここだとは考えられない。月の出までコントロールすることは不可能だし、まわりには海すら存在しない。つまり、これは精巧《せいこう》に作られた模型《レプリカ》ということになる。だが、どこから見ても、本物の軍艦島と瓜二《うりふた》つだった。

ありえない。こんなことが現実に起きるはずがなかった。にもかかわらず、この島は、厳然と目の前に存在する。

「我々が今いるのは、島の北の端なんだよな？」

「正確に言えば、東北の端になるが。前回——第一局のときと、それほど離れていない場所だ」

一つ眼《キュクロプス》が答える。

「月の出までは、あと、どのくらいだ？」

「六分ほどだ。どこかに隠れるのなら、それまでに建物を選んで中に入るべきだろう。明るくなれば、誰かに見られる確率が高くなる」

一つ眼《キュクロプス》は、第一局から理紗に抱かれたままだったが、眠そうな赤ん坊の声で答えた。復活した時刻と、月の出、月の入りの関係も、まったくランダムらしい。

塚田が一緒に隠れるのに選んだメンバーは、理紗と一つ眼《キュクロプス》、歩兵《ポーン》が二体（多胡九段と根本准教授）、それにＤＦ《ディフェンダー》一体の、計五体だった。

「これは、何の建物だろう？」

塚田は、堤防のすぐ内側にひっそりと建っている二階建ての建物を指さした。

「……たしか、隔離病棟だったんじゃない？　隣が端島病院よ」

理紗は、塚田ほどはっきりと見えているわけではないだろうが、建物に触りながら、どういうわけか確信を持って答える。

ここにすべきだろうか。塚田は小考した。だが、小さな建物に隠れて見つかったら、袋のネズミだ。もう少し大きいところの方が安全だろう。それに、ある程度高さがある方が周囲の様子を見渡せる。

六人――六体は、病院の横に広がる広場のような場所を通り過ぎ、さっきとは比較にならないほど大きな建物の前に来た。塚田が夜目《よめ》を利かせて数えると、七階建てらしい。ここは、塚田も覚えていた。島で唯一の学校である端島小学校と中学校の合同の建物だった。

塚田は、建物を見上げた。隠れ場所としては理想的かもしれない。それだけ、敵にもマークされやすいかもしれないが。

「私も、身を隠すなら、この建物だと思う」

根本准教授が、塚田の心を読んだように言った。

「建物が密集している西側と比べると、学校は東側に突き出した位置にあって、前後は開けている。その上、少し外れた場所にあるから、我々がここに隠れていると確信しないかぎり、敵もここまでは来ないだろう。しかも、そのためには、赤軍の前線を突破し、開けた場所を通らなければならない。こちらが火蜥蜴《サラマンドラ》を温存している状態では、敵も、うかつに身を晒すことはできないはずだ」

たしかにそうだろうと塚田も思った。将棋で言えば、穴熊かミレニアムのように一路《いちろ》深く構えて、敵から遠ざかっている感じだろう。しかも、階数が高くワンフロアが横に長いので、最後の最後に、逃げながら時間を稼ぐことも可能かもしれない。

まわりを調べてみると、学校の建物の基礎部分が抉《えぐ》れて、空洞になっていた。本物の軍艦島では、穴の底に海水が溜《た》まって、池のようになっていたはずだ。今、そこに存在しているのは、純粋な虚無だった。あの中に落ちたら、一つ眼《キュクロプス》が言うように、消滅してしまうのかもしれない。

そのとき、ふいに奇怪な幻視が起きた。何もない暗黒の中に、ぼんやりと白骨が踊り、二重映しになったのだ……。

塚田は、目をそらした。今のは、いったい何だったんだ。

「どうする？」

理紗が、訊《たず》ねた。

「ここにしよう」

塚田は即決した。迷っている暇はない。ぐずぐずしていて敵に見つかってしまうのは論外だが、味方の――たとえば皮翼猿《レムール》に見られただけでも、情報が拡散したことになり、危険が増す。

六人は、玄関から学校の中に入る。左手にはモザイクの壁画があり、石造りのような感じがするコンクリートの階段を上って中を探索した。横に細長い建物で、一つの階に、六つの教室が並んでいるようだ。

六階だけは、中央の四室が一つになって、講堂とおぼしきスペースになっている。七階から屋上に出ると、隣のさらに巨大な建物の屋上と架橋でつながっていることがわかった。滑《すべ》り台のようなものが見える。

「鉱員社宅の屋上に設《もう》けられた、島で唯一の幼稚園よ」

理紗が、懐《なつ》かしそうにつぶやいた。

「もうすぐ、月が出る」

一つ眼《キュクロプス》の声で、全員、急いで小中学校の建物に戻った。

この建物に隠れていて、いざとなれば、幼稚園のある隣の建物に移ることも可能だとわかったが、逆に、敵は、隣の建物からやってくることも考えられる。

ここを選んだのが吉と出るのか凶と出るのかは、今の段階では、まったく予測がつかなかった。

光が、射し込んでくる。月が出たのだ。

薄明程度の明るさだが、暗闇に慣れていた目には、煌々《こうこう》と照らす月光は眩《まぶ》しかった。まるで、真っ昼間のような感じである。塚田は全員に指示して、窓から姿を見られないように身を低くさせた。

とりあえず、六階の講堂の横にある音楽室に身を隠して、偵察隊と順番に連絡を取ることにした。

まだ、どの隊も、敵と接近遭遇はしていないようだ。

第一局とは打って変わったように、敵の動きはスローである。なぜだろうと、塚田は、あらためて考える。

第一局のように速攻で不意討ちをかけても、それほどの効果は見込めないだろうが、あえてこちらに時間的な猶予を与える理由もないはずだが。

「見つけたぞ！　敵だ！」

突然、頭の中で、皮翼猿《レムール》の興奮した喚《わめ》き声が響く。

「どこだ？」

「島の西側の狭い通りを、こちらに向かって来る。散開して建物の陰に身を隠しながら、ゆっくりと進んでるみたいだ」

おそらく、どこかに火蜥蜴《サラマンドラ》が待ち伏せしていて、一噴きで壊滅的な打撃を受けるのを恐れているのだろう。

「何体いる？」

「隠れてるやつが多いし、正確に数えんのは無理だべ。まあ、十数体いるのはまちがいねえが」

では、ほとんど全軍が集結しているのか。塚田は、皮翼猿《レムール》の視覚を借り敵陣の様子を観察した。高い建物の上から見下ろすと、青のオーラが重なり合って点々と続いているのがわかる。まるで、ぼんやり光るクリスマスのイルミネーションのようだった。

「皮翼猿《レムール》。問題は、敵の王将《キング》がどこに隠れてるかなんだ」

「何言ってんだ。青の王将《キング》は、隠れてなんかいねえぞ」

皮翼猿《レムール》の言葉に、塚田は、愕然《がくぜん》とした。

「えっ？ どういうことだ？」

「さっき、ちらっとだが青の王将《キング》が見えた。青銅人《タロス》の後ろで、歩兵《ポーン》やＤＦ《ディフェンダー》に何重にもガードされてたな」

青の王将《キング》——奥本には、隠れん坊をする気はないらしかった。第一局の敗戦で戦術を変更したのか。だが、根本准教授が指摘したように、一方だけが王将《キング》を露出して戦えば、常に目標として狙われることになり、とても得策とは思えないのだが。

「やべえ。馬鹿鳥に見つかった。向かってくるぞ。……叩《たた》き落としてやろうか？」

「いや、今は逃げてくれ」

戦って、もし勝てれば駒得になるが、逆に、第一局に続き皮翼猿《レムール》を失うことになれば、青軍の様子はほとんどわからなくなってしまう。

「わかった」

皮翼猿《レムール》は、滑空して逃げる。背後からは、始祖鳥《アーキー》がしつこく追いかけてくるようだが、スピードはほぼ互角なようだから、逃げることに専念していれば追いつかれることはないだろう。

「塚田君。こちらも早く、バラバラになってる本隊を一つにまとめた方がいい」

根本准教授が、緊張した声で警告する。

「捕まって各個撃破されたら、駒損が大きくなり勝てない形勢になってしまう。今ならまだ、戦力は互角だ」

塚田は、皮翼猿《レムール》を除く十一体に対して、撤退して再集結するよう指令を出した。現在、稲田耀子と竹腰則男のペアは敵の真正面に近い場所だから、とにかく逃げなければならない。上空から始祖鳥《アーキー》に狙われたらひとたまりもないだろうが、今は皮翼猿《レムール》と鬼ごっこをしているので心配ない。白井航一郎と木崎豊の組は建物に隠れて敵本隊をやり過ごし、70メートルくらい後方に位置していた。そこからなら敵に奇襲をかけることはできるが、自殺行為だろう。彼らには、島をぐるっと大回りして、本隊に復帰するよう指示した。

本隊は、残りの七体――鬼土偶《ゴーレム》と火蜥蜴《サラマンドラ》、五体のＤＦ《ディフエンダー》である。彼らには、塚田たち六体が学校に立て籠《こ》もったあと、校舎の前を通り東側の開けた地点に待機させていた。

「裕史。あいつらが来る……！」

理紗が、緊迫した様子で囁《ささや》くと、そっと窓から離れた。塚田は、窓に近づいて地上を見たい誘惑に駆られたが、自制する。もし赤いオーラに気づかれてしまえば、第二局はそれで終了だ。

建物の中の六体は、できるだけ奥に後退して、息を潜めていた。

「どうする？」

根本准教授が訊ねる。塚田は唇を嚙《か》んだ。こうなってみると、王将《キング》が隠れたのは失敗だったのか。いや、そうとも言えない。おそらく、六体というのが多すぎたのだ。敵は、直接王将《キング》を狩るより、一丸となってこちらの主力と激突する総力戦を選んだ。このまま戦端が開かれれば、戦力が偏《かたよ》った赤軍は、押し潰《つぶ》されて一敗地にまみれる可能性が高い。

「先生。本隊の応援に行ってください」

多胡九段と根本准教授、DF《ディフェンダー》（うっすらと、溝呂木《みぞろぎ》さんという名前を思い出した。医師だったような気がする）は、屋上から西側の建物に移り、白井・木崎組と同じように島を大きく反対方向に回らせ、本隊と合流させることにした。再集結が間に合えば、皮翼猿《レムール》も加えて全部で十五体になる。敵は十八体すべてらしいが、聖幼虫《ラルヴァ》という駒が、こちらの一つ眼《キュクロプス》に相当するのなら、直接の戦力にはならないだろう。戦力差が、王将《キング》と死の手《リーサル・タッチ》の二体分なら、ひとまず防戦は可能なはずだ。

端島小中学校に残ったのは、塚田と理紗、一つ眼《キュクロプス》の三体だけである。自力で動けない一つ眼《キュクロプス》は、塚田が抱くことにした。理紗の右手は、いつでも使えるよう自由にしておきたかったからだ。

それから、七階に向かい、地上の敵軍と始祖鳥《アーキー》の視界に入らないのを確かめてから、多胡九段らと同じ道を辿《たど》って西側の建物に移った。

戦いが始まり駒の交換が起きれば、学校に隠れていたことは、たちまち敵に知られてしまうかもしれない。その前に別の隠れ場所を探す必要があった。

塚田は、胸に抱いている一つ眼《キュクロプス》をできるだけ見ないようにして、慎重に歩を進めた。

「裕史。やっぱり、こんなこと、ありえないわ」

少し先を行く理紗が、まるで独《ひと》り言《ごと》のようにつぶやく。

「どう考えたって、めちゃくちゃよ……」

「ありえないって言ったって、現実に起きているんだから、しかたがないだろう？」

塚田は、屋上に幼稚園がある鉱員社宅の中を下りながら、囁いた。コの字形になった非常に大きな建物だが、すぐ外には青軍の駒がいる可能性がある。隙間から射し込んでくる月光以外に照明はなく、お化け屋敷のような不気味さだった。

「だから、その現実って何？」

「現実は、俺たちが、こうして追い詰められてるってことだよ」

塚田は、一つ眼《キュクロプス》を介して赤軍の駒と連絡を取り、青軍がすでに今いる建物の西側から移動しているのを確認した。敵は、さっきまでいた学校の隣にある体育館に全軍を集結させているらしい。ただし、始祖鳥《アーキー》は皮翼猿《レムール》を追いかけるのをやめて、フリーになっているため、外に出ると見つかる可能性が高い。

「……しばらく、ここで様子を見よう」

塚田は、鉱員社宅の五階で立ち止まった。西側の住居に入ってみる。六畳と四畳半の二間《ま》続きで、外側には狭いベランダがあった。

「これ、やっぱり夢なんじゃないかと思うの。こんな馬鹿げたこと、何もかも……」

理紗の言葉は、彼女が現実逃避を始めていることを感じさせた。

「夢じゃない」

塚田は、静かに諭した。

「どうしてわかるの？」

理紗は、むきになって反論する。

「夢を見てる人は、それが夢だってわからないはずでしょう？」

「たしかに、夢を見ている間は、それが夢とは認識できないかもしれない。でも、今の俺たちには、夢を見ているわけじゃないことは、はっきりわかる。物に触《さわ》れば感触があるし、臭《にお》いだって嗅《か》げる。こんなにリアルな夢なんて、ありえないよ」

理紗は、黙り込んでしまった。

塚田は、一つ眼《キュクロプス》に命じて、根本准教授と連絡を取る。

「先生。今、どこですか？」

「ちょうど今、本隊に復帰したところだよ。白井・木崎組も、一足先に合流している。君たちを除いた十五体が一緒だ」

塚田は、ほっとした。赤軍がバラバラの間に戦闘が始まってしまうのを何より恐れていたのだが、その危険性は消えた。根本准教授の話では、赤軍は島の東側をゆっくりと後退しているところだった。建物が密集している西側と比べ、炭坑施設のある東側には遮蔽物《しゃへい》がほとんどないため、身を隠すには不向きらしい。

「敵の様子は、どうですか？」

「まだ、こちらの出方を窺《うかが》ってる段階だ。始祖鳥《アーキー》が、しきりに偵察飛行を試みているんだが、建物から建物へ飛び移ることは得意でも、あたりが開けすぎていると、かえって飛びにくいらしい。こちらの駒の数をカウントさせないように、皮翼猿《レムール》が邪魔しているしね」

指示がないときは、自分の判断で戦えるのが、将棋の駒とは違うところだった。しばらくは、嵐の前の静けさが続きそうな状況である。

「ねえ……わかったような気がする」

理紗が、沈黙を破った。

「わかったって、何が？」

「裕史は、これが夢じゃないって言ったでしょう？　だから、さっきからずっと考えてたんだけど、もう、これしか考えられない」

「どういうこと？」

「わたしたちは、きっと、ゲームの中にいるのよ」

「それは、充分すぎるくらい、よくわかってるよ」

「そうじゃないんだって！　こういうの、何て言うんだっけ？　仮想現実《バーチャル・リアリティ》？」

はっとした。たしかに、そう考えるのが、一番無理なく現在の状況を説明できる気がする。

「アメリカの映画かドラマで、前に見た気がするんだけど。ほら、裕史と一緒に見たんじゃなかったっけ？」

たしかにそうだ。仮想現実の世界に入った人間たちが、出て来られなくなる話だったのではないか。仮想現実の世界には五感も存在していて、現実と区別するのが不可能なのだが、元の世界では、全員、ヘッドギアのようなものを付けて横たわっている……。

「一つ眼《キュクロプス》。今の話については、どうなんだ？」

「私には、その質問に答える能力がない」

一つ眼《キュクロプス》の答えは、にべもなかった。

「私の知るかぎりでは、これは仮想現実のゲームではない。しかし、もしこの世界が、そういうものだとしたら、私もまたゲームの一部になるから、ゲームの設定を超えるコメントはできないだろう」

聞いていて苛々《いらいら》するくらい、つかみどころのない返答だった。

「そうだ。あいつに訊《き》いたらわかるはずだ」

赤軍には、有名なSFオタクがいたことを思い出す。

「白井。ちょっと教えてくれ」

塚田は、一つ眼《キュクロプス》を通じて、白井航一郎に呼びかけた。ドラマの説明をすると、すぐに答えが返ってくる。

「それ、『ハーシュ・レルム』だな」

「ハーシュ……？」

「『Harsh Realm』。直訳だと『過酷な王国』って感じかな。『X－ファイル』のクリス・カーターが制作総指揮で、かなりの傑作だと思うんだけど、途中で打ち切りになった曰《いわ》く付きのシリーズだ」

「その設定が、今、俺たちが置かれてる状況と似てると思わないか？」

白井は、絶句した。

「たしかに、そうかもしれないな。どうして、思いつかなかったんだろう？」

白井の説明では、『ハーシュ・レルム』とは軍事教練用の仮想現実ゲームだったが、一人の軍人が、その内部を乗っ取って独裁者と化してしまう。主人公は、その男を排除する使命を受けて、ゲームに潜入するという話らしい。

「そうだよ！　これは、誰かが作ったゲームとしか思えない。だいたい、王将《キング》とか、鬼土偶《ゴーレム》とか、火蜥蜴《サラマンドラ》とか、こんなふざけたネーミング、それ以外に考えられないもんな」

白井は、興奮し、仮想現実ゲーム説に賛同していた。

だが、続いて、根本准教授に話してみると、反応は百八十度違っていた。

「たしかに、そう考えると、いろんなことが説明できるな。しかし、私には、今の技術水準でここまで完璧《かんぺき》に仮想現実を作り上げられるとは思えないんだが」

そう言われると、膨らみかけた確信が、一気に萎《しぼ》んでいく。

「それに、ゲームというアイデア自体が、我々にとって、あまりにも都合がよすぎるんじゃないかな。この世界で死に、最終的に七番勝負を失ったとしても、ゲームが終われば元の世界に戻れるわけだからね。そういううまい話には、飛びつかない方がいい」

「先生は、それが真相じゃないと思うんですか?」

「わからない。たぶん違うと思うが。しかし、いずれにしても、我々は、このゲームを勝つように最大限の努力を払うべきなんだ」

「なぜですか?」

「かりにゲームだとしても、やはり勝っておくべきなんだよ。それなら、実際に相手を殺すわけでもないし、勝敗には、何か重要なものが懸《か》かっているかもしれない」

根本准教授は、塚田にというより、自分に言い聞かせているような口調だった。

「それに、ゲームだと高《たか》を括《くく》っていて、万が一、これが正真正銘の現実だったら、どうなるんだ? そんなリスクは冒せないだろう?」

たしかに、その通りだ。これが仮想現実のゲームだというアイデアは魅力的だったが、心の内部には、それとは相反する感覚が存在していた。これは、まぎれもない現実であり、死ねばすべてが終わるという……。

そういえば、理紗と一緒に見た『ハーシュ・レルム』も、ゲームの中で死ねば本当に死んでしまうという設定だったような気がする。

塚田は、理紗を見やる。すでに、仮想現実ゲーム説を、すっかり信じ込んでしまっているようだ。

そのとき、さっき頭の中に浮かんだ言葉を思い出して、もう一度白井と話す。

「DOAって言葉なんだけど、おまえ、聞いたことあるか？」

「デッドオアアライブだろ？　有名なゲームの名前じゃん」

白井は、こともなげに答えた。

やはり、そうか。塚田は興奮を感じた。もし、それが仮想現実をテーマにしたゲームだったとしたら……。

「それ、どんなゲームなんだ？　今、俺たちがやってるのと似てるのか？」

「全然」

白井は、塚田の期待に反して、にべもなかった。

「ゲーセンによくあるような、3D《スリーディー》の対戦格闘ゲームだよ。打撃とか、投げとか使う」

塚田は、失望した。ここダークゾーンで行われているのが新型のゲームだとしても、あまり関係がありそうにはない。

でも、だとしたら、なぜ、この言葉が頭に浮かんだのだろう。

軍艦島の西側（正確には北西側になるようだが、塚田らは便宜《べんぎ》上西側と呼んでいた）には、小高い尾根に沿《そ》って高層アパートなどの住居施設が密集していた。対して、東側（正しくは東南）には、海底炭鉱の出入り口や掘り出した石炭を選別し出荷する設備がある以外は、吹きっさらしの空き地が半分近くを占めている。空き地とはいえ、地面はけっして平坦《へいたん》ではなく、台風で堤防から崩れ落ちた大石やコンクリートブロックなどが堆《うずたか》く積み重なっており、歩くのにも難渋するほどだった。

今、赤軍の駒——兵士たちは、その瓦礫《がれき》の上を、ゆっくりと後退していた。熾《おこ》った石炭のように赤々と輝いている巨大な駒は、鬼土偶《ゴーレム》だ。敵に睨《にら》みをきかせつつ、赤軍の殿《しんがり》を務《つと》めている。その背後でイモリのようにのたくりながら後ずさっているのは、火蜥蜴《サラマンドラ》だった。周囲に散開する穿山甲《センザンコウ》のような歩兵《ポーン》は、敵を威嚇するように鉤爪《かぎづめ》を振り上げ、アルマジロ似のＤＦ《ディフェンダー》は、額の角を振り立てながら、後退していた。

その遥《はる》か前方には、青いオーラをまとった敵駒の姿が見えた。

先頭に立つのは、赤軍の鬼土偶《ゴーレム》に匹敵するサイズの駒——第一局でも見た青銅人《タロース》だ。横幅は鬼土偶《ゴーレム》に一歩譲るが、身長はさらに高く、４メートル以上あるだろう。

皮翼猿《レムール》がその上空を飛び過ぎたとき、突然青銅人《タロース》がバスケットボールの選手のように跳《と》び上がり、猿臂《えんぴ》を伸ばした。さいわいにも、ぎりぎりのところで届かなかったが、鬼土偶《ゴーレム》の目で戦況を見ていた塚田は、肝を冷やした。

敵は、虎視眈々《こしたんたん》と皮翼猿《レムール》を叩《たた》き落とすチャンスを狙っていたらしい。もしそれが図に当たっていたら、一挙に敗勢に落ち込むところだった。

青銅人《タロス》以外の青軍の駒は、まるでサバイバルゲームのように遮蔽物《しゃへい》に身を隠しながら、じりじりと前進してくる。

二つの異形の軍勢は、青が押し、赤が下がりながら、亀の歩みのようなのろのろした速度で島の南へと移動していた。

塚田たちが潜んでいるのは、青の軍勢を見下ろす位置にある島で最大の建物、65号棟の中だった。不用意に窓に近づくと、敵に赤いオーラを発見されるかもしれないので、塚田は、味方の駒の目を通して戦況を見守るしかなかった。

「青軍は、止まる気配はないですか？」

一つ眼《キュクロプス》のテレパシーを介して、根本准教授に訊《たず》ねる。

「依然として前進してくる。間合いを詰めながら、真《ま》っ向《こう》から襲いかかるタイミングを、じっくりと計《はか》っているみたいだ。今はまだ、こちらの出方を警戒しているようだが」

根本准教授の視界により確認すると、敵軍との間隔は、もう100メートルを切っているようだ。左右に広く散開し、散在する建物やコンクリートの塊《かたまり》や地面の凹《へこ》みに身を隠しているのは、火蜥蜴《サラマンドラ》の吐く火炎を恐れているためかもしれない。そのために遅々《ちち》とした歩みではあるが、確実に近づいてくる。

「塚田君。我々は、このまま後退し続けるわけにはいかないと思う」

根本准教授の口調には、危機感と、かすかな恐怖が滲《にじ》んでいた。

「もう少し下がると、鉱山関係の建物が並んでいるから、左右どちらかに迂回《うかい》する必要がある。どう回り込んでも、こちらの陣形は乱れるから、その瞬間、敵は一気に攻めてくるだろう」

塚田は、もう一度状況を整理してみた。敵は、十八対十五で数的優位を保っているが、赤軍で戦場を離脱している三体のうち、一つ眼《キュクロプス》にはもともと戦闘能力はないし、王将《キング》も最前線では戦えないから、正味の戦力差は、理紗――死の手《リーサル・タッチ》の分だけだ。それなら、乱戦では、どっちに転ぶかわからない。

「わかりました。後退をやめるよう、全員に伝えてください」

塚田は、ついに決心した。

「その地点で踏みとどまるしかありません。敵があくまで前進してくるなら、強く迎え撃ちましょう」

「わかった。――おーい、全員止まれ！　――こちらの兵士は、どう配置すればいい？」

根本准教授は、大声で他の駒に指示を出しながら、テレパシーで訊ねる。

塚田は、敵を迎撃するための陣形を指示した。中央には最強の駒である鬼土偶《ゴーレム》を置き、その背後に火蜥蜴《サラマンドラ》を配置する。敵が正面から突撃してくれれば、火蜥蜴《サラマンドラ》の火線に入ることになるから、そう簡単に開戦に踏み切ることはできないはずだ。

塚田は、視界を、上空を滑翔《かっしょう》している皮翼猿《レムール》に切り替えた。こうして俯瞰《ふかん》してみると、敵の位置は一目瞭然《いちもくりょうぜん》だった。それは、始祖鳥《アーキー》の目を通して戦場を見渡している青軍とて、同じことだろうが。

両軍の間には比較的平坦な地面が広がっており、西には、コンクリートのアーチが、いくつも神社の鳥居のように並んでいた。たしか、採掘した石炭を運ぶためのベルトコンベアーの名残だと聞いた記憶がある……。

「ふーん。青のやつら、やっと止まりやがったぞ」

河野──皮翼猿《レムール》が、地上の様子を見ながら、塚田に語りかける。

「馬鹿鳥が、こっちが後退をやめたのに気がついたんだ。こっちが退《ひ》くから、その分、前に出てくる。やつら、強気を装《よそお》ってるが、内心ではびびってんじゃねえのか？」

「向こうもまだ、真正面からぶつかる腹は括ってないんだろうな」

皮翼猿《レムール》の前では、始祖鳥《アーキー》が、赤軍の様子を偵察するために、さかんに飛び回っていた。ときおり、けたたましく鳴きながら皮翼猿《レムール》に突進してくるようなポーズを見せるものの、ある程度まで近づくと必ず方向転換する。

青の王将《キング》は、始祖鳥《アーキー》と皮翼猿《レムール》が偶発的に戦闘を始めてしまうのを恐れているのだろう。どちらかが死ぬまで戦えば、その結果だけで全体の勝敗が定まりかねないからだ。

奥本の棋風を考える。戦機を捉《とら》えて鋭く切り込んでくるより、むしろ、厚みを作って押し潰《つぶ》すのを得意としていた。いったん有利なポジションを築いたなら、うまくそれを経営して優位を拡大しようとするだろう。最終的に絶対勝てるという確信を持てるまで、仕掛けて来ないはずだ。

　塚田が予想した通り、それからしばらくの間、膠着《こうちゃく》状態が続いた。敵と対峙《たいじ》している本隊だけでなく、塚田と理紗、一つ眼《キュクロプス》も、ぴりぴりするような緊張の中で待ち続ける。

　重苦しい沈黙を振り払うように、塚田は根本准教授と交信する。

「先生。今の戦況をどう思いますか？」

　根本准教授は、少し考えた。

「このままでは、どちらも簡単には仕掛けられないと思う。将棋でいったら、千日手《せんにちて》に近い状況かもしれないな。……とはいっても」

　ためらってから、続ける。

「形勢は、五分とはいえないようだ。主導権は今、あきらかに青軍にある。こちらから打って出るのは困難だが、向こうは、いずれ決戦に出てくるはずだ」

　その点は、塚田も認めざるをえなかった。アドバンテージは、確実に敵にある。

　まだ、劣勢というほどの差ではないだろうが、全軍でぶつかってこようとする青軍に対して、こちらは、王将《キング》と死の手《リーサル・タッチ》を安全圏に隠すという、半ば逃げ腰の構えだからだ。

「今は、向こうから戦端を開かれるのも怖いが、それをやってくれないのも困るという皮肉な状況だ。こちらから打開する手段は見あたらないし、このまま永遠に睨み合っているわけにもいかないしね」

「でも、もし、向こうが若干《じゃっかん》有利と思っているのなら、当然、向こうから打開してくるつもりなんじゃないでしょうか？」

「そう思うが、確信は持てないな。青軍は、第一局を失ったことが重荷になっている。二連敗になれば、七番勝負は非常に苦しくなるからね。すでに一勝している我々に対し、そちらから打開してこいと要求する気かもしれない」

そうなったら、我慢比べになる。何か現在の均衡《きんこう》を崩す出来事が起こらない限りは。

だが、どこに、そんな要素があるだろうか。

塚田は、嫌な予感を覚えていた。青の王将《キング》――奥本は、非常に忍耐強い性格だったが、千日手は嫌っていた。向こうには、何か現状を打破する手立てがあると思えてならない。

しかし、それが何なのかわからない。

「一つ眼《キュクロプス》。このまま時間だけが経過したら、どうなるんだ？　俺たちには、水も食糧もないし……」

「我々には、そうしたものは、いっさい必要ない」

妖怪《ようかい》のような赤ん坊は、怒り狂っているように見える菱形《ひしがた》の一つ目とはそぐわない、穏やかな口調で言う。

「ダークゾーンの中では、我々はゲームの駒でしかなく、通常の生物ではないからだ。最初の質問に即して答えれば、時間の経過によって考えられる変化は二つある。一つは、月の入りで視界が暗黒に閉ざされることだ」

たしかに、そうなれば、ある種の戦機が生まれるかもしれない。しかし、互いに輝くオーラをまとっている以上、完全な不意討ちは難しいし、文字通りの闇試合になれば、勝敗は運任《まか》せということになりかねない。それは、奥本の望むところではないだろう。

「もう一つは、昇格《プロモーション》だ」

「昇格《プロモーション》？」

そういえば、たしか、第一局の時にも、そんなことを言いかけていたなと思う。

「赤軍、青軍は、各八種類——十八体ずつの駒から成っている。うち、王将《キング》とDF《ディフェンダー》を除く六種類、十一体の駒は、所定の条件を満たせば昇格する。昇格した駒は、初期状態よりはるかに強力になる。将棋において、歩兵などの駒が成金《なりきん》になり、飛車が竜王《りゅうおう》に、角行《かくぎょう》が竜馬《りゅうめ》に成るようなものだ」

「……所定の条件というのは、何だ？」

「ポイントを獲得することだ。どの駒においても、昇格《プロモーション》には3000ポイントが必要になる」

塚田は、理紗と目を見合わせた。一つ眼《キュクロプス》の説明は、単に現実味がないのを通り越し、悪い冗談にしか聞こえない。

「ポイントを獲得する要素は、三つある。第一に時間だ。盤上にある駒は、一分につき1ポイントが与えられる。したがって、このまま時間が経過すれば一時間で60ポイントが加算され、五十時間が過ぎると、すべての駒が自動的に昇格することになる」

理紗が何かを言いかけたが、塚田は、手で制した。

「第二に、敵方の駒を捕殺すると、その価値に応じたポイントが獲得できる。DF《ディフェンダー》は600ポイント。歩兵《ポーン》は900ポイント。役駒はさらに高い。もちろん、王将《キング》の価値は無限大だが、鬼土偶《ゴーレム》や青銅人《ターロス》を殺《と》れば、2700ポイントが得られる。後は高い順に、死の手《リーサル・タッチ》と蛇女《ラミア》が2100ポイント、火蜥蜴《サラマンドラ》と毒蜥蜴《バシリスク》、皮翼猿《レムール》、始祖鳥《アーキー》が1800ポイント、私と聖幼虫《ラルヴァ》が1500ポイントだ。昇格した駒を捕殺した場合には、さらに高いポイントが得られる」

基本的に、強力な駒を殺《と》るほど、高いポイントが得られるようだ。鬼土偶《ゴーレム》と青銅人《ターロス》が最高点なのはわかるが、それに次ぐのが火蜥蜴《サラマンドラ》や毒蜥蜴《バシリスク》ではなく、理紗——死の手《リーサル・タッチ》と蛇女《ラミア》であるということは、これらの駒は、使い方次第で、大砲以上の威力を発揮できるということを意味しているのだろう。むろん、すべての駒を斃《たお》せる死の手《リーサル・タッチ》や蛇女《ラミア》は強力な駒だが、敵駒を殺すには、相当接近しなくてはならないため、あっさりと返り討ちに遭《あ》う可能性も高いと思うのだが。

「第三に、敵の駒を殺した後で特定の地点に入った場合は、ボーナス1000ポイントが得られる。これが、昇格《プロモーション》のための最短コースだ」

「特定の地点って、どこなんだ？」

「島で最も高い岩盤の上に設置されている1号棟——端島神社だ」

島の西側には、尾根沿いに高い建物が並んでいるが、その一つの屋上に鳥居があったのを、塚田は思い出した。

神社と聞いて、塚田は眉《まゆ》を上げた。もし、このゲームを創造した黒幕がいるとすれば、全知全能に近い力を持った神のごとき存在だろう。だったら、神社に潜んでいるということも考えられるのではないか。

塚田の思いを読み取ったように、理紗が、首を振る。

「違うよ、裕史」

「何が違うんだ？」

「端島神社は、とっても神聖な場所なの。絶対、そんな悪いものが棲《す》んでいるはずないわ」

理紗は、確信ありげに言う。

「海の神様の金比羅《こんぴら》様と、山の神様の大山祇神《おおやまづみのかみ》が祀《まつ》られてるんだから」

なぜ、理紗は、そんなことまで知っているのだろう。

「だけど、ここは、どう考えても本物の端島じゃないだろう？　だったら、神様だって偽物《にせもの》かもしれない」

理紗は、沈黙した。

ふと、将棋連盟のすぐそばにある鳩森《はとのもり》神社のことが、塚田の頭をよぎる。二十六歳の年齢制限が近づいて必死に祈っている先輩奨励会員の姿を見かけたこともある。

もし神が人間を助けてくれるものなら、なぜ必死に努力している人間が酬《むく》われないのだろうか。俺の願いもまた、ついに聞き届けられることはなかった……。

いや、そうじゃない。そもそも神頼みなどする時点で、勝負師としては失格なのだ。

「……まあいい。それで、駒が昇格すると何がどう変わるんだ？」

塚田は、一つ眼《キュクロプス》に向かって訊《たず》ねる。

「それぞれの駒の特性により変化の様態は違う。おしなべて言えば、敵の攻撃に対する耐久力が増し、攻撃力やそれぞれの持つ能力がアップすることになる」

突然、理紗が叫んだ。

「いいかげんにしてよ！　そんな馬鹿馬鹿しい話を、わたしたちが信じると思うの？」

「大声を出すな。敵に聞こえたらどうするんだ？」

塚田が、あわてて囁《ささや》き声で警告する。

「……やっぱり、何もかも、裕史が言った通りかもしれない」

「どういうこと？」

「全部、偽物だっていうことよ。これで、はっきりしたでしょう？」

理紗は、今度は塚田の方に向き直ったが、声のトーンは落としていた。

「はっきりしたって、何が？」

「だから、これはゲームなのよ！　王将《キング》とか死の手《リーサル・タッチ》とか、おかしな名前が付けられてた時点でも、充分怪しかったけど、ポイントって何？　まるで安っぽいテレビゲームじゃない？」

塚田は、絶句した。たしかに、その通りだ。

「うーん。やっぱり、これは、仮想現実のゲームなのかもしれないな……」

「そうよ！　ひょっとしたら、実際にこういうゲームがあるんじゃないの？　ドラゴンクエストとか、ファイナルファンタジーとか。こういう将棋の駒みたいなのが出て来るゲームってなかった？」

「ないと思うよ……たぶん」

塚田も、そうしたゲームには詳しいわけではないが、少なくともメジャーなゲームの設定とは違うだろうと思う。

「白井君なら、わかるかも」

さっき白井と話をして、デッドオアアライブではないことはわかったが、設定が似ているゲームの名前は挙げていなかった。だが、その後で思い出したことがあるかもしれない。塚田は、一つ眼《キュクロプス》を通じて、再び白井とコンタクトを取ってみた。

「……駒が昇格するのは、ポイント制らしいんだ。ますます、ゲームっぽさが強まってるんだけど、どう思う？」

塚田は、一つ眼《キュクロプス》の説明を要約してから、白井に質問する。

「うん。俺も、これは、何らかのゲーム以外にありえないって思う。……ポイントかあ。たしかに、ふざけた話だよな」

「それで、これに近いゲームを知らないかと思って。まんまじゃなくたって、どっかが似てるとか」

白井は、考え込んでいた。

「……うーん。聞いたことないな。この手のゲームってさあ、出てくるキャラの名前は、かぶってることが多いんだよ。ドラゴンとか、ゴブリンとか、ワイヴァーンとか、全部ギリシャとか北欧の神話なんかからの借り物だからな。だから、どれも似たような印象になるんだけど、それで将棋みたいな団体戦をやるって、あったかなあ……」

「そうか」

予想通りの答えとはいえ、塚田は、がっかりした。

「でも、昔の漫画で、これに近い設定のがあったような気がする」

「漫画？」

「主人公が目覚めると、そこは異世界で、しかも将棋の駒になってるんだよ。主人公は王将で、恋人も別の駒になってる。それで、彼らは、わけもわからないまま戦わざるをえなくなるんだけど」

「おい……ちょっと待てよ！　それって、まるっきり今の状況にそっくりじゃないか？どうして、今まで黙ってたんだ？」

「さっき思い出したんだよ。……それに、細かいところは、ずいぶん違うよ。漫画では一応、将棋という設定にはなってたんだけど、実際の戦闘はチェスみたいな感じだった。殺された駒は取り捨てで、持ち駒になったりはせず、そのまま死ぬだけだったし」

「そんなことは、どうでもいい！　それで、どうなる？　そもそも、どうして、そんな不条理な状況になってたんだ？」

塚田は、興奮して、声に出して叫んでしまう。理紗が驚いて「どうしたの？」と訊ねた。

「主人公には、人間としての記憶は残されてるんだけど、実は……」

塚田は、この状況を説明するためのヒントが含まれていないかと期待しながら、白井の語るストーリーに耳を傾けた。

たしかに、今の自分たちは、とても本来の自分であるとは思えない。この異形の姿も、何者かに作られたと考えれば、納得がいく。

いや、待て。そんなことが、今の人間の技術でできるはずがない。神のような超越者がいるなら、どんな馬鹿げた状況でも説明可能になるが。

考えれば考えるほど、頭がおかしくなりそうだった。

「裕史……」

理紗が、そばに来ると、左手で塚田の手を握りしめた。恐怖のためか、見開いた大きな目の中で、黒目が小刻みに揺れていた。

「もうすぐ、月が沈む」

一つ眼《キュクロプス》が歌うように言う。声質は赤ん坊そのものなので、目をつぶって聞いていると天使の声のようである。

さっき月が出たばかりだと思っていたが、もう三時間が経過したらしい。煌々《こうこう》と島を照らしだしていた月は、滑るように西の水平線――あるいは虚無の彼方《かなた》に没していった。周囲は、暗黒の帳《とばり》に閉ざされた。

存在する光源は、両軍の兵士――駒が放っているオーラだけである。

ただし、王将《キング》とそれ以外の兵士の視力には大きな差がある。自分の目を通して見ると、ほとんど暗黒のこの状況でも、赤外線暗視カメラを使っているように障害物の位置はわかる。それに対し、麾下《きか》の兵士が見ている映像は、完全にブラックアウトしており、岩やコンクリートブロックなどの存在も、味方のオーラが遮られることで、かろうじて判別できる程度だった。

「根本先生。敵に、動きはありませんか？」

一つ眼《キュクロプス》の中継で、根本准教授に訊ねた。

「今のところは、何もないようだ。何しろ、何一つ見えない中でも、互いの存在だけはくっきり浮き上がって見えるんだ。向こうも、まさか、この状態で突っ込んでくるとは思えないな」

根本准教授は、その点に関しては楽観しているようだった。何か変化が起きるまでは、暗闇の中で、ひたすら待つしかないらしい。

「白井君が、何か話したいようだ」

「わかりました」

一つ眼《キュクロプス》がテレパシーを中継することで、ほとんど無線と同じ機能が果たせるものの、向こうから呼び出すことはできないのがネックである。

「白井。どうした？」

「うん。あれから、いくつか思い出したことがあるから……」

白井は思考をまとめる。言葉と違うのは、伝えようと思う以外の思考も雑音のように聞こえてくることだった。すべてをキャッチしていくと、煩雑《はんざつ》でしかたがない。

「設定がそれ以外にもいろいろ似ているっていうより、まんまそっくりな漫画は、永井豪《ながいごう》たしか、そうだったよなの『真夜中の戦士』だったんだけど、フレドリック・ブラウン『発狂した宇宙』とか面白かったな。多元宇宙もののの『闘技場《アリーナ》』という短編SFとも、SFって……ありえねー。今のこれって、本当に現実なんだろうか？　けっこう共通点があると思うとても信じれん。夢じゃないのか？　こんな無茶苦茶なことが、いつまで続くんだ？」

「それは、どんな話なんだ？」

思考雑音は省《はぶ》いて、メインの言語思考だけを拾っていく。

「細かいところは忘れたけど、地球人と敵対する宇宙人が、超越的な存在によって一人ずつ選ばれて、閉鎖空間で戦わされるという話なんだ。勝った側の種族は生かされるが、負けた側は絶滅させられることになってて」

「あれ？　そういう話、スター・トレックの中になかったか？」

かすかに記憶が刺激される。

「ほとんど同じモチーフが、スター・トレックにも、アウターリミッツにも、鉄腕アトムにもあるよ。全部、フレドリック・ブラウンが原型になってるんだ」

設定そのものは永井豪の漫画の方が似ているが、たしかに、神のごとき存在の介入で現在の状況がもたらされたとするなら、参考になるかもしれない。

「だけど、俺が言いたいのは、そのことじゃない。今言った話を、全部、どこかで聞いたような気がしてしょうがなかったんだ。それで、たった今思い出したんだよ」

「どこかでって？　いったい、誰から聞いたんだ？」

塚田の質問に反応し、白井の思考は、たくさんのイメージに分裂しかけたが、何とか一本にまとめられる。

「聞いたって言うか……読んだんだと思う。ゲーム制作会社の掲示板で、ゲーマーが、こんなゲームをやってみたいとか作ってみたいっていう構想を書き込んでたんだけど、俺たちが今やってるのと、そっくりなゲームの話が出てたんだよ」

「そっくり？　本当か？」

「ああ。異世界でモンスターの軍団同士の戦いをやるんだが、敵の王様を殺《と》ったら勝ちだっていうのと、戦いには将棋みたいな読みが必要になるっていう話もあった」

塚田は、思わず立ち上がっていた。やはり、これは、ゲームの中の世界ということなのか。だが、いったい何をどうやったら、これほどのリアリティを作り出せるというのだろう。

「その話を書き込んだのは、どんなやつなんだ？」

さほど期待もせずにした質問だったが、答えは意外なものだった。

「元は引き籠《こ》もりで、年も俺たちより下だけど、『メカ流』ってハンドル・ネームで、ゲーム業界ではけっこう有名なやつだ」

塚田は、はっとした。

メカ流……それはもしかしたら、銘苅健吾のことではないのか。あの男が、すべての鍵《かぎ》を握っているのかもしれない。

ふと、奥本は、そこまで調べているのだろうかという疑問が湧いた。現在は、戦って勝つことしか念頭にないのではないか。本来、鋭い洞察力の持ち主だし、協力して謎を解くことができれば、この不条理な世界から抜け出せるかもしれない。

いや、そういう生ぬるい考え方は危険だ。

塚田は、気持ちを引き締めた。

奥本は敵——いや、奥本こそ敵なのだ。今は、勝つこと以外考えるな。

そのとき、翼《つばさ》の音が聞こえた。鳩《ハト》や鴉《カラス》が舞い降りるときの音に似ているが、はるかに大きい。

塚田は、ぎくりとして、建物の東側に注意を向けた。やはり、かすかな音が聞こえる。

何かが建物の窓に止まって、中の様子を窺《うかが》っているようだ。

始祖鳥《アーキー》だ。偵察飛行の途中で、何かの理由でこの建物に不審を感じたのかもしれない。

塚田は、一つ眼《キュクロプス》を抱え上げると、理紗を手招きして誘導し、建物の奥へと待避した。周囲が真っ暗だから、こちらが放っている赤いオーラはネオンサインのように目立つ。見つかったら、それまでだ。こちらは孤立無援だから、青の王将《キング》が、ここへ刺客《しかく》を差し向けてきたら、とても逃げ切れない。

思考で一つ眼《キュクロプス》に呼びかけて、テレパシーで皮翼猿《レムール》を呼び出す。

「まずいことになった。始祖鳥《アーキー》が、この建物に入ってきそうなんだ。すぐこっちに来て、注意を引き付けてくれ」

「ラジャー。場合によっては、戦ってもいいか？」

「ああ。……よし。背後から奇襲しろ。やつが建物の中に逃げ込んで来たら、俺たちが仕留める」

塚田は、腹を括《くく》った。危険な賭《か》けだが、現状は少し不利なだけに、ここで勝負をかけるのもありだろう。それに、皮翼猿《レムール》が下手に始祖鳥《アーキー》をこの建物から遠ざけようとしたら、かえって敵に怪しまれる。擬傷《ぎしょう》行動で天敵を遠ざけようとするコチドリの親のようなもので、智能のある人間には、ここに巣があると宣伝しているも同然だからだ。

そうなるくらいなら、一《いち》か八《ばち》か、始祖鳥《アーキー》を狙ったと思わせた方がいい。

塚田は、息を殺して、獲物が入ってくるのを待ち受けた。

三十秒ほど経過した。皮翼猿《レムール》の視界に始祖鳥《アーキー》の姿が見えた。想像したとおり、建物の窓に止まり、中の音に聞き耳を立てている。

まだ、こちらには気づいていない。やれ。後ろから襲いかかるんだ。

だが、皮翼猿《レムール》が接近した際、わずかな気流の乱れを感じたのか、始祖鳥《アーキー》が振り返った。たちまち、けたたましく鳴きながら飛び立った。皮翼猿《レムール》は、建物の壁を蹴《け》って、すぐに後を追う。

　どうやら、始祖鳥《アーキー》には、まったく戦意がないようだった。青の王将《キング》は、ここで戦いの帰趨《きすう》を決めてしまうような戦闘が起きるのを避けたいのだろう。

しばらくは二つの飛行体の追いかけっこが続いたが、始祖鳥《アーキー》は、自軍の方へ向かって逃げ帰る。少し速度が落ちたため、距離が詰まった。皮翼猿《レムール》は、より水平に近い角度で滑空しているので、もう少しで始祖鳥《アーキー》の背中に手がかかりそうになる。

　塚田は、はっと気づいた。これは、罠《わな》だ。

「河野！　逃げろ！　方向転換だ！」

　その瞬間、地面に身を隠していた青銅人《タロース》が、びっくり箱のように宙に躍《おど》り上がった。直前にもう少しで、指先が皮翼猿《レムール》に届きそうになったが、危ういところで助かった。

皮翼猿《レムール》が方向転換したために、青銅人《タロース》も、わずかに目測《もくそく》を誤ったようだった。

青銅人《タロース》のリーチから逃れるために、地面すれすれの高度にまで下りた皮翼猿《レムール》は、青軍の真《ま》っ只中《ただなか》に突っ込んでしまった。青いオーラを右に左に避けながら、何とか滑空し続け、あやうく衝突しそうになったコンクリートブロックを蹴って、再び、高度を上げることに成功する。

皮翼猿《レムール》が安全圏まで逃げ延びたのを確認して、塚田は、胸を撫《な》で下ろした。

まさか、二度も同じ手で来るとは思わなかった。つい始祖鳥《アーキー》を深追いさせ、皮翼猿《レムール》を危険に晒《さら》してしまったが、もともと始祖鳥《アーキー》を追い払うのが目的だから、結果オーライといえるかもしれない。

「裕史。わたしたち、ここにいたままで、本当にいいのかな？」

理紗が、問いかけてきた。

「ああ。今は、そうするしかないだろう」

「だけど、他のみんなは、戦場にいるのに」

「……これも、勝つための戦略なんだ」

真っ赤なオーラを身にまとっている理紗は、美しかった。

どんなことがあっても、絶対に彼女を死なせるわけにはいかないと、心に誓う。

そのとき塚田の脳裏に浮かび上ったのは、なぜか、タールを塗ったように黒光りする彼女の右手だった。

両軍が膠着《こうちゃく》状態に入ってから、三時間近くが経過していた。

もう少しすると、再び月が昇り、あたりは明るくなるだろう。決戦は、そのときかもしれない。塚田の勝負勘《かん》は、戦機が熟しつつあるのを感じていた。

「敵に動きがある」

根本准教授にテレパシーで状況を訊《たず》ねると、さっきまでとは異なる答えが返ってきた。

「本当ですか？　どんな動きです？」

「目立たないように、敵の駒が動いているのがわかる。部隊を再配置しているようだ」

だとすれば、こちらに総攻撃をかけるための準備かもしれない。

だが、有利になるという見通しがなければ、敵は先攻できないはずだ。現状のままでは、先に姿を晒して攻撃をかける側が、大砲の標的になるため、不利に陥るのだが。

この三時間で、何かが変わったのだろうか。塚田は、懸命に思考を巡らせた。まず、一つ眼《キュクロプス》が言っていた昇格《プロモーション》には、時間が足りない。昇格《プロモーション》に必要なのは３０００ポイントだが、三時間で加算されるのは一分あたり1ポイントだから、合計で１８０ポイントにすぎない。まだ駒の交換は行われていないから、それ以外のポイントは得られていない。どの駒も、昇格《プロモーション》までは話が遠いはずだ。

では、それ以外に考えられることは、いったい何だろう。

これまで、お互いに有効な手だては何一つ講じられていない。両軍は睨《にら》み合ったまま、ほとんど動いていなかった。そのことは誰の目にも明らかだった。皮翼猿《レムール》と始祖鳥《アーキー》が、絶えず上空から監視しているのだから……。

待てよ、と思う。

それこそが、この三時間に起こった変化ではないのか。

情報……第一局も、情報の差が明暗を分けた。この三時間に、必要な情報を得た側が、俄然《がぜん》有利になってもおかしくない。互いに相手の陣形を観察する時間は、たっぷりあったはずだから。

しかし、互いの陣形について知ったからといって、それで即、行動を起こせるというものではない。戦場で向き合っている両軍の駒の差は、わずか三体にすぎないのだから。

塚田は、皮翼猿《レムール》の視点から敵陣を眺めた。たしかに、青軍には動きがあるようだ。

だが、この三時間は、ほとんどが暗闇に閉ざされていたから、空から数えられるのは、せいぜいオーラの数くらいだろう。鬼土偶《ゴーレム》や青銅人《タロス》は巨大だから見分けが付くだろうが、他の駒は、ほとんど判別不能なはずだ。

したがって、戦場にいないのが、王将《キング》と一つ眼《キュクロプス》、それに死の手《リーサル・タッチ》であることまでは……。

いや、ちょっと待て。欠けている三体が何であるかは、かなりの程度まで推測できるのではないか。

ふつうに考えて、一体目は、まず王将《キング》だろう。

だとすれば、二体目が一つ眼《キュクロプス》であるのも自明だ。一つ眼《キュクロプス》なしでは王将《キング》は全軍と連絡を取ることもできないし、戦闘能力がない一つ眼《キュクロプス》は、最前線に置くメリットもない。

問題は、三体目である。それが死の手《リーサル・タッチ》だとまでは、青の王将《キング》にもわからないはずだ。そこには、何か合理的な理由があったわけではないし……。

塚田は、あっと叫びそうになった。

あわてて、一つ眼《キュクロプス》に命じて、皮翼猿《レムール》と連絡を取る。

「河野！　思い出してくれ。第一局で、おまえが敵の駒になってたときに、奥本に何か話したのか？　理紗のことについて」

「ああ、そういや、話したな」

河野――皮翼猿《レムール》は、こともなげに言う。

「やつに全員のプロフィールを訊《き》かれたからな。死の手《リーサル・タッチ》が理紗だってことは言ったが、それがどうかしたのか？」

塚田は、茫然《ぼうぜん》としていた。

第一局で、幸運にもこちらが勝てたのは、駒の交換が情報もコミで行われることを、青の王将《キング》がうっかりしていたからだ。だが、やつは、けっして情報の収集自体を怠《おこた》っていたわけではなかった。

奥本は、俺と理紗の関係を知っている。死の手《リーサル・タッチ》が理紗だとわかったら、戦場にいない三体目が死の手《リーサル・タッチ》であることは、容易に見当がついたはずだ。

では、戦場に死の手《リーサル・タッチ》がいないことがわかれば、有効な戦略を立てられるだろうか。

もちろん、立てられる。

両軍には、一体ずつ、不死身に近い駒が存在しているが、それらを牽制《けんせい》できる駒も、各一種類――赤軍の死の手《リーサル・タッチ》と青軍の蛇女《ラミア》だけだ。天敵である死の手《リーサル・タッチ》が不在だとわかれば、向こうは、青銅人《タロス》を自由に使うことができる。

ふいに、あたりが明るくなった。月が昇ったのだ。

「おい！　敵が突っ込んでくるぞ！」

皮翼猿《レムール》の叫び声が、頭の中で響いた。

「しかも、単騎だ！　どういうつもりかわからんが……」

塚田は、皮翼猿《レムール》の視界から、その駒の姿を確認した。青銅人《タ　ロス》だ。

緑青色《ろくしよう》の身体が月光に照り映《は》えている。ひょろ長い胴体で二本の長い触角をなびかせ、千手観音のような腕を蠢《うごめ》かせている禍々《まがまが》しい姿は、とてもこの世のものとは思えなかった。

「鬼土偶《ゴーレム》！　やつを止めろ！」

塚田が命じるなり、鬼土偶《ゴーレム》は、低い唸《うな》り声を上げて突進していった。しかし、指示にテレパシーを使わなくてはならなかったため、わずかなタイムラグが生じた。

青銅人《タ　ロス》は、迎撃する鬼土偶《ゴーレム》にはかまわず、手近にあったコンクリートブロックを弾《はじ》き飛ばして、その陰に隠れていた歩兵《ポーン》――多胡九段に襲いかかる。無数の腕で多胡九段を捕まえて、抱え上げると、たちまち首をねじ切ってしまう。

さらに、次の標的に襲いかかろうとする青銅人《タ　ロス》の前に、ようやく鬼土偶《ゴーレム》が立ち塞《ふさ》がった。

鬼土偶《ゴーレム》は、黒い鉤爪《かぎづめ》の付いた長い腕を振るうと、青銅人《タ　ロス》の胸に凄《すさ》まじいばかりの一撃を見舞った。身長《タッパ》は高いが、体重では劣っていそうな青銅人《タ　ロス》は、ぐらりとよろめいた。拳《こぶし》は、青い甲冑《かっちゅう》に覆われた胸に大穴を開けたかに見えた。

だが、一瞬後、胸の穴は、何ごともなかったように消えていた。

お返しに、青銅人《タ－ロス》が、長い剛毛で覆われた鬼土偶《ゴーレム》の頭部を無数の手で抱え込むなり、鋭い牙《きば》で切り裂く。こちらも、ぱっくりと石榴《ざくろ》の実のように割れたのは束の間、すぐに元通りになった。

二体の巨人は、がっちりと組み合い、お互いの前進をブロックすると、そのまま動かなくなってしまう。

塚田は、敵の単騎での奇襲攻撃に肝を冷やしたものの、損失が歩兵《ポーン》一体にとどまり、決定的なダメージに至らなかったことに、胸を撫《な》で下ろしていた。

このときはまだ、事態の本当の深刻さに気づいていなかったのである。

完全に力が拮抗《きっこう》しているのだろう。鬼土偶《ゴーレム》と青銅人《ターロス》は、空き地の真ん中でがっちりと組み合ったまま、微動だにしない。他人の視界を借りて見ていても、激しい息づかいと熱量が伝わってくるような気がする。世にも恐ろしい姿をしている二匹の化け物には、キリン並みの高さと、地響きとして伝わってくる象のような重量感があった。

「大相撲だったら、水が入るところだな」

根本准教授が、つぶやいた。

鬼土偶《ゴーレム》も、青銅人《ターロス》も、互いを殺すことはできないらしい。このまま新たな膠着《こうちゃく》状態に陥るのだろうか。塚田がそう思い始めたときだった。敵は、狙い澄ましたタイミングで次の一手を指した。

隠れ場所からわらわらと現れた青軍の兵士たちが、殺到してきたのだ。

「くそ！　総攻撃だ！　塚田君、どうする？」

根本准教授が、悲鳴のような声を上げる。

火蜥蜴《サラマンドラ》の火線に入るから簡単には突撃してこられないはずだと決めつけたのは、誤算だった。敵は、ある程度の損失は覚悟の上で、一気に勝負を決めに来たのだ。

撃つべきか。それとも……。

火蜥蜴《サラマンドラ》は、一度炎を噴いてしまうと丸一時間使えなくなる。その不利を補うためには、よほどの戦果を上げなくてはならないのだが……。

だが、考えている暇はなかった。

「火蜥蜴《サラマンドラ》！　敵の中心を狙って撃て！」

塚田は、テレパシーで叫んだ。火蜥蜴《サラマンドラ》は、岩陰から半身を乗り出し、オオアリクイのような長い口吻《こうふん》から、長い舌のような炎を噴出させる。

たちまち、敵の駒数体が眩《まばゆ》い炎に包まれ、断末魔の悲鳴を上げた。オレンジ色の炎の中で、青い閃光《せんこう》が次々に弾ける。

そして炎が消えた。塚田が借りた火蜥蜴《サラマンドラ》の視界は、瞳孔《どうこう》が収縮したためか、すっかり暗くなり、炎の補色である青色の残像が、右から左へゆっくりと動いていた。

塚田は、すぐさま駒台を確認した。ダークゾーンと重なり合って存在している、もう一つの非現実の空間を。薄暗い場所で、かすかに揺らぎながら、死んだように目を閉じていたのは、一体の歩兵《ポーン》と、二体のＤＦ《ディフェンダー》だった。

はたして、これで収支は釣り合っているのか。まぐれ当たりで役駒を殺《と》れるとは期待しなかったが、火蜥蜴《サラマンドラ》の炎という切り札に対しては、安い代償だったような気がする。もう一体歩兵《ポーン》を殺《と》れていれば、即、昇格《プロモーション》だったのだが……。

ようやく、火蜥蜴《サラマンドラ》の視界が正常に戻った。敵は、炎を避けるため、いったん後退したようだが、態勢を整えて、再び襲来しようとするところだった。

「迎え撃つんだ！　全軍、突撃してください！」

塚田は、テレパシーを根本准教授に切り替えて叫んだ。敵の狙いは、すでに看破した。

鬼土偶《ゴーレム》を殺《と》る気なのだ。

「しかし、敵が毒蜥蜴《バシリスク》を使ったら？」

根本准教授は、躊躇《ちゅうちょ》していた。

「やむをえません！　鬼土偶《ゴーレム》を殺《と》られたら、終わりなんです！」

赤軍の始動が後《おく》れたため、青く輝く敵兵の群れは、すでに、青銅人《タ ー ロ ス》と組み合って動かない鬼土偶《ゴーレム》の間近に迫ってきていた。もちろん、敵の歩兵《ポーン》など、何体来ようと鬼土偶《ゴーレム》の脅威にはならない。だが、向こうは、歩兵《ポーン》の中に、鬼土偶《ゴーレム》を斃《たお》すことができる切り札、蛇女《ラミア》を紛《まぎ》れ込ませてくるに違いない。

蛇女《ラミア》は、どこにいるのだろうか。塚田は、上空にいる皮翼猿《レムール》に視界を切り替えたが、

からないのだ。まだ一度も実物を見たことがなく、どんな姿形をしているのかさえ、わ

王将《キング》が戦場から離脱することには想定外のハンディキャップがあった。四つの虹彩《こうさい》を持つ王将《キング》の目は、可視光線の枠を超え戦場の隅々まで見通すことができる。だが、他の駒の視力を借りている状態では、どんなに目を凝《こ》らしたところで、ピンぼけにしか見えないのだ。しかも、視線の向きを自由に操れないため、たまたま視界に入っているものしか見られない。

その間にも、敵は迫ってくる。もう、蛇女《ラミア》を探している暇はなかった。

塚田は、さっき殺《と》ったばかりの三体の駒を、鬼土偶《ゴーレム》を守るために打ち付けた。真っ赤な光が輝く。実体化した一体の歩兵《ポーン》と二体のＤＦ《ディフエンダー》は、殺到してくる敵を迎え撃とうと両手の爪を振りかざし、額の角を擬《ぎ》した。

これで、しばらく時間稼ぎができると思ったが、次の瞬間、真っ黒な霧の噴流が四体の駒を襲った。赤いオーラが弾け、三体は死んでしまった。

黒い霧は、同時に鬼土偶《ゴーレム》と青銅人《タロス》をも包んだが、こちらは、何のダメージも蒙《こうむ》っていない。

敵は、こちらの動きを読み、一瞬の迷いもなく毒蜥蜴《バシリスク》を使ってきたのだ。向こうだけ大砲を温存するという戦術もあったはずなのに。

これで、損得勘定は、元通りになったのだろうか。奪ったばかりの三体の駒は、敵に

取り戻されて、両軍の大砲は一時間は使えない。
いや、そうじゃない。敵は、大戦果を上げたのだ。塚田は、唇を嚙《か》んだ。
単に取り戻したのではない。持ち駒は、好きな場所に実体化させることができる。
持ち駒の方が有利なのは将棋と同じ理屈だ。それに、敵は、こちらの歩兵《ポーン》──多胡九段
「死者は生者の十倍強力だ」という一つ眼《キュクロプス》の言葉が、あらためて胸に迫る。盤上の駒より
──を一体殺《と》っている。微差とはいえ、駒得でもあるのだ。
鬼土偶《ゴーレム》と青銅人《ターロス》の周囲には、赤く輝く駒は一体もなかった。青い光が迫ってくると、
数体の兵士が、鬼土偶《ゴーレム》に取り付いた。
鬼土偶《ゴーレム》が、軽く身体を振ると、二、三体の歩兵《ポーン》が吹っ飛ぶ。彼らの爪では、鬼土偶《ゴーレム》に
傷を負わせることもできない。
ようやく、赤軍の駒が近づいてきたが、そのとき、塚田が借りている皮翼猿《レムール》の目は、
鬼土偶《ゴーレム》に背後から迫る異様な怪物を捉《とら》えた。
白っぽい寛衣《ローブ》のようなものをまとっており、華奢《きやしや》な体格からすると女のようだった。
両手にも、特に武器らしきものは持っていない。
不気味なのは首から上の部分だった。顔の造りは蛇より人間に近いが、髪の毛はなく、
顔は多角形の鱗《うろこ》に覆われていた。瞼《まぶた》がないために、飛び出た大きな眼は驚愕《きようがく》の表情に見
える。首の両脇の皮膚が伸びてインドコブラのように広がり、かっと開いた口先からは、
先が二股《ふたまた》になった細長い舌をちろちろと出し入れしていた。

こいつが蛇女《ラミア》だ。昔のB級ホラー映画の蛇女そのものの姿だった。

だが、俺は、この女を知っている……。

「そいつを近づけるな！」

塚田は絶叫したが、近くに、赤軍の駒はない。塚田は、皮翼猿《レムール》に命じて急降下させた。蛇女《ラミア》さえ殺《と》ってしまえば鬼土偶《ゴーレム》は安泰であり、しかも、こちらだけが青銅人《タ ー ロ ス》を殺すぞと脅《おど》かすことができる。形勢逆転だ。

だが、敵は、こちらの行動を読んでいたらしい。蛇女《ラミア》の周囲に次々と青い光の爆発が起こると、実体化したばかりの歩兵《ポーン》やDF《ディフェンダー》が、空に向かっていっせいに爪と角を並べ、蛇女《ラミア》をガードする。このまま突っ込んで行っても、犬死にするだけだ。塚田は、衝突を回避しろと皮翼猿《レムール》に叫んだ。皮翼猿《レムール》は、からくも寸前に進路を変え、青軍の駒から離れた場所に着地する。

振り返った皮翼猿《レムール》の──そして塚田の視界に映ったのは、鬼土偶《ゴーレム》の断末魔だった。

蛇女《ラミア》の首は、一気に数メートルも伸びて、鬼土偶《ゴーレム》の脇腹のあたりに毒牙《どくが》を埋めていた。

鬼土偶《ゴーレム》は、苦痛に吠《ほ》えた。苦しまぎれに巨大な腕を振ると、拳《こぶし》は蛇女《ラミア》に命中し、青い爆発が起こった。まぐれ当たりで、蛇女《ラミア》を屠《ほふ》ったのだ。

しかし、次の瞬間、鬼土偶《ゴーレム》自身が、大地を揺るがせて倒れる。最期の瞬間の赤い閃光爆発は、他のどの駒より大きかった。

鬼土偶《ゴーレム》を失ってしまった……。

代償に、こちらの駒台には蛇女《ラミア》が載った。しかし、とうてい引き合う交換ではない。鬼土偶《ゴーレム》が消えてしまえば、もはや青銅人《タロス》を止めるすべはないのだ。ただ闇雲に突撃していった赤軍の駒は、なすすべもなく、次々と青銅人《タロス》に惨殺されていった。

「逃げろ！　これ以上、無駄な犠牲を出すな！」

塚田は、テレパシーを使って生き残った駒に必死で呼びかける。赤軍は総崩れとなり、敗走した。

「我々の負けだ……」

根本准教授が、悲痛な声で呻《うめ》く。怪我を負っているらしい。

「根本先生。しっかりしてください。殺《と》られた駒は、何体ありますか？」

「わからない。残っているのは、半数にも満たない。……すまない。私の勧めた作戦がまちがっていたようだ。王将《キング》は、戦場を離脱するべきじゃなかったんだ。このゲームの本質は、隠れん坊なんかじゃない。戦争なんだ！」

「残っている駒は？」

突然、根本准教授の背後から翼の音が響く。そして、視界が真っ赤な光に包まれると、暗転した。

殺された……。塚田は身震いした。テレパシーで感覚を共有している相手が殺される瞬間には、自らも死を疑似《ぎじ》体験させられるのだ。

「赤軍で残っているのは、ここにいる三体以外には、皮翼猿《レムール》と、歩兵《ポーン》が一体、ＤＦ《ディフェンダー》がここまで三体だけだ。持ち駒は、蛇女《ラミア》一体のみ……」

一つ眼《キュクロプス》の幼い声が、暗く空虚な部屋の中に響く。

「たった、それだけ？　嘘だろう？」

塚田は、茫然《ぼうぜん》として叫ぶ。鬼土偶《ゴーレム》一体が殺《と》られただけで、あっという間に、ボロボロになってしまうものなのか。

「数秒前に、逃げ遅れた火蜥蜴《サラマンドラ》が殺された。……説明していなかったが、炎を吐く能力は、いったん死んで敵の持ち駒になると、ただちに復活する。つまり、青軍が火蜥蜴《サラマンドラ》を打った瞬間から、我々は、炎の脅威に晒《さら》されるということだ」

「もう、だめよ」

理紗が、つぶやくように言った。

「どうあがいても、勝てるはずがない。いさぎよく、負けを認めるしかないわ」

「勝つ確率が、限りなくゼロに近いというのは、事実だろう。ただし、このゲームでは、投了することはできない。王将《キング》が殺されるまでは、けっして戦いは終わらないのだ」

一つ眼《キュクロプス》の言葉が残酷に響いた。塚田の背筋を恐怖が這《は》い上る。ここまでの戦いでは、自分以外の駒は非情に死地に追いやってきた。いったん殺されても、次局では生き返るということだったし、勝敗以外のことは考えないようにしていたから、ためらいはなかったのだ。

だが、自分が死ぬとなると、そう簡単に割り切れなかった。たとえ次の局で復活するとしても、死そのものは、きわめてリアルなのだ。

それに、と思う。皆を動揺させると思ったので、あえて言わなかったのだが、ここで死んだ場合、次の局で復活するのは、本当に、現在のこの自分なのだろうか。

もしかしたら、ここで自分が死ぬのは、ダークゾーンに来る以前の現実社会での死、たった一度の人生の終焉《しゅうえん》とまったく同じであり、新たに作り出されたクローンのような存在が、自分の記憶を引き継ぐだけではないのだろうか。

「とにかく、逃げよう」

戦術ではなく本能的な恐怖に突き動かされて、塚田は言った。逃げ回ってさえいれば勝機が訪れるというわけではない。だが、ここにじっとしていることなど、できるはずがなかった。

敵は、持ち駒からの情報で、自分たちが、東側の建物——学校に潜んだところまでは、知ることができる。そこから直結しているこの巨大な鉱員社宅へは、すぐに捜索の手が伸びるはずだ。

塚田は、退路を探すために先頭に立った。すぐ後ろから、理紗が一つ眼《キュクロプス》を抱きながら付いてくる。一つ眼《キュクロプス》と目が合わないように、顔を背《そむ》けていた。

塚田たちがいたのは五階だったが、四階と七階には、南側の小高い丘に渡れる小さな架橋があるらしい。

塚田は、耳を澄ます。音が聞こえた。敵の駒の足音。それに建物を家捜《や》ししているような、騒々しい音。もはや、自分たちの位置を隠そうともしていない。

「一つ眼《キュクロプス》。敵はもう、この建物に入ったのか？」

塚田は、囁《ささや》き声で訊《たず》ねる。

「わからない。最も近い敵とは、直線距離でほんの15メートルほどしか離れていない。隣の建物にいるのか、すでに下の階に侵入しているのかは、判別できない」

「……上へ行こう」

塚田は、足音を忍ばせて、階段を上がった。理紗も、黙って後に従う。

七階の西の端に行くと、架橋へと繋《つな》がる出口があった。

そっと外を見る。どこにも青いオーラは見えなかった。もっとも、こちらから見えたときには、向こうも、こちらの赤いオーラに気づくはずだ。

「皮翼猿《レムール》。どこにいる？」

テレパシーで呼びかける。

「敵の上空を旋回《せんかい》中だ。もう、島中、どこを見ても青い光ばっかだぞ」

皮翼猿《レムール》は、皮肉な調子で応《こた》える。

「教えてくれ。始祖鳥《アーキー》はいるか？」

「ああ。さっきまではしつこく俺を追いかけてきてたが、今は、俺のことは完全に無視して、空からおまえたちの捜索に加わってるようだ」

「こちらは、鉱員社宅の七階の架橋に出るところだ。始祖鳥《アーキー》に見つからないか？」

「だいじょうぶだ。馬鹿鳥は、さっき、学校横のグラウンドの方へ回ったからな……。う、やべ。俺は逃げるぞ！」

塚田は、皮翼猿《レムール》の視界で地上を見下ろして、凍りついた。こちらを見上げ、ぴたりと照準を合わせているのは、青いオーラをまとった火蜥蜴《サラマンドラ》だった。

次の瞬間、青い業火の柱が目の前に迫ったかと思うと、視界が閃光《せんこう》で真っ赤に染まる。

皮翼猿《レムール》の視界と意識は暗転し、ぷっつりと、テレパシーのコンタクトが失われた。

「皮翼猿《レムール》が、殺《と》られた」

塚田は、茫然とつぶやく。

「考えてみれば、あたりまえの一手だよな。向こうは、もう、大砲を撃ち惜しむ必要がないんだから」

「これで、奇跡の逆転勝利は、さらに遠のいたようだ」

一つ眼《キュクロプス》が、傍観者のように平然と言う。

「逆転勝利？　まだ、そんな目があったっていうのか？」

「確率は、きわめて低いものの、ゼロではなかった」

一つ眼《キュクロプス》の口調は、敗戦を淡々と振り返る解説者のようだった。

「最後の頼みの綱は、持ち駒の蛇女《ラミア》だった。死の手《リーサル・タッチ》や蛇女《ラミア》の本来の使命は、青銅人《ターロス》や鬼土偶《ゴーレム》を斃《たお》すことだが、この場合、蛇女《ラミア》を投入して青銅人《ターロス》を殺《と》ったところで、もはや大勢に影響はない。こちらの青銅人《ターロス》は、敵の鬼土偶《ゴーレム》にブロックされ、動けなくなるだけのことだ」

「じゃあ、どうすれば勝てるっていうんだ？」

「ここまで戦力差が拡大してしまった以上、もはや、直接、敵玉を殺《と》りに行くしかない。万に一つの僥倖《ぎょうこう》で青の王将《キング》の居場所がわかり、しかもあなたの視界に収められるくらい接近できたら、蛇女《ラミア》を打って、青の王将《キング》を仕留めることができたかもしれない」

アドバイスなら、もっと早くしろと思う。一つ眼《キュクロプス》は、これまでゲームのルールを説明するだけで、戦術の立案の助けになるようなことは何一つ言わなかったのに。

「……じゃあ、今からでも、まだ奇跡はあるということか？」

「今度こそ、正真正銘の奇跡が必要だろう。まだ皮翼猿《レムール》がいれば、上空から青の王将《キング》の位置を探ることができたかもしれないが」

「早く、逃げましょう！」

理紗が、急《せ》かした。

「いや。もう、遅い」

塚田は、架橋へと続く出口から、外を指し示した。

空を舞っているのは、二体の駒――始祖鳥《アーキー》と皮翼猿《レムール》だった。皮翼猿《レムール》を殺《と》られたため、こちらの居場所も、どこから逃げようとしてるかも、すっかり敵に筒抜けになってしまったのだ。

「投了できないっていうのは、ひどいルールだな。詰まされるしかないわけか」

塚田は、大声で言った。

「わかった。それじゃあ、詰まされに行くとしようか」

「裕史……？」

塚田は、両手を挙げて、架橋の上に出て行った。

「第二局は、こちらの負けだ。これ以上、無駄な抵抗はしない」

「いい心がけだ。さくさく行こうぜ。なんせ七番勝負だからな。先は長い」

ついさっきまで味方だった河野——皮翼猿《レムール》が、嘲笑《あざわら》うように言う。

「じゃあ、友だちのよしみだ。せめて、俺がとどめを刺してやろう」

「だが、ちょっと待ってくれ。その前に、奥本と話がしたい」

「ほほほほほ……何を今さら？　命乞《ご》い？　意味ないわよ」

始祖鳥《アーキー》が、けたたましい声で笑う。

「そうじゃない。どうせ、俺が死ななければ、この局は終わらないんだろう？　それは覚悟している。……俺はただ、現在の状況を奥本がどう捉《とら》えているのか知りたいんだ。もう勝負は付いてる。せっかくの機会だ、話し合おうじゃないか」

「往生際《おうじょうぎわ》の悪いやつだな。何を話し合うというんだ？」

「そっちも、考えてることはあるだろう？　ここは、いったいどこなんだ？　俺たちは、何のために、殺し合わなきゃならないんだ？　もしかして、お互いの知識を合わせればヒントが見つかるかもしれないじゃないか」

「……ふん。ちょっと、待て」

皮翼猿《レムール》が、飛びながら首を傾けた。たぶん、青の王将《キング》と交信しているのだろう。

「よし。じゃあ、こちらの王将《キング》からのメッセージを伝える」

皮翼猿《レムール》は、一階上の窓の張り出しに止まって、しかつめらしく言う。

「おまえの魂胆は、見え見えだそうだ。青の王将《キング》が姿を現した瞬間に、一か八か蛇女《ラミア》を打って、頓死《とんし》を喰《く》わせるのが狙いなんだろう？　そんなに単純な罠《わな》に引っかかるくらい間抜けじゃないと言ってるが、これについて、おまえの方から何か反論したいことはあるか？」

「そうか。そりゃ、そうだよな。お見それしましたと伝えてくれ。……じゃあ、しょうがない。殺《と》るのは、おまえでいいや」

塚田は、皮翼猿《レムール》の上に覆い被《かぶ》さるようにして、蛇女《ラミア》を実体化させた。

「くそ……ふざけるな！」

皮翼猿《レムール》は叫び、すばやく反転して蛇女《ラミア》の喉元《のどもと》に喰いついた。赤い爆発が収まる前に深紅の血飛沫《しぶき》が上がる。ようやく完全に実体化したとき、蛇女《ラミア》は、すでに致命傷を受けていたらしく、すぐにまた、赤い閃光の中で消え去ってしまう。

しかし、現れてから死ぬまでの一刹那《せつな》に、蛇女《ラミア》は、きっちりと使命を果たしていた。咬《か》みつかれている長い首を伸ばし、逆に皮翼猿《レムール》を一咬みしていったのだ。

皮翼猿《レムール》もまた、激しい痙攣《けいれん》を起こしたかと思うと、青い閃光とともに消え去った。

「この馬鹿が！　いったい何してくれてるのよ？　クズ！　役立たず！　面倒かけずに、さっさと死ねばいいものを──」

始祖鳥《アーキー》が、ぎゃあぎゃあ喚《わめ》きながら、あたりを飛び回る。

「おまえのやってることは、まるっきり無意味よ！　持ち駒の蛇女《ラミア》を失ったら、もう、こちらの王将《キング》に迫る手立てもないくせに……！」

始祖鳥《アーキー》は、塚田を攻撃するようなそぶりを見せたものの、後ろから、理紗が黒い手を伸ばす気配を見せたとたん、あわてて羽ばたいて、安全な位置まで飛び退《すさ》った。これは青の王将《キング》からの指令だろうと、塚田は思った。奥本は、圧倒的な優位を築いた後でも、気を緩《ゆる》めて失着を犯すようなタイプではない。万一始祖鳥《アーキー》を失うようなことがあれば、空を飛べる駒は二枚ともこちらの手中となり、何か想定外の危険が生じるかもしれないと考えたのだろう。

「……今のうちに、逃げるぞ」

塚田は、すばやく架橋へと踏み出した。

「でも、これから、どうするの？　あの鳥の怪物が言ったとおり、もう逆転なんてありえないでしょう？」

たしかに、そうだ。最も強力な大駒の鬼土偶《ゴーレム》を奪われた代償として蛇女《ラミア》を得たというのに、今度は、逃げるためにやむをえなかったとはいえ、虎の子の蛇女《ラミア》を捨て皮翼猿《レムール》を取り戻す。効率が悪いどころではない。藁《わら》しべ長者の逆バージョン──藁しべ貧民ではないか。

「それでも、今は、逃げるしかない」

塚田は、自分に言い聞かせるように言った。

「結果的に負けに終わっても、たとえ一瞬でも、ひやりとさせてやらなきゃならない。その記憶が、のちのちプレッシャーになって、勝負の行方を左右することもあるんだ」

実際には他に選ぶ道はなかった。投了することができない以上、自ら首を差し出すか、最後まで逃げ回るかしかない。

第三局以降のことを考えれば、前者を選ぶことはできなかった。

塚田は、一つ眼《キュクロプス》を抱いた理紗を連れて、風化が進んだコンクリートの架橋を渡った。

すでに戦闘はほとんど終結したらしく、島は静まりかえっている。

塚田らは、島の西部にある中央部が吹き抜けになった正方形の建物に辿《たど》り着いていた。

ここも、どうやら鉱員のための社宅らしい。七階建てで、各階に中庭を囲む形の回廊があり、その西側には階段があって、上階へ移動できる。

周囲を見渡せる屋上へ移動したかったが、始祖鳥《アーキー》が見張っていれば、丸見えになってしまう。とりあえず、七階にとどまって、様子を窺《うかが》うことにした。

「裕史。ずっと考えてたんだけど」

理紗が、口を開く。

「こうなった理由は、裕史が戦場から遠ざかったせいじゃないと思うの」

何を言いたいのだろう。塚田は、薄暗がりで、理紗を透かし見た。

「慰《なぐさ》めてくれるのは嬉《うれ》しいけど、やっぱり、今局みたいな総力戦では、俺が戦線を離脱したことが、致命的だったと思うよ」

「それが、違うと思う。もちろん、陣頭指揮をするのもありとは思うわ。でも、裕史だけだったら、戦場にいなくても、ここまでの違いはなかったんじゃないかな？」

「それは……」

「わたしでしょう、やっぱり？　わたしと蛇女《ラミア》には、相手側の青銅人《タ－ロス》と鬼土偶《ゴーレム》を自由にさせないっていう大切な役目があるみたいだし。わたしがいないから、青銅人《タ－ロス》は自由に行動できた。青銅人《タ－ロス》に対抗するために鬼土偶《ゴーレム》が出て行くしかなかったんだし、その結果として、蛇女《ラミア》に殺《と》られることになったんじゃない？」

「でも、君は、戦うことには反対だったんじゃないのか？」

「反対よ、もちろん。今からでも遅くないから、話し合うべきだって思ってる。だけど、みんなが、あんなふうに殺されてるのに、自分だけ特別扱いで安全な場所にいるなんて、まちがってると思う」

「死の手《リーサル・タッチ》の分析は当を得たものだ。今回の敗戦は、ひとえに戦場に死の手《リーサル・タッチ》がいなかったことと、それを敵に見透かされたことによるものだろう」

一つ眼《キュクロプス》が、上機嫌な赤ん坊の声で言った。

「うるさい！　おまえは、黙ってろ」

塚田は、一つ眼《キユクロプス》を怒鳴《どな》りつけた。

「裕史。今回は、もうダメみたいだけど、でも、この次は、わたしを使って」

「理紗……」

「お話し中だが、また、報告がある」

一つ眼《キユクロプス》が、また割って入った。

「残っていた赤軍のうち、DF《デイフエンダー》二体が敵に捕殺された。これで、残りは、我々三体と、持ち駒の皮翼猿《レムール》、それに、隠れている歩兵《ポーン》一体、DF《デイフエンダー》一体の、計六体になった」

塚田は、溜《た》め息をついた。ジリ貧から、ついに大貧民か。勝ち目がないことは、とうに覚悟していたが、それにしても、この有様はひどすぎる。

「ねえ、おかしいと思わない？」

理紗が、急に、何かを思いついたように言った。

「なぜ、わたしたちは、まだ無事なの？　青軍は駒が唸ってるんだから、もっと大胆に攻めてくることもできるはずよ？　わたしたちが、ここまで逃げて来られたこと自体、不思議よ」

言われてみれば、たしかに変だという気がした。もはや逆転の可能性はほとんどないとはいえ、勝負が続いている限り何が起きるかわからない。人一倍勝負に辛《から》い奥本に、それくらいのことがわからないはずはない。にもかかわらず、この一局をさっさと終わらせない理由は何だろう。

俺と話し合うためか。

いや、そんな甘いことを考えるやつじゃない。塚田は、頭を振って否定する。

そうだ。奥本が——やつが殺した。

ちょっと待て、いったい何のことだ。塚田は、頭がひどく混乱するのを感じた。

やつが、やったんだ。まちがいない。やつが殺した。何もかも、やつのせいなんだ。

それ以上、何も思い出すことはできなかった。だが、奥本の人間性に対する不信感は、塚田の中で際限なく膨れ上がっていく。

「そうか。奥本が、この一局を引き延ばしてる理由は、一つしか考えられないな」

「何なの？」

「あの野郎、全駒《ぜんごま》をやるつもりかもしれない」

「ゼンゴマって？」

「将棋で、手合い違いの相手や投了機能のないソフトと指すときなんかに、わざと玉を詰まさずに、他の駒を全部奪ってしまうことだよ」

「……でも、何のために、そんな面倒なことをするの？　だって、どんなに駒をいっぱい集めても、同じ一勝にしかならないでしょう？」

理紗は、当惑《とうわく》したように訊《たず》ねる。

「もちろん、お互いの戦力は、一局ごとにリセットされるよ。でも、七番勝負を通じて継続しているものがあるだろう？　俺たちの記憶だよ」

「それはわかるけど。どういうこと？」

「奥本は、俺に精神的なダメージを与えるつもりなんだ。だから、すでに勝負がついた第二局で、すっぱり斬らずに、じわじわと引き延ばしながら、まるで手足をもぐように、他の駒を全部殺《と》ろうとしてるんだ。最後に、俺が一人になったら、なぶり殺しにする気なんだろうな」

「そんな……まさか、奥本くんが」

理紗は、絶句した。

奥本は、微妙な駆け引きや心理戦を得意としていたし、必要とあらば盤外戦術も使う。目先の一局だけでなく、七番勝負の最終的な勝利を見据えて戦うのであれば、そういう汚いやり方もありだろう。

だが、それがわかっていても、ここで実際にそんな目に遭ったら、次局以降に影響が出ないわけはない。

いや、次局のことを考えるのは気が早すぎる。捕らえられた後、一寸刻《いっすんきざ》み五分《ごぶ》試《だめ》しにされる苦痛のことを考えると、とても耐えられるとは思えず、恐ろしくてたまらない。塚田は、身震いした。今まで、指し手としてゲームに参加している意識だった。だが、実際は自分も駒の一つにすぎないと、あらためて思い知らされたような気がする。

奥本は、本当に、そこまでやるだろうか。

塚田は自問したが、答えはあきらかだった。好んで拷問《ごうもん》は行わないにしても、それが勝利のために必要だと判断すれば、ためらわずにやるはずだ。

「あと数秒で、月が沈む」

一つ眼《キュクロプス》の声が響く。

「現在の形勢では、たいした違いはないかもしれないが、多少はゲリラ戦に有利になるだろう。……もう一つ。敵が接近してくる」

「どこからだ？ もう、この建物に入ってるのか？ 何体くらいいる？」

塚田は、身構え、鋭い声で矢継《やつ》ぎ早《ばや》に質問した。

「外だ。島の西側の堤防沿いに歩いてくる。今のところは、気配が感じられるのはその一体だけだが」

一体だけ……。塚田は息を吐き、緊張を解いた。青軍の歩兵《ポーン》が偵察に来たのだろうか。役駒が単独で行動するというのは、考えにくいかもしれない。

ふいに、周囲は、真の闇に閉ざされた。月の入りだ。

「真っ暗……何も見えない」

理紗が、不安げに囁《ささや》く。

「向こうも条件は同じだ。むしろ、お互いに見えない方が、こちらには好都合なはずだ。自分のオーラで見える範囲を」

そう言いかけたとき、塚田の耳は、低い地鳴りのような音を捉《とら》えた。

「何だ、あれは？」

また、聞こえた。さっきより大きい。連続して、少しずつ大きくなってくる。

「どうやら、足音のようだな」

一つ眼《キュクロプス》は、世間話をしているような、何気ない調子で言う。

「青銅人《ターロス》かと思ったが、はるかに巨大になってるな。昇格《プロモーション》第一号というわけだ」

「昇格《プロモーション》？」

塚田ははっとした。今局、青銅人《ターロス》は複数の赤軍の駒を屠《ほふ》っている。昇格《プロモーション》のためには3000点が必要ということだったが、ゆうにクリアーしているはずだ。

「青銅人《ターロス》が昇格すると青銅魔神《コロッサス》になる。サイズもパワーも桁《けた》違いになり、鬼土偶《ゴーレム》を殺すことも可能になる。さらに、昇格していない死の手《リーサル・タッチ》や蛇女《ラミア》では、もはや青銅魔神《コロッサス》を斃《たお》すことはできない」

足音は、地響きとなって近づいてきた。

「青銅魔神《コロッサス》や、鬼土偶《ゴーレム》が成った不可殺爾《ブルガサリ》は、あまりにも強力すぎるため、絶対に成らせてはならないというのが鉄則だ。青銅人《ターロス》や鬼土偶《ゴーレム》は機敏さに欠けるため避けることは可能だが、これだけ大きいと、まず逃げ切れない。極端に言えば、青銅魔神《コロッサス》一体で、相手の全軍を皆殺しにすることも可能だろう」

鉄則だったら、もっと早く言え。

「……じゃあ、いったん青銅魔神《コロッサス》へ成ってしまったら、もう、絶対に殺せないってことなのか？」

ゲームかTVアニメのようなリアリティのない名前とは裏腹に、近づいてくる足音には、文字通り、聞く者を震撼《しんかん》させる迫力があった。

「いや。死の手《リーサル・タッチ》が昇格した姿である黒水母《メデューサ》か、蛇女《ラミア》が成った大水蛇《ヒュドラ》。この二種類の成り駒なら、青銅魔神《コロッサス》や不可殺爾《ブルガサリ》を殺《と》ることが可能だ。現実には、そんな局面は稀《まれ》にしか生じないだろうが」

「裕史……怖い」

理紗は、怯《おび》えきっていた。足音だけで建物が地震のように揺れ、細かいコンクリートの粉が落ちてきている。

「しっ……！」

塚田は、唇に指を当てた。

感じる。発している熱量なのだろうか。圧倒的な存在感。それは、この建物の、すぐ外にいる。

窓の外に、ぎらぎらと輝く青い光が射してきた。塚田と理紗は、一つ眼《キュクロプス》を抱きかかえ、窓からは死角になる位置まで撤退した。

覗《のぞ》き込まれている……。

こちらからも青銅魔神《コロッサス》の姿を見ることはできなかったが、それは、七階の窓から中を覗けるほど大きいようだ。巨大なふいごのような呼吸音が響いて、建物の中の砂埃《すなぼこり》が、竜巻のように巻き上げられる。

時間にすれば数秒のことだっただろうが、息を殺している時間は永劫《えいごう》にも感じられた。やがて、窓辺から圧倒的な気配が遠ざかると、地鳴りのような足音は、今度は徐々に遠ざかっていった。

「ちくしょう！　これも全部、心理戦の一環なんだ。圧倒的な恐怖を味わわせることで、こちらの心を挫《くじ》くつもりだろう」

塚田は、歯《は》嚙《が》みした。

「何とかしなきゃならない。このままだと、やつの思うつぼだ……！」

「裕史。もしかしたらって思うんだけど。奥本くんの意図は、違うのかもしれないわ」

理紗が、ためらいがちに言った。

「違うって？　どういうこと？」

「圧倒的な力を見せつけてるっていうのは、その通りだと思う。でも、それは精神的にダメージを与えるためじゃなくて、諦《あきら》めさせようとしてるだけなんじゃ……」

「同じことじゃん」

「違うの！　最後まで聞いて。ここへ来る前、皮翼猿《レムール》と始祖鳥《アーキー》に行く手を阻まれたとき、裕史は話し合いたいって言ったじゃない？　それに対する向こうの答えは、罠《わな》には引っかからないっていうことだった。でも、もしそれが罠でなければ、向こうも話し合いたい気持ちはあるんじゃない？」

「何言ってるんだよ。……馬鹿馬鹿しい」

塚田は、鼻で笑った。

「絶対、そうだって！　だって、この局は、もう向こうの勝ちが確定してるようなもんじゃない？　だったら、話し合っても、お互いに失うものは何もない。奥本くんだって、この状況を疑問に思ってないはずないもん。こんな機会は、もう二度と訪れないかもしれないでしょう？　絶対、話し合ってみるべきだよ」

塚田は、理紗に向き直った。真っ暗な空間に後光のように赤いオーラを発散している姿は、まるで炎の女神のように神々《こうごう》しかった。

「それが、向こうの手なんだよ。そうやって、こちらの戦意を喪失させるつもりなんだ。一度でも、負け下《した》の立場に甘んじたら、次局からの戦いに必ず影響が出てくる」

「それは……そうかもしれないけど」

理紗は、うつむいた。

ふいに、窓の外に、うっすらと青いオーラが射した。塚田は、ぎょっとして身構える。

「戦うつもりはございませんわ。みなさま」

始祖鳥《アーキー》の声だった。姿は見せないが、いつになく低姿勢、というか気持ち悪いほどの猫撫《ねこな》で声を出している。

「うっかりお目にかかったら、死の手《リーサル・タッチ》さんの怖ーいお手々で、ぎゅっと抱擁《ほうよう》されちゃうかもしれませんので、こちらで失礼いたしますわね」

「何の用だ」と、塚田が問いただす。

「青の王将《キング》からのメッセージを伝えに参りました。話し合いましょう、ということです。さきほどの赤の王将《キング》によるお申し出は、充分傾聴《けいちょう》と考慮に値《あたい》するものでした。ただし、あの時点では、本当に話し合いたいというより、青の王将《キング》を罠にかけようという悪辣《あくらつ》な意図が透けて見えたために、拒絶のやむなきに至ったのは、かえすがえすも残念なことでした」

「それは残念だったな。だったら、青の王将《キング》が、今度こそ、ここへ出向いて来ればいい。あんたが言ったとおり、もう蛇女《ラミア》はないんだ。一対一で、とことん話し合おう」

塚田が言うと、始祖鳥《アーキー》は、失笑のような音を漏らした。

「くくくくく……失礼。いえいえ、それはできません。だって、赤の王将《キング》は、まだまだ勝負を諦めていらっしゃらないようですものね。もし、青の王将《キング》がのこのこ現れたら、飛んで火に入るとばかり、そちらのお嬢さんが右手で握手なさるおつもりでしょう？　そうはいきませんことよ」

塚田はまた、奇妙な既視感を覚えていた。やはり、この嫌みな女とは、どこかで会い、話を交わしたことがある。ここダークゾーンではなく現実社会にいたときに。しかし、それ以上のことは、どうしても思い出せなかった。

「ここはやはり、赤の王将《キング》の方から、お運びをいただくしかありませんわ。こちらは、さっき戦った、島の東側にある空き地でお待ち申ししています。ご決心がつきましたら、いつでもお気兼ねなく、いらしてくださいね。あ……それから」

始祖鳥《アーキー》は、何か報《しら》せを受けたらしく、高い声を上げた。

「そちらのお三方以外に、まだ、歩兵《ポーン》とDF《ディフェンダー》が一体ずつお隠れになってましたわよね。たった今、発見されたそうです」

けたたましい笑い声を後に残して、始祖鳥《アーキー》は飛び去った。

「残念ながら、始祖鳥《アーキー》の言葉は本当だった。たった今、最後の歩兵《ポーン》とDF《ディフェンダー》が殺《と》られたところだ」

一つ眼《キュクロプス》が、無邪気な声で言う。

「ここは、赤の王将《キング》に決断してもらうしかないかもしれない」

「何を決断しろというんだ?」

塚田は、四つの虹彩《こうさい》で、一つ眼《キュクロプス》を睨《にら》んだ。

「事態を打開する方法についてだ。このまま時間だけが経過しても、我々には何の得るところもない。逆に、青軍には充分すぎるほどのメリットがある」

「どんなメリットだ?」

「時間の経過により、一分につき1ポイントずつ加算されるから、やがて、すべての駒は、自動的に昇格する。青軍は、昇格《プロモーション》後の駒の性能について、じかに確認することができるわけだ」

塚田は、考え込んだ。それは、次局以降の戦いに向けて、少なからぬアドバンテージといえるかもしれない。青軍では、すでに、青銅人《タ－ロス》が青銅魔神《コロッサス》に昇格している。それ以外の駒も、順次、昇格《プロモーション》することだろう。それに対して、こちらは……。

「我々の側でも当然、時間の経過による昇格《プロモーション》は起こるが、それは死の手《リーサル・タッチ》と私だけだ。王将《キング》には昇格《プロモーション》はないのだから」

一つ眼《キュクロプス》は、塚田の心を読んだように答える。

「え？　ちょっと待て」

塚田は、眉根《まゆね》を寄せた。

「おまえも、昇格するんだっけ？」

「前に説明したとおりだ。王将《キング》とＤＦ《ディフェンダー》以外の駒は、すべて昇格《プロモーション》の対象だ」

「おまえが昇格するのは、時間によるポイントだけしかないよな？」

「他の駒と同様、敵駒を捕殺したポイントと、その後神社に入ることによって得られるボーナスポイントでも、昇格《プロモーション》は可能だ」

どういうことだ。塚田は、怪訝《けげん》に思い、ついで、興奮を感じた。

つまり、こいつにも敵駒を殺す何らかの能力が備わっているということではないか。

もしかしたら、そこに、ごくわずかながら逆転のチャンスがあるのかもしれない。

軍艦島の東側の空き地は、すっかり青い光で染まっていた。

それも、当然だろうと思う。駒数で言ったら、第二局開始時点の18対18から、今は、4対32まで差が拡大しているのだから。

「赤の王将《キング》だ。通してくれ。青の王将《キング》の申し出に応じて、話し合いに来た」

塚田は大声で言った。両側にずらりと並んだ青軍の歩兵《ポーン》が道を空ける。青の王将《キング》から、殺すなと厳命を受けているのだろう。敵意の籠《こ》もった視線を向けてくる歩兵《ポーン》の中には、お馴染《なじ》みの顔ぶれ——稲田耀子、木崎豊、根本准教授などが混じっていた。

塚田は、一つ眼《キュクロプス》を胸に抱いて、ゆっくりと歩を進めた。

勝っているときには、どう振る舞ったところで、たいした差はない。謙虚《けんきょ》だろうが、傲慢《ごうまん》だろうが。肝心なのは、いかに堂々と負けるかである。

「塚田ー。ようやく、会えたな」

正面から聞こえてきたのは奥本の声だった。前後左右を青軍の駒で取り囲まれている状態では、気圧《けお》されないのは至難《しなん》の業《わざ》だ。しかし、塚田は、精一杯、何でもない様子を装った。

「奥本。三段リーグで負けたリベンジがしたかったんなら、いつでもそう言ってくれよ。何もこんな、集団同士の殺し合いなんかしなくたって」

「リベンジ？　何のことかわからんな。それに、この状況は、別に俺が望んだわけじゃない。そんなことは、おまえだってよくわかってんだろう？」

視界が開けると、塚田の真正面、20メートルほど離れた場所に、青の王将《キング》——奥本が立っていた。他の駒よりずっと強い、青い炎のようなオーラが輝いている。ジーンズにTシャツというラフな姿も、声や抑揚《よくよう》も、記憶にあるのと同じだった。唯一異なっていたのは、その風貌である。体格も顔もほとんど同じだが、明らかな違いは目だった。昆虫か蜘蛛の単眼を思わせるビーズのような四つの丸い目が横一列に並んでいるが、一番左の目だけが潰れて白くなっていた。

「ははは……！　けっこう、クールでシンプルな顔になったな」

　塚田は、あえて快活に言った。

「せっかく四つも目があるのに、端のが一個、潰れちゃってるじゃん。どうしたんだ？　第二局は、そんなに追い込まれる場面はなかっただろう？」

　奥本は、片頰を歪《ゆが》めた。

「なるほど。おまえは、まだ知らないわけか。これは、第一局を失ったという刻印だ。ほとんど鍋《なべ》に入ってた勝ち将棋を不注意で落とした罰だな」

　そうだったのか。塚田は内心、冷たいものを感じていた。七番勝負は、四局を失うと終了する。つまり、命は四つあるわけだ。四つの命の残量が、青の王将《キング》の場合は四つの目で表示されているということなのだろう。

　だとすると、自分の場合、それに当たるのは四つの虹彩ということだろうか。

「それは残念だったな。まあ、悪く思うな。おまえも頑張ったが、俺の方が上手《うわて》だったというだけの話だから」

　塚田の挑発に、奥本は、声を上げて笑った。

「いっぱしのことを言うじゃないか。昭和の将棋指しが」

「何だよ、昭和の将棋指しって？」

「はったりと無理攻め、悪くなっての終盤の糞粘《くそねば》りだけじゃ、平成のシビアな将棋界は勝ち抜けねえってことだ。戦略的思考と無縁のおまえは、はなから時代に取り残された存在だったんだよ」

奥本は、歯を剝《む》き出して嘲弄《ちょうろう》する。

「貴重なアドバイスをありがとう。昇級の節目節目でその俺に負けて、足踏みを続けたおまえだから、説得力があるよ」

奥本の表情から、笑みが消えた。

「この状況で、俺を怒らせるのが得策だと思ってるのか。ユニークな大局観だな」

背筋が、ぞくりとする。奥本は、完全に逆転の芽を摘んでしまった後は、時間の停止した世界で、果てしなく拷問を続けることもできるのかもしれない。

そのとき、奥本の横手から、奇怪な声が響いた。

「……騙《だま》されてはいけない。赤の王将《キング》は、あきらかに時間稼ぎを狙っているようだ」

声のした方を見る。DF《ディフェンダー》に抱えられているのは、奇怪な生き物だった。一つ眼《キュクロプス》と同じくらいのサイズで、襤褸《ぼろ》布に包まれた赤ん坊のようなシルエットもそっくりだった。

しかし、よく見てみると、似ても似つかないことがわかる。

それは、一言で表現するなら巨大な毒毛虫だった。襤褸布を突き破って覗《のぞ》いている、鹿の角かスギナのような形をした毒々しい棘《とげ》は、たぶん全身に密生しているのだろう。影の具合で顔があるかのように錯覚しかけたが、のっぺりした頭部にあるのは、数個の黒い単眼と奇妙な形の口器《こうき》だけだった。

「あれが、聖幼虫《ラルヴァ》だ。青軍において、私に相当する役割を担っている駒だ」

一つ眼《キュクロプス》が解説する。毛虫のお化けと比べれば、ぱっと見は一つ目の赤ん坊の方がまだ親しみやすいかもしれない。塚田は、以前に何かの資料で見た写真のことを思い出す。中南米で毎年多くの人命を奪っている悪名高い毒毛虫——ベネズエラヤママユガの幼虫の姿を。

「時間稼ぎ……？　は。今さら、こいつに何ができる？」

青の王将《キング》は、鼻で笑った。

「50メートルほど離れた位置に二体分の敵駒の反応がある。ということは、死の手《リーサル・タッチ》だけでなく、持ち駒だった皮翼猿《レムール》も、あらかじめ盤上に打ってあるのだ。ここから必然的に推測できる敵の戦術は、上空からの奇襲だろう」

聖幼虫《ラルヴァ》は、芋虫《いもむし》のように身を捩《よじ》った。その声は、ひどく嗄《しわが》れており、耳障《ざわ》りだった。男の声にも老婆の声にも聞こえるが、結局のところ、虫が発する声としか形容できない非人間的な響きである。

「俺を挑発して注意を引きつけておき、隙を見て空から襲うつもりなのか。なるほど。昭和の香りがする素朴《そぼく》なフェイントだ」

青の王将《キング》の、残された三つの単眼が光った。

「しかし、残念だが、ここまで形勢に差がついてしまったら、そんな一か八かも通用しないんだよ。今のこっちの守りは、四枚穴熊に竜と馬を引きつけたより固いからな」

青の王将《キング》の背後から、地響きを上げながら、青く輝く巨大な化け物が現れた。上体を持ち上げると、頭はビルの七階くらいの高さに達するだろう。見上げるだけで、畏怖《いふ》の念に襲われた。

「先にお目見えだけはしてたな？　これが青銅魔神《コロッサス》だ。ありがとう。こんなにあっさり成らしてくれるとは思わなかったよ」

青銅魔神《コロッサス》は、長い身体を伸ばして、青の王将《キング》の上空に覆い被《かぶ》さるような姿勢になった。青銅人《タ－ロス》だったときには、多少は人間っぽいシルエットだったが、青銅魔神《コロッサス》は、もはや巨大なムカデにしか見えなかった。二本の大木のような触角と無数の肢を蠢《うごめ》かせつつ、巨大な大顎《あご》を威嚇するようにゆっくり開閉している。あれで挟まれたら、象や鯨《クジラ》も真っ二つだろう。一見して、この駒だけは、強力すぎてどうにもならないとわかる。

「あーあ。やってらんねえな。それで？　そもそも誰だったんだ、そいつは？」

塚田が、ぼやくように言うと、青の王将《キング》——奥本は、白い歯を見せた。

「誰だ？　こいつは、元から人じゃねえだろう」

「人じゃなきゃ、何だって言うんだ？」

「見たまんまだろ」

奥本は、素っ気なく言う。

「それより、おまえに聞きたいことがある。この状況について、何か思い出したか？」

「いや、さっぱり。まるで人間将棋だけどな……」

塚田はつぶやいた。毎年春に山形県天童《てんどう》市の舞鶴山《まいづるやま》で人を駒にした将棋のイベントが行われているのを思い出したのだ。しかし、奥本は首を振った。

「将棋の駒は各二十枚ずつだから、数が合わねえだろ？　それに、今やってるゲームは、将棋に似たところもあるが、駒の性能や名前はかけ離れている」

「そうだな。……でも、このゲームが本当は何なのか、おまえはよく知ってるんじゃないのか？」

塚田は、まっすぐに切り込んだ。

「なんで、そう思う？」

「青軍に、銘苅健吾ってやつがいるだろう？　第一局では、こちらの持ち駒になった。このゲームは、そもそも、そいつがデザインしたものなんじゃないのか？」

奥本は、顔の下半分だけで、にやりとした。

「そこまで気がついてたのか。たしかに、駒の名前や設定は、銘苅の考えたものにそっくりらしい。……だが、残念ながら、その先は、まったくわからない。なぜ、俺たちが、銘苅の作ったゲームの中に取り込まれてしまったのかはな」

「ここにいるんだろう？　ちょっと、銘苅に質問させてくれ」

付かない。

塚田は、周囲を見回した。歩兵《ポーン》は、遠目には同じように見えるので、容易に見分けが

「おいおい……。自分の置かれた立場を、もう一度、よく考えてみるんだな。おまえは、敵陣の中で十重二十重《とえはたえ》に取り囲まれてるんだぜ？　これからは、質問をするのは俺で、おまえは、それに答えればいい。わかったな？」

「そうはいくか。お互いに情報を出し合うならともかく、なぜ俺が、一方的におまえの質問に答えなきゃならないんだ？」

「そうだな……。協力すれば、褒美《ほうび》をやると言ったら？」

もともとポーカーフェイスな上、ビーズのような目になっているので、奥本の表情はまったくといっていいほど読み取れなかった。

「褒美？　何をくれるんだ？」

「楽に死なせてやろう」

やはり、そういうことか。塚田は、唇に笑みを湛《たた》えて奥本を見据えた。

「ということは、俺が協力しなかった場合、なぶり殺しにするというわけか？　ひどいやつだな」

「そういう身も蓋《ふた》もない言い方は、好きじゃないんだがな」

「なるほど。しかし、そうなると、立場が逆になったときは、当然こちらも報復するということになるけど、そのへんは読み筋に入ってるんだろうな？」

奥本は、楽しげに笑った。

「まあ、そのときはそのときで、しかたがないだろうな。おまえのことだから、倍返しにするつもりだろう？　だいたい、トッププロを別にすれば、嫌なやつほど将棋が強いという法則があるからな」

奥本――青の王将《キング》の横に舞い下りた始祖鳥《アーキー》が、音程のおかしくなった笑い袋のような、けたたましい追従《ついしょう》笑いをした。

「だが、その一方で、こういう考え方もできる」

奥本は、余裕たっぷりに付け足す。

「たしかに、まだ先は長そうだが、こっちがここから四連勝したら、何の問題もなくなる。それに、こっちが負けの場合でも、一手違いの際《きわ》どい終盤戦になったら、俺をいたぶってる余裕なんかないかもしれない。つまり、おまえは、一度も仕返しをする機会が得られないまま、勝負が終了する可能性も大なんだ」

なるほど。たしかに、こいつの将棋の実力は、性格の悪さとしっかりシンクロしているようだ。

「誤解しないでくれ。俺はサディストじゃない。人を拷問する趣味はないんだ。だから、おとなしく、こっちの質問に答えてさえくれれば、お互いにハッピーなままで第二局を終われる」

「は。惨殺されて、ハッピーってか？」

そう言いながら、塚田は、胸に抱いている一つ眼《キュクロプス》にテレパシーを送る。メッセージは、ただちに皮翼猿《レムール》と理紗——死の手《リーサル・タッチ》に転送される。

「それは、しかたがないだろう？　一瞬で、終わらせてやるよ。俺なんか、焼き殺されたんだぜ？　どんな気分だったと思う？」

焼き殺す……。それこそが、この冷血漢にふさわしい殺し方だった。こいつの悪行《あくぎょう》を、清浄な炎で浄化してやったのだ。

「どんな気分だったんだ？」

「あ？　もちろん、ひどく寒かったよ……すぐに、耐えられないくらい熱くなったがな」

一秒の何分の一か、脳裏に青く輝く判別不能の映像が点滅したが、すぐに消え去ってしまう。

そのとき、皮翼猿《レムール》が滑空を始めた。身体の下には、危なっかしく死の手《リーサル・タッチ》がぶら下がっている。最初は皮翼猿《レムール》の背に乗ろうとしたが、なぜかうまくいかなかったのだ。塚田の脳裏には、皮翼猿《レムール》の視界が浮かび、地上に群れている青い光に向かって、まっしぐらに突き進む映像が見えた。もっと高度を上げろと、塚田は心の中で指示した。青銅魔神《コロッサス》は想像していた以上に馬鹿でかい。このままでは、簡単に叩《たた》き落とされてしまう。

「無理だ！　新月の間は、上昇気流が全然ねえんだよ」

皮翼猿《レムール》が、即答する。

「月が出れば、大気を吸い上げる作用が働くらしくて、上向きの気流が起こるんだがな。いくら理紗が軽くても、現状では、飛び出した高度を維持するのが精一杯だ」

そのとき、聖幼虫《ラルヴァ》が、気味の悪い声で警戒の叫びを発した。

「敵駒が二体、接近してくる！　方角は不明だが、上空からだ」

奥本が、はっとして、上を見た。

「こいつ！　呼んだのは、たった今だな？　この期《ご》に及んでも、往生際悪く一発狙ってたわけだ」

「あたりまえだろう」

今にも心臓が飛び出しそうなくらい激しく鼓動を打ち始めていたが、塚田はなるべく平静な声で応じる。

「最後の最後まで勝負を捨てないのが、俺のモットーだ」

「そうか。おまえ、これで、なぶり殺し確定な。後で、後悔する時間をたっぷりやる」

奥本――青の王将《キング》は、ビーズのような三つの目で空を見渡す。

「あそこだ！　赤いオーラが見える。青銅魔神《コロッサス》、叩き落とせ！」

青の王将《キング》の命令に従い、ムカデの化け物は大きく伸び上がった。すぐ間近で見ているため、まるで夜空にそびえる東京タワーのように雄大に見える。

塚田は、あえて皮翼猿《レムール》に追加の指示は送らなかった。すでに二度青銅人《タイロス》のアタックを躱《かわ》している河野なら、何とか自力で避けてくれるだろう。

その代わりに、胸に抱いていた一つ眼《キュクロプス》を、目立たないように右の掌《てのひら》の上に持ち替える。

一つ眼《キュクロプス》は、瞬時に反応した。

頭頂部に、ヤツメウナギのような丸い口が開く。中には剃刀《かみそり》のような歯がぎっしりと生えていた。同時に、新しい口を取り巻くように六本の触手が伸びてくる。獲物を襲う前に口円錐《バッカル・コーン》を剝《む》き出す流氷の天使《クリオネ》を彷彿《ほうふつ》とさせる姿だった。さらに、長い尻尾《しっぽ》が伸びて、全体が流線形に変わった。もはや、赤ん坊の形状の名残は、どこにもとどめておらず、まるで精子に逆戻りしたかのようだった。

青軍の駒は、上空に気を取られて、まだ一つ眼《キュクロプス》の変化には気づいていなかった。

「敵は、二体いる！　皮翼猿《レムール》が叩き落とされる前に、頭上から死の手《リーサル・タッチ》を投下するつもりだ！」

青の王将《キング》は、叫んだ。

「急降下してくる瞬間、敵影は二つに割れるはずだ！　確実に、両方ブロックしろ！」

相手の注意が逸《そ》れている隙に、塚田は、一つ眼《キュクロプス》を右肩に抱え上げた。アメフトのQB《クオーター・バック》になったつもりで、敵の歩兵《ポーン》の間を縫《ぬ》って数歩助走する。

喰《く》らえ、これが逆転のタッチダウンパスだ。

一つ眼《キュクロプス》が塚田の手から放たれるのと同時に、青の王将《キング》がこちらを振り返った。

もう遅い。塚田は心の中で快哉《かいさい》を叫ぶ。一つ眼《キュクロプス》は低い放物線を描きながら、まっすぐ青の王将《キング》に向かっていった。尻尾を振り、ライフル弾のように回転して姿勢を制御し、先端の触手をいっぱいに伸ばしながら、今にも目標を捉《とら》えようとする。

その瞬間が、勝負の分かれ目だった。

もし青の王将《キング》が、反射的に逃げ出していたら、それまでだったに違いない。一つ眼《キュクロプス》は長い尾で地面を蹴《け》って追いすがり、背後から青の王将《キング》の首筋に喰らいついて仕留めていたはずだ。

その代わりに、青の王将《キング》は、その場に踏みとどまって塚田を指さし、鋭く「殺せ！」と命じた。

青軍の歩兵《ポーン》が、いっせいに塚田の前後左右から襲いかかり、鉤爪《かぎづめ》を突き刺す。

身体を引き裂かれる激痛に、塚田は絶叫した。

一瞬でいい。一瞬早く青の王将《キング》を斃《たお》せれば、この局は勝ちだ。

スローモーションになった塚田の視界に、仰向《あおむ》けに倒れる青の王将《キング》に喰いついている一つ眼《キュクロプス》の姿が映った。

だが……だめだ。喉《のど》を捉えてはいない。青の王将《キング》は、両腕で喉元《のどもと》をブロックしていた。一つ眼《キュクロプス》は、六本の触手で青の王将《キング》に絡みつくと、円形の口で左腕に吸い付き、ほとんど喰いちぎりかけていたが、これではまだ致命傷に至らない。

塚田のまわりに鈴なりになった歩兵《ポーン》は、オオアリクイのような鋭い爪を、塚田の肩や首筋、後頭部、さらには顔面にまで、遠慮会釈《えしやく》なく打ち込んでくる。

激痛を超えた、焼け火箸《ひばし》を押しつけられたような灼熱《しやくねつ》感。それとは逆に、震えが止まらないほどの寒気《さむけ》に襲われる。熱い血が、だらだらと頬を伝う。解体され、喪《うしな》われゆく身体感覚……。

そして、ついに視界が真っ赤な炎の色に染まる。それは、勝利した第一局の終了時とまったく変わらなかった。

だが、耐え難いまでの死の苦しみは、第二局の敗北を告げるものだった。

断章2

「じゃあ、ま、とりあえず乾杯」

塚田は、むっつりと焼酎《しょうちゅう》の水割りのグラスを上げた。馬鹿げていると思うが、奥本の音頭にまで「完敗」を揶揄《やゆ》されているような気がする。

両脇から、井口理紗と水村梓《みずむらあずさ》が、かちんかちんとグラスを触れ合わせる。

「裕史。一局目、残念だったねー。だけど、そのミックリっていう子は、すごく強いんでしょう?」

理紗が、グレープフルーツサワーを一口飲みながら言う。外ではまだ雨が降り続いていたが、居酒屋の店内は空調が効《き》いていて、快適な湿度だった。

「ああ、強い。まだ中学生だけどな」

塚田は、陰気に応じた。

「俺も、最初当たったときは、何だこいつはと思った。けっこうイモ筋でも平気で指してくるしな。でも、捻《ねじ》り合いになったときの力はモンスター級だ」

奥本が、ハイボールを舐《な》めながら、しみじみと言う。

「うーん。子供は強いよー。自分を疑うってことを知らないから、ぐいぐい出てくるし。わたしも、ついこないだ、十三歳の女の子にひどい目に遭わされたばっかり」

理紗は、日本棋院に所属する囲碁の棋士である。塚田と同じく一芸入試で神宮大学に入学したときから、将棋と囲碁の違いはあれどプロを目指す者同士ということでお互い何となく意識はしていたものの、最初の頃の印象はそれほど芳《かんば》しいものではなかった。塚田の目には、折り目正しく振る舞う理紗が、囲碁は将棋よりステイタスが上だという意識を持ち、気取っているように映っていたのだが、理紗は理紗で、ときに塚田の目が鋭すぎて怖かったのだという。だが、一回生の秋の学園祭で、不人気に悩んでいた将棋部と囲碁部が合同で行ったイベントに奥本を含む三人をゲストとして招いてから、急速に親しくなったのだった。

去年のゴールデンウィークには、二人だけで宮古《みやこ》島《じま》に旅行に行った。奨励会入会以来、ずっと受験生のような意識と生活を続けてきた塚田にとっては、束の間の休息であり、生まれて初めて経験する夢のような時間だった。

「でもさあ、別の人には勝って、今日は結局一勝一敗だったんでしょう？　だったら、そう悪くないんじゃない？」

塚田は、理紗を見やる。彼女は、まだ初段だったが、囲碁の場合は初段からが正式なプロなので、先を越された感は否めなかった。僻《ひが》み根性かもしれないが、すでにプロになったという余裕が、表情の穏やかさに表れているような気がする。

「七勝三敗っていうのは、例年ならそこそこだけど、今期はな。全勝の箕作はともかく、二敗でまだ四人が並んでるから、何とか離されずに付いていきたかったんだが」

塚田は、二敗をキープした奥本にちらりと視線をやってから、グラスの中身を呷《あお》った。

「でも、本当にすごいですよ。塚田さんも、奥本さんも。勝負の世界に生きる男って、かっこいいですね。憧《あこが》れちゃいますよ」

水村梓が、オレンジジュースのグラスを両手で持って言う。彼女だけ未成年なので、アルコールは頑《かたく》なに口にしなかった。フリフリの白いワンピースが妙に浮いて見える。

今年文学部に入学した一回生だが、ある日突然、カフェテリアで塚田に声をかけてきた。大学に現役の奨励会員がいると聞いて、どうしても話をしてみたくなったのだという。

梓には、かつて将棋のプロを目指し奨励会に在籍した兄がいたらしい。早見え早指しの天才肌で、将来を嘱望されていたが、血液の難病のため亡《な》くなったということだった。

塚田が数年前の奨励会の名簿を見ると、そこには、たしかに水村二段の名前があった。

梓は、あきらかに兄の姿を塚田に重ねているようだった。塚田としては、面映《おもはゆ》いだけでなく、よけいな期待をかけられるのは重荷だったが、邪険にもしづらかったので、気がついたら、梓は、塚田たちと行動をともにすることが多くなっていた。

「水村さーん。わたしだって、一応、勝負の世界に生きる女なんですけど」

理紗が、じっと塚田を見つめている梓に、皮肉っぽく抗議する。

「あ。ごめんなさーい！」

梓は、理紗の方へ振り向き、自分のチャームポイントだと意識しているらしい大きな目を、さらに見開いて言う。

「井口さんって、すっごく落ち着いてるっていうか、癒《いや》し系じゃないですか？　だから、全然勝負師みたいな感じがしなくてー」

「そうだよな。俺も、井口さんといると、何だかほっとするよ」

奥本が、ぽつりとフォローする。微妙な本音《ほんね》が隠されているようで、塚田はふと気になった。

「それに、囲碁ってよくわかんないけど、何ていうか、お年寄りがやってるイメージでしょう？」

理紗は、憮然《ぶぜん》とした表情になったが、将棋も囲碁もルールすら知らないという梓には、反論しても時間の無駄だと思ったらしく、黙ってサワーを一口飲んだ。

「えーと……そうだ。もうすぐ王位戦が始まるな。塚田は、どう思うよ？」

ちょっと微妙な感じになった空気を救うように、奥本が、塚田に話を振ってきた。

「やっぱ、王位の方が少し厚いと思うけどな。でも、挑戦者は今期の勝率が八割近いし、もつれて最終局近くまで行ったら、逆に王位が追い詰められる感じになるかもな」

話しながら、熱い憧憬《しょうけい》が込み上げてくるのを感じる。プロ棋士になり、タイトル戦に登場する。それは、すべての奨励会員の究極の夢だった。今の長い雌伏《しふく》も、そのための準備期間だと思えば、頑張れる。

「王位戦って、何局打つの？」

理紗が、訊《たず》ねる。囲碁と将棋はよく似た業界ではあるが、案外知らないことは多い。

「打つじゃなく、指す。七番勝負だよ」

塚田は、つまみは口にせずに、焼酎の水割りを呷っていた。

「将棋のタイトル戦には七番勝負と五番勝負があるけど、やっぱ、華《はな》は七番勝負なんだよな。王位戦のほかは、名人戦と竜王戦、王将戦だ」

奥本も、溜《た》め息をつくように言った。

「羽織袴《はおりはかま》を着て、日本全国を転戦し、最高の環境をお膳《ぜん》立てしてもらって朝から晩まで将棋に集中できんだぜ。最高だよなー」

「うん。相手は、めちゃくちゃ強敵だろうけど、命は四つある。四回殺されるまでは、死に物狂いで立ち向かって、思う存分自分の将棋を指してみたいよな」

塚田もしみじみと言った。かりに命を賭《か》けなければならないとしても、タイトル戦に出られれば悔いはない。

「……いつか、俺たちも、檜《ひのき》舞台に立てる日が来るのかな」

その前に、この地獄を抜け出さなければ話にならないが。

「なーに弱気なこと言ってんですかー。だいじょうぶですって！　出られるに決まってますよ！」

塚田のつぶやきに対して、梓が、何の根拠もなく断定する。

「塚田さんと奥本さんがタイトル戦で戦うときは、わたし、日本中追っかけしますからね！」

アルコールも入っていないのに、梓は、飲み会の間ずっとハイテンションで、塚田に対し熱っぽい視線を送り続けていた。

「あの子って、本当に、もう信じられない！」

アパートに着くなり、理紗が堰《せき》を切ったようにこぼす。門限があるという梓を奥本が電車で送っていったので、まだ十時すぎである。

「わたしと裕史が付き合ってることは、知ってるはずでしょう？　それなのに、ずっと裕史の方ばっかり見てたじゃない。目が完全にハートマークになってたけど、気がついた？」

「まあ、思い込みが激しいっていうかさ、まわりが見えなくなっちゃう子だから」

梓の視線は塚田も辟易《へきえき》するくらいだったが、妹のような感覚でもあり、あまりきついことは言いたくなかった。

「ずいぶん優しいのね。裕史って、ああいう子がタイプだったの？」

「そんなわけないだろう。俺のタイプは、理紗だけだ」

塚田は、後ろから理紗を抱きしめた。

「嘘。そんなの口先だけ……」

塚田は、欲望が込み上げてくるのを感じ、理紗の胸を無遠慮にまさぐり始める。

「ちょっと、やめてよ！　まだ、着替えてないのに」

「口先じゃないって、証明してやるよ」

塚田は、理紗を抱き上げると、ベッドの中に連れ込んだ。

まだプロになっていないというのに同棲《どうせい》に踏み切ることには、内心忸怩《じくじ》たる思いがなかったわけではない。しかし、塚田は、もはや理紗がいなければ、どこへも行けないような気がしていた。

すでに肉体的にも精神的にも理紗に深く依存していることを、塚田は自覚していた。だったら、一緒に暮らすことにもメリットの方が大きいはずだ。理紗もまた、同じ頭脳スポーツの世界にいるのだから、けじめのない生活に陥ることはないだろう。ふだんは礼儀正しいルームメイトとして、お互いにうまく距離を取って生活できるのではないか。

加えて、塚田は、同棲することに密《ひそ》かな優越感を味わっていた。三段リーグの手強《てごわ》いライバルも、対女性ということになると、奥手な人間の方が多い。大半は、まだ童貞だろう。勝負の際には、何でもいいから、相手を見下す材料が欲しかった。その意味で、理紗は格好のトロフィーだったのだ。

すでに囲碁界の新しいマドンナと言われ始めている彼女を、自分のものにしている。そう思うと、気持ちが昂《たか》ぶった。思う存分攻め立てることで、彼女の美しい肢体が敏感に反応し、切《せつ》なげに喘《あえ》ぎ、声を嚙《か》み殺して絶頂へと上りつめる様《さま》を眺めるのは、この上ない悦《よろこ》びだった。

序盤はあくまでもソフトに、中盤は意外な手段の連続で翻弄《ほんろう》しておき、終盤は一転して荒々しく、一気《いっき》呵成《かせい》に行く。

いよいよフィニッシュに持ち込もうと激しく抽送《ちゅうそう》を始めながら、左手でサイドテーブルの引き出しを開けて、塚田は舌打ちしたくなった。コンドームを切らしていることに気がついたのだった。

すでに寄せに入っている。今さら、中断はできない。

だいじょうぶだ。最後の瞬間に、早逃げ――すばやく抜いてやればいい。そう考えて、再び行為に没入したが、やや熱が入りすぎてしまったようだ。わずかに、タイミングが遅れた。堪《こら》えきれずに迸《ほとばし》ったものが、理紗の太腿《ふともも》や腹部の上に降り注《そそ》ぐ。若干は、彼女の中にも放出してしまったようだ。妊娠したらまずいなという思いが、頭をよぎる。

今はまだ、子供を育てることなんか、できるはずがない。

塚田は、後始末をすませてから、ベッドの上でごろりと転がって、天井を見つめた。いったん欲望を満たして興奮が冷めてしまえば、余韻《よいん》に浸《ひた》る間もなく現実が押し寄せてきた。

三段リーグで初めて感じるようになった厚い壁。そして、まだ遠い話だとは思うが、確実に近づいてくる二十六歳の年齢制限が……。

「裕史。何だか、いつもより激しかったね……」

理紗は、頬杖《ほおづえ》をついて、こちらを見ていた。いつもより感じたらしく、頬がうっすら赤くなり、声が潤んでいた。

「もしかして、わたしとHしながら、水村さんとのこと想像してたの？」

「馬鹿。何言ってんだよ」

フォローする気にもなれなくて、塚田は、ぶっきらぼうに答える。

「冗談だよ。裕史、対局の後は、いつもこうだもん」

理紗の言うとおりかもしれない。全勝の箕作を下して二連勝していたら、今ごろは、無尽蔵《むじんぞう》にエネルギーが湧き上がっていたことだろう。

男は、プライドだけで生きている。プライドを打ち砕かれたら、気力も品性も優しさまでも失われてしまう。自暴自棄《じぼうじき》になって、ＥＤになり、ただ死を待つだけの存在へと成り下がるのだ。

「でもさ。三段リーグって、マジで厳しいよね」

理紗が、天井を見つめたまま押し黙っている塚田を思いやるように、しみじみと言う。

「囲碁の院生も、夏試験と冬試験のリーグ戦では、それぞれ上位一名と二名しかプロになれないけど、それと比べたって大変だと思うもん」

「そんな、大甘の試験と比べられてもな」

塚田は、つい辛辣《しんらつ》な口調で返してしまう。

「大甘の試験って……それ、どういう意味？」

理紗は、鼻白《はなじろ》んだようだった。

「だってさ、冬試験なんて、一般のアマチュアも参加できるんだろう？　そんな面子《メンツ》で、二十四名のリーグ戦をやって上位二名が合格って、甘すぎるじゃん」

「でも、院生は成績上位者だけだし、外来の人は予選をやって……」

「それでも、神宮大学《うち》の一芸入試じゃないんだからさ、プロへの関門としては簡単すぎるよ。前から思ってたけど、初段のレベルは、将棋も囲碁も似たようなもんだろう？　だったら、初段からプロっていうのは、やっぱ甘すぎると思うね」

理紗は、少なからず傷ついた表情になった。

「そりゃ、将棋の三段リーグほどシビアじゃないかもしれないけど。でも、棋院の入段試験だってなかなか通らないのよ。わたしも、何度も落ちたけど、チャレンジし続けて、やっと」

「囲碁の場合、新初段がタイトル保持者と互《たが》い先《せん》で打ったとしても、まず絶対に勝てないだろう？　もしかしたら、二子《にし》でも、相当分が悪いんじゃないか？　それなのに同じプロっていうのは、どうなんだろう？」

「……たしかに、わたしも二子で勝つ自信ないかも。トップの先生たちは、ものすごく強いから」

「将棋のトップ棋士は、それこそ全員鬼強《おにづよ》だよ。だけど、新四段がタイトルホルダーを喰《く》ったって、今さら誰も驚かないよ。一発勝負ならば何が起きてもおかしくないのが、プロ同士ってもんじゃないのかな」

理紗は、黙り込んでしまった。

「だいたいさ、プロの人数を見れば、おおよそのレベルはわかるんだよ」

頭のどこかで制止する声が聞こえたが、止まらなかった。塚田はいつのまにか、胸に溜《た》まった鬱憤《うっぷん》をすっかり吐き出そうとしていた。

「将棋のプロは百五十人程度なのに、囲碁はその三倍もいるよな？　だったら、囲碁は将棋の三倍普及しているかと言えば、そんなことはなく、草の根の競技人口は将棋の方が多いはずだ。つまり、トーナメント・プロとは名ばかりで、アマチュアのお稽古《けいこ》しかできない弱いプロを大勢養うための、互助会みたいなシステムになってるわけだよ」

「そんな！　ひどいよ」

理紗は、抗議する。

「わたしのことはいいけど、碁界のことを悪く言うのはやめて！」

「まあ、百歩譲って、下位のプロは普及専門の将棋の指導棋士みたいなもんだと思えばいいかもな。だけど、だったら、理紗がものすごく強いっていう碁界を代表するトップ棋士たちはどうなんだ？　ここ数年は、中国や韓国に、全然歯が立たないじゃないか？最近は、台湾との三位争いでも微妙なくらいだし」

理紗は、悲しげな顔になった。

「それは。たしかに今は、ちょっと水をあけられてるけど。でも……」

「名人や棋聖《きせい》が聞いて呆《あき》れるよ！　国内では奉《たてまつ》られてても、国際棋戦に出れば一回戦で吹っ飛ばされる名人に、どうしたら畏敬《いけい》の念を抱《いだ》けるんだ？　アマチュアが免状を欲しがらなくなったのも、当然だと思うよ。正直に言わせてもらったら、将棋と同じ名人という称号は名乗らないで欲しいくらいだね」

理紗は、うつむいて、じっと唇を噛む。

ようやく正気に戻った塚田は、たちまち激しい後悔に襲われる。いったい、何ということを言ってしまったんだ。

「……ごめん」

塚田は、ベッドの上に身を起こした。理紗は、答えない。

「理紗を傷つけるようなことを言うつもりじゃなかったんだ。ただ、わりとスムーズにプロになれる囲碁界が羨《うらや》ましかったのかもしれないな。将棋界は、三段リーグがひどいボトルネックだから。でも、国際棋戦のことなんかは、言うべきじゃなかった。将棋にプロの国際対局はないし、一方的に批判するのはフェアじゃないよな」

そう言いながらも、内心、かりに国際棋戦があっても、最強世代を含む将棋のトップ棋士たちなら、囲碁のような無様《ぶざま》な負け方はしないだろうと思っていた。

理紗は、しばらく黙って聞いていたが、寂しげに微笑《ほほえ》んだ。

「国際棋戦のことは、裕史が言う通りだと思う。囲碁ファンからも、さんざんお叱りを受けてるし。でも、これは一時的な現象なんだよ。いつまでも、このままじゃないから。みんな、すごい危機感を持って頑張ってるし、絶対に、いつか巻き返すと思うんだ。本当だよ」

「そうかもな。でも、当たってごめん」

「裕史も、今が一番苦しいときなんだから、しかたがないよ。わたし、裕史は絶対四段になれるって信じてるから」

「……うん」

「裕史も、奥本くんも、二人ともすごいことは、よくわかってるよ。才能も、努力も、わたしなんか足元にも及ばないと思う。それなのに、なかなかプロになれないんだから、やっぱり、将棋界って、ものすごく厳しいシステムでやってるんだよね」

俺はいったい何をやってるんだ。塚田は、自己嫌悪に襲われていた。彼女の優しさに甘えて、馬鹿なガキみたいに暴言を吐いて。しかも、自分がなかなか将棋のプロになれないからって、関係のない囲碁界を誹謗《ひぼう》するなんて、お門違《かどちが》いもいいところだ。

諸悪の根源は、今の状態だ。一刻も早く三段リーグを突破しなくてはならない。ここに長くいて、いいことは何もない。将棋も、ひたすら勝ちだけにこだわるために、妙に小さくこせこせしたものになるし、その前に、精神的におかしくなってしまう。

前期の三段リーグでは、パニック障害による退会者が出た。今期も、年齢制限が目前《もくぜん》に迫ったため『死に馬ブラザーズ』と呼ばれているうちの一人は、顔面のチックや奇行

が目立つようになっている。あるネットの掲示板では、奨励会のことが『症例会』など
と揶揄《やゆ》されているほどだ。
とにかく、勝つしかない。勝って三段リーグを抜ける以外に、脱出路はなかった。
塚田は、口の中でつぶやく。戦え。戦い続けろ。

第三局

薄暗い部屋の中にいる。

塚田は、身震いした。ついさっきまでの恐ろしい苦痛は、嘘のように消え失せている。とはいえ、意識はまだ混乱しており、肉体を引き裂かれる生々しい感覚の亡霊が、依然、身体の上を這《は》い回っているようだった。

周囲に視線を向けると、第二局の開始時とは違い、部屋の中は隅々までよく見通すことができた。そこは二階まで吹き抜けの大きな部屋だった。床はコンクリートの土間《しっくい》で、正面には一段高くなったステージがある。二階部分には、桟敷《さじき》席のようなものが設えてある。

この明るさからすると、これまでとは違い、最初から月が出ているようだ。

だが、どうも視界がおかしかった。右目は、あいかわらず肉眼とは思えないほどよく見える。対象物の細部、壁から剝落《はくらく》した漆喰《しっくい》の表面がざらついていることから、木片に付着した埃《ほこり》の様子まではっきり視認できるが、左目は、うっすらとぼやけて映るのだ。片方の目にコンタクトレンズを入れたようなアンバランスさが、ひどく苛立《いらだ》たしい。

それから、奥本の言っていたことを思いだした。

『おまえは、まだ知らないわけか。これは、第一局を失ったという刻印だ』

「裕史！」

そばに来た理紗が、塚田の顔を見て、息を呑《の》んだ。

「俺の目、どうなってる？」

「一番左の虹彩《こうさい》が……真っ白」

一敗するごとに視力が失われていくというのは、憂鬱《ゆううつ》な話だった。できれば、ここから三連勝して、これ以上瞳《ひとみ》を潰《つぶ》されないまま終わりたいものだと思う。

「これで、星勘定は五分《ごぶ》に戻った。我々は、残り五局のうち、三勝する必要がある」

一つ眼《キュクロプス》の声が響いた。あいかわらず赤ん坊のようにあどけない声だったが、変身後の軟体動物のような異様な姿を思い出すと、味方ながら、不気味な思いに駆られる。

「とにかく、この一局が大きいってことか」

一勝一敗の後の第三局は、七番勝負では前半の天王山《てんのうざん》と言ってもいいだろう。ここで勝った方が、一気に流れを引き寄せられるかもしれない。

「塚田君。第二局では、私の提案した戦略がまちがっていたようだね。本当に申し訳ない」

一体の歩兵《ポーン》――根本准教授が一歩前に進み出て、悄気《しょげ》た様子で言った。前局の最後に寄ってたかって塚田の身体を引き裂いた、敵の歩兵《ポーン》の一体だったような気がするが。

「とりあえずは、早急に敵の動きを確認すべきだ。相手の出方によって、こちらも戦闘態勢を整えなければ」

「そうですね」

塚田は、うなずいた。

「皮翼猿《レムール》。すぐに偵察に行ってくれ。敵軍の位置をつかむんだ。始祖鳥《アーキー》が襲ってきても、殺し合いになるような戦いは避けてくれ」

「了解」

今いる場所は、建物の一階だった。皮翼猿《レムール》は、鼻先をひくつかせると、戸口から外を覗《のぞ》く。それから、鼬《いたち》のように滑らかな動作で桟敷席になった二階に駆け上がり、窓から外へ飛び出していった。

この建物には、どこか見覚えがある。塚田は部屋の中を見回した。

理紗も、しきりにきょろきょろしているので、「何か、思い出した？」と訊《き》いてみる。

「ここ、たぶん昭和館《しょうわかん》じゃないかな。島に一つだけあった、映画館」

その名前なら、塚田もぼんやりと覚えていた。この島へ来たときに聞いたか、ガイドブックのようなもので見たのかもしれない。

「……だけど、こんなのって、ありえない」

「ありえない？　どういうこと？」

「昭和館って、平成に入ってから、台風で全壊してるはずなの。おぼろげな記憶だけど、実際に見たときは、門構えくらいしか残っていなかったと思う」

やはり、ここは本物の軍艦島ではなく、精巧に作られた模型《レプリカ》なのだろう。理紗の言うことが正しいなら、複数の時代の要素がごちゃ混ぜになっているらしい。

「ここが昭和館だとすると、島のどのあたりなのか覚えてる?」

「西側というか……正確には北西だけど。堤防のすぐ内側じゃないかな」

理紗は、床の上に漆喰の欠片《かけら》や木《こ》っ端《ぱ》を並べながら、昭和館の位置を説明する。

理紗の説明では、軍艦島──端島は、もともと岩礁《がんしょう》の島だった。後に、岩盤でできた中央の高地の周囲を埋め立てて平地で囲み、現在のような姿になったのだという。

第二局で戦場となった島の南東部は、炭坑の施設が集中する埋め立て地で、島の面積の四割ほどを占めている。島民の集合住宅や生活関連施設は、残る六割、中央の高地と北西部に犇《ひし》めき合っているらしい。

しかし、一度この島に来たことがあるとしても、理紗は詳しすぎるような気がする。

今はそんなことを詮索《せんさく》している暇はないが。

塚田は、一つ眼《キュクロプス》に命じて、さっき飛び出していった皮翼猿《レムール》と交信した。

「敵の姿は見えるか?」

皮翼猿《レムール》は、二階から飛び出したにもかかわらず、すでにかなりの高度を飛行していた。月が出ているため、上昇気流があるのだろう。

「今のところ、馬鹿鳥一羽だけだ。見えるように飛んで俺を牽制《けんせい》してるつもりらしいが、あんまり近寄ってこねえ」

「どこか一ヵ所でもいいから、敵の動きをつかんでくれ。おそらく、その周辺に全軍がいるはずだ」

「ああ。つっても、青軍は、第二局みたく派手な動きをするつもりはねえようだな」

塚田も、皮翼猿《レムール》の視界を借りて地上を見渡したが、動くものは見あたらなかった。

「……それから、くれぐれも気をつけてくれ。おまえが殺《と》られると、赤軍は目を奪われることになるからな」

「言われるまでもねえよ」

皮翼猿《レムール》は、不機嫌に唸《うな》った。

「前の二局で、俺は都合四回殺されてるからな。そこまで当たりがきついのは、両軍で俺だけだ。もう充分——つうか、一生分は死んでんだよ」

訳《わけ》のわからない表現だが、四回のうち二回は自分が殺しているので、塚田も返す言葉がなかった。

「塚田君。敵の位置はわかったのかな？」

根本准教授が、訊《たず》ねる。

「まだです。向こうは、居場所を察知されるのを、極度に警戒してるようですね」

「やはり、そうか」

根本准教授は、腕組みをした。

「第二局では、王将《キング》を隠すというこちらの方針が裏目に出たようだ。しかし、向こうの採《と》った戦術も、おそらく誤りだった。今回、青の王将《キング》は、そこを修正してくるはずだ」

「どういうことですか？」

最後に油断して危機を招いたとはいえ、第二局は青軍の完勝だったのではないか。

「私は、このゲームの本質は隠れん坊だろうと考えた。一方、青軍は、それを古典的な戦争と捉《とら》えて、真正面から力攻めに来た。我々は、反射的にそれを迎え撃とうとして、お付き合いしたわけだ……。しかし、おそらく、正しい戦略は両者の中間にある」

興奮したのか、根本准教授を包むオーラが、ひときわ赤々と輝いた。

中間とは、どういう意味だろう。

「実は、理紗から指摘されたことがあります。王将《キング》の居場所を隠したこと自体は、まちがっていなかったのかもしれない。死の手《リーサル・タッチ》を戦場から遠ざけたので、青軍の青銅人《ターロス》にフリーハンドを与えてしまい、全局的に押される結果を招いたんじゃないかって」

塚田の言葉に、根本准教授はうなずいた。

「そうだ。青の王将《キング》は、君の心理を読んで、井口さん——死の手《リーサル・タッチ》を前線に出さないと見透かしたんだ。しかし、青軍の戦術も褒《ほ》められたものではなかった。正規軍のように所在をあきらかにしていれば、常に火蜥蜴《サラマンドラ》からマークされるため、動きが取れなくなりやすい」

ようやく、塚田には、根本准教授の言いたいことがピンと来た。

「……だとすると、全軍を分散させ、隠れて行動するべきだということですか？」

「そのとおり。このゲームの本質は、ゲリラ戦だと思う！　当然のことじゃないか？　戦場は一つの島であり都市でもあるから、必然的に戦闘は市街戦になる。お互いに姿を隠しつつ、先に相手を見つけて狙った方が有利になるんだ」

言われてみれば、どうして気がつかなかったんだろうと思うくらい当然の話だった。だが、両軍がそれをやり始めると、果てしない泥沼の戦闘が続くのではないか……。

「わかりました。もう一度、どういう配置が最適なのか、考えてみます」

塚田は、気を取り直した。長期戦を予想してげっそりしていたんでは、勝てるものも勝てなくなる。とりあえずは現状における最善手《さいぜんしゅ》を探すしかないが、長々と考えているような余裕はない。正しい戦略を立てたときには、すでに相手に早い展開を許していて後手に回っていたというのでは、第一局の轍《てつ》を踏むことになる。

塚田は、あらためて、自分を含めた十八体の駒の性能について考えてみた。

六体の歩兵《ポーン》と六体のＤＦ《ディフェンダー》。これらの使い方は、ある意味では、役駒以上に重要かもしれない。役駒は、一体ごとに独立して使えるが、歩兵《ポーン》とＤＦ《ディフェンダー》には、フォーメーションが必要だ。そして、そのフォーメーションこそが戦略の骨子となるのかもしれない。

その意味では、将棋より、チェスに近いものがあるような気がする。

いや、ＤＦ《ディフェンダー》という守り専門の駒がある点では、象棋《シャンチー》（中国将棋）に似ているのかもしれない。象棋では、象《ぞう》（相《そう》）と士《し》（仕《し》）という二種類の駒は、盤の中央を流れる河を渡れないために、敵玉を追い詰める役には立たず、もっぱら自玉のボディガードとして使われるのだが。

塚田は、はっとした。

これまでは、歩兵《ポーン》とDF《ディフェンダー》を、さほど区別せずに使っていたが、呼び名を素直に解釈するなら、DF《ディフェンダー》とは守りに特化した駒であるはずだ。

塚田は、角の生えたアルマジロのような姿のDF《ディフェンダー》を全員呼び寄せた。第一局でも、六体全部で守りを固めてみたことはあったが、階段を下りるときだったために、前後に三体ずつ並べた形だった。突然のインスピレーションが働き、今度は、自分のまわりを等間隔に取り囲むように配置してみる。

結果は、驚くべきものだった。六体のオーラは一段と輝度を増して、高く燃え上がりながら横方向、対角線方向にも連結された。まるで、塚田の周囲に六角形の炎の結界《けっかい》が張られたようである。

DF《ディフェンダー》は、一体だけのときは動きが鈍《にぶ》く、歩兵《ポーン》と比べても精彩《せいさい》がない印象だったが、今は見事なまでに連携《れんけい》している。六体はめまぐるしい速度で王将《キング》の周囲を回りながら、敵を撃退するデモンストレーションを始めた。

「これが、DF《ディフェンダー》本来の使い方だったのか」

根本准教授は、目を見開いていた。

「前後に動くより、円を描いて蟹《かに》のように横走りする方が、はるかに迅速《じんそく》なようだな。

これだったら、歩兵《ポーン》の攻撃など、まず受け付けないだろう」

DF《ディフェンダー》の額の角は、牛の角や猪《いのしし》の牙《きば》などと同様、突進すると威力が倍加するようだ。正面から襲ってくる敵は、回転するノコギリのような角の波状攻撃に晒《さら》され、ずたずたにされることだろう。

「……信じられない。何、これ？　かごめかごめ？」

理紗が、呆《あき》れたようにつぶやいた。六体のDF《ディフェンダー》は、少し速度を落とし、警戒姿勢のまま塚田のまわりを回っている。

「偶然かもしれないが、籠目《かごめ》っていうのは、竹で編んだ籠の編み目の形から来てるんだ。つまり、六芒星形《ヘキサグラム》だよ。六体で王将《キング》を守っているこの形って、まさに六芒星形《ヘキサグラム》の魔方陣という感じだよな」

白井航一郎が、オタク的博識を披露した。

「ヘキサグラムって？」

「イスラエルの国旗にある形だよ。ダビデの星ともいうけど」

白井の説明によれば、上下が逆の正三角形を二つ組み合わせた形で、悪魔を呼び出したときなど、身を守るために使われる図形らしい。

一つの言葉が、塚田の記憶の底から浮上してきた。籠目囲い《ヘキサグラム》……。

「これが、籠目囲い《ヘキサグラム》——最強の王将《キング》の囲いだ。……そうだよな、一つ眼《キュクロプス》？」

「そのとおりだ。DF《ディフェンダー》六体の籠目囲い《ヘキサグラム》は、十体の歩兵《ポーン》の攻撃を跳ね返すことができる。

五体の晴明桔梗囲《ペンタグラム》いも、七体の歩兵《ポーン》を退けることが可能だ。ただし、DF《ディフェンダー》の数が四体以下になったら、回転しながらの防御が困難になるため、囲いの優位性は失われる」

一つ眼《キュクロプス》は、淡々と説明する。

「そういう重要な知識を、どうして、もっと早く教えなかった？」

塚田が睨《にら》みつけると、一つ眼《キュクロプス》は、菱形《ひしがた》の大きな目を、まるで笑っているように細めた。

「訊《き》かれなかったからだ」

塚田が本陣を敷くことにしたのは、島の南側（正確には南西側）に位置する30号棟の七階だった。フロアは正方形で、中央は吹き抜けの中庭になっている。月照は底まで届くらしく、鬼薮真麻《オニヤブマオ》などの草木が生い茂《しげ》っていた。

前局では、青軍へ出向く前に最後に辿《たど》り着いた場所だった。七階の窓から青銅魔神《コロッサス》に覗《のぞ》き込まれた恐怖の記憶も鮮明だが、周辺では最も大きな建物であり、ここに布陣するのが最善だろう。

二階建ての昭和館にいたのでは、攻められたときに逃げ道がない。30号棟は、すべての階が架橋で外部と繋《つな》がっており、複数の退路が確保できる。昭和館から30号棟まではかなりの距離があり、移動の間に始祖鳥《アーキー》に見咎《みとが》められる恐れがあったが、その中間に、防潮壁の役割を兼ねた31号棟という細長い建物があったため、大半の道のりは31号棟の中を通って身を隠しながら、30号棟に入ることができた。

理紗の記憶は急速に甦《よみがえ》り、建物の名前に加え特徴も思い出しつつあった。単身者用の鉱員社宅として建てられた30号棟は、日本最初の鉄筋コンクリート造り《RC》アパートだったという。一時期、この炭坑の島は日本の近代建築の最先端を走っていたのだ。

理紗がここまで軍艦島に詳しい理由も、ようやくわかった。彼女の両親は、この島の出身なのだという。その後の廃墟《はいきょ》ブームで数多く刊行された写真集やガイドブックも熟読していたらしい。理紗にとって自らのルーツを確認する作業だったのだろうが、そのすべてが、現在の状況では貴重な知識となる。

本陣は、塚田――赤の王将《キング》と、一つ眼《キュクロプス》、籠目囲い《ヘキサグラム》を作る六体のDF《ディフェンダー》の、計八体から成っている。塚田は、根本准教授と相談しながら、それ以外の駒を三隊に分け、攻撃陣を完成していた。

最前線に配置したのは火蜥蜴《サラマンドラ》隊だった。隊とはいっても、火蜥蜴《サラマンドラ》に加え、二体の歩兵《ポーン》――稲田耀子と竹腰則男がいるだけである。

火蜥蜴《サラマンドラ》隊には、敵の侵攻を食い止め、一気に押し寄せてきたときに大きなダメージを与えるという使命があった。一度炎を噴いたら一時間使えなくなるので、最低でも三体くらいの敵駒を屠《ほふ》らなくては勘定が合わないが。

火蜥蜴《サラマンドラ》隊の後詰めは、理紗と多胡九段、白井航一郎から成る死の手《リーサル・タッチ》隊だった。

根本准教授は、このゲームを分析した結果、役駒の間に天敵のような関係があることを指摘した。

「こちらの火蜥蜴《サラマンドラ》と青軍の毒蜥蜴《バシリスク》は、最も破壊力のある駒だ。場合によっては、一撃で敵に壊滅的な打撃を与えることができる。だが、それぞれ天敵となる駒が存在している」

「……青銅人《タロス》と鬼土偶《ゴーレム》ですね」

「火炎や毒霧で殺せないのだから、接近されてしまった場合、なすすべがない。だから、火蜥蜴《サラマンドラ》を援護《えんご》するには、青銅人《タロス》を近づけないようにするのが肝要だ」

「青銅人《タロス》はスピードがないですから、逃げるのは可能だけど、止めるのは難しいですね。鬼土偶《ゴーレム》をぶつけてブロックするか……」

「あるいは、殺《と》ろうと思えば、死の手《リーサル・タッチ》を使うしかないんだ」

根本准教授は、塚田と理紗の間柄を意識しているのか、言いにくそうな様子だった。

「青銅人《タロス》を簡単に接近させないためには、いつでも死の手《リーサル・タッチ》を繰り出せるようにしておく必要がある。一方、死の手《リーサル・タッチ》は、右手で触れるだけで、すべての駒を殺《と》ることができるが、襲われた場合の耐久力は歩兵《ポーン》と大差ないだろう。だから、死の手《リーサル・タッチ》隊は、最も防御力の強い鬼土偶《ゴーレム》隊で援護しなければならないんだ」

根本准教授は、講義のときのように身振り手振りを交えて力説する。五本の指でなく鎌のような大きな爪が生えているところに違和感があったが。

「その場合、鬼土偶《ゴーレム》隊のカバーは、誰がするんですか？」

塚田は、疑問に思って訊《たず》ねた。二体の歩兵《ポーン》（根本准教授と木崎豊）を護衛に付ける予定とはいえ、万一蛇女《ラミア》に奇襲されて鬼土偶《ゴーレム》を殺《と》られるような事態になったら、第二局と同様、こちらは総崩れになる。

「鬼土偶《ゴーレム》隊を守るのは、火蜥蜴《サラマンドラ》隊の役目だ。いざとなれば、火炎を使って蛇女《ラミア》を殺《と》り、鬼土偶《ゴーレム》を守る。その後一時間炎が吐けなくなるが、蛇女《ラミア》が手駒になるプラスを考えると、充分引き合うはずだ」

つまり、三つの攻撃隊は、お互いを三角形にカバーすることになる。

「それだけじゃない。問題は、本陣を直接攻撃されたときだ。籠目囲《ヘキサグラム》いで守りきれない駒が、二種類ある」

「……毒蜥蜴《バシリスク》と、青銅人《タ－ロス》ですね」

毒蜥蜴《バシリスク》の毒霧を浴びせられたら、籠目囲《ヘキサグラム》いごと全滅するだろうし、青銅人《タ－ロス》が相手では、六体のＤＦ《デイフエンダー》が束《たば》になっても守りようがない。

「うん。だから、その二種類の敵駒を斃《たお》せる鬼土偶《ゴーレム》隊と死の手《リーサル・タッチ》隊により、常時本陣を守る態勢が必要だと思う」

陣形は必然的に定まってきた。鬼土偶《ゴーレム》隊と死の手《リーサル・タッチ》隊は本陣のすぐ近くに置き、やや前方では火蜥蜴《サラマンドラ》隊が敵陣を睨む。皮翼猿《レムール》だけは、単独で空から敵陣を偵察するという布陣である。

塚田は、三つの隊と皮翼猿《レムール》に順繰りに連絡を取っていた。一つ眼《キュクロプス》には、絶えず彼らのテレパシーを走査し、向こうが呼んでいる場合は、すぐに自分につなぐよう命じてある。

「竹腰さん。そちらの様子は、どうですか？」

塚田は、火蜥蜴《サラマンドラ》隊の竹腰則男を呼んだ。

「今のところ、敵の姿も見えませんし、特に変わったことはないですねえ」

温厚な人柄で知られている竹腰は、テレパシーも穏やかだった。

「問題といえば、稲田さんくらいですか」

「稲田耀子が、どうかしたんですか？」

「とにかく、ずっと文句を言い通しなんですよ。アイドル扱いされないのと、最前線に送られたのが、よっぽど不満みたいで」

ゲームの駒になっても、人間だったときの性格はそのまま残るらしい。

「でも、竹腰さんだったら、うまく操縦できるでしょう？」

竹腰は、将棋連盟の職員として、どんな癖のある棋士もうまく扱うという定評があった。

「いや、それがなかなか難しいんですよ。ご機嫌を取るようにはしてるんですが。今も、火蜥蜴《サラマンドラ》――斉藤七段と、ぶつかりかけてました」

斉藤七段は、今どき珍しい正統派、居飛車《いびしゃ》一刀流の棋士だった。奨励会の幹事としても、礼儀のできていない奨励会員は厳しく指導することで知られている。これも最近は珍しいわがままアイドルで売っている稲田耀子とは、最悪の組み合わせだったかもしれない。

ふと、奨励会員がつけていた斉藤七段の渾名《あだな》を思い出した。スピットファイア……。英語で、火を吐く、文句を言うという意味である。まさか、それが火を噴く蜥蜴《サラマンドラ》に変身した理由ではないだろうが。

そのとき、一つ眼《キュクロプス》が割り込んできた。

「皮翼猿《レムール》が呼んでいる。緊急の用件のようだ」

「すぐつないでくれ」

「塚田。敵を発見した」

皮翼猿《レムール》の言葉を聞くと同時に、塚田は、彼の視界を借りた。

月は、まだ中天に出ていて、軍艦島全体を照らし出していた。赤軍の本陣があるのは、中央高地の南の端だが、北の端には65号棟がある。報国寮《ほうこく》という別名のある、軍艦島で最大の建物だ。第二局では、塚田たちが最初に隠れたのは端島小中学校だが、そこから学校の西側にある65号棟に移動したのだった。

65号棟の最上階に、ちらりと青いオーラの輝きが見えた。青軍の駒がいるのはまちがいない。

65号棟から一つ建物を挟んで、棟続《むね》きになった五つの建物が見えた。横に連なっているのではなく、平行に並んでEの縦棒のような別の棟で繋《つな》げられている。この五棟――16号棟から20号棟までは日給《にっきゅう》社宅と呼ばれる鉱員社宅で、20号棟を除き島では最も高い九階建てだった。

青いオーラは、日給社宅の一部にも見え隠れしていた。

「やつら、このあたりを縄張り《シマ》にしてるようだな。今んとこ攻勢に出る気配はねえが、少しずつ動きがある」

「動き？　どんな動きだ？」

「はっきりとは言えねえが、間合いを計ってるような……う、馬鹿鳥だ。相当本気だな。ここから見られてるのが、気に入らねえんだろう。逃げるぞ」

皮翼猿《レムール》が身を翻したため、65号棟と日給社宅は、視界から外れてしまった。

万全の備えをしたつもりだったが、漠然とした不安は去らない。

奥本――青の王将《キング》は、いったい何を考えているのだろうか。

30号棟の窓から覗《のぞ》くと、月は、島の西の水平線（正しくは、虚無との境界というべきだろうか）すれすれまで傾いていた。

「こうなってみると、やはり、仕掛けるのが、ちょっと難しいようだね」

根本准教授が、溜《た》め息をついた。

根本准教授と木崎のいる鬼土偶《ゴーレム》隊は、現在、最前線に近い位置に陣取っているので、敵の様子を窺《うかが》いやすいはずだが、青軍は、複雑な通路で繋がった建物からいっさい外へ姿を現そうとはしないため、どんな布陣を採っているのか情報が得られない。

「王将《キング》は籠目囲い《ヘキサグラム》で守ったし、攻撃陣は三つに分割して、機動性を確保しつつ、互いにカバーした。とりあえずは最善形に組んだつもりだが、ここからどうやって戦端を開くのかが問題だな」

将棋のアマチュア中級者同士の対戦で、よくあることだった。とにかく簡単に負けないことだけを目指して自陣を整備し、一目散《いちもくさん》に矢倉《やぐら》や穴熊に組み上げるが、当然ながら、その間に相手も着手している。こちらが存分に組んだときは、相手も十分な態勢を作り上げており、お互いに手を出しづらい状況に陥ってしまうのだ。

「このまま膠着《こうちゃく》状態が続くと、いずれ、千日手もやむなしという状態になるかもしれませんね」

「だが、それは避けた方がいい。千日手になったら、ゲームがどうなるのか予想がつかない」

根本准教授の声音には、敵に対する以上に、不条理なゲームへの恐怖が滲《にじ》んでいた。このゲームを操る存在――神か悪魔かの意図が、どうにも読めないのだ。極端な場合、一回、千日手引き分けという状態になるだけで、両軍ともに反則負けとして消滅させられることさえ考えられるのだ。

「それは、青軍《むこう》も同じですよ。こちらが、千日手を恐れて無理に打開しようとしたら、まちがいなく、カウンターの餌食《えじき》になる。奥本は、そういう展開を最も望んでいるはずです」

「わかってる。もちろん、我々が焦って打開しようとしているとは思わせない方がいい。

しかし、何とかして、こちらからイニシアチブを取る方策を考えるべきだ」

それができたら、最初から苦労などしない。塚田は苛立《いらだ》ちを覚えたが、テレパシーに険悪なムードが影響しないよう、気持ちを押し殺した。

「一つ眼《キュクロプス》。第三局の開始から、どのくらいたった？」

塚田が訊《たず》ねると、一つ眼《キュクロプス》は、目覚まし時計の時報程度の感情しかこもっていない声で答える。

「二時間三十七分だ。あと二十三分で、月が沈む」

「とりあえず、防備を固めて、暗くなるのを待ちましょう。青軍が仕掛けてくる可能性もある」

塚田は根本准教授に向かって言う。暗くなった瞬間は、こちらから仕掛けるチャンスかもしれないが、何のプランも用意できていないため、ただ待つしかなかった。

「わかった。……それから、敵も、こちらの布陣はわからないはずだが、念のために、こちらの三隊を、もう一度シャッフルしておいた方がいいと思う」

「そうですね」

塚田は、鬼土偶《ゴーレム》隊を後ろに下げるように指示してから、根本准教授との交信を切った。続いて、火蜥蜴《サラマンドラ》隊と死の手《リーサル・タッチ》隊の位置を入れ替える。

三隊がずっと同じ場所にとどまっていれば、いつか敵に知られる可能性が高かった。頻繁《ひんぱん》に持ち場をスイッチすることで、相手の作戦を立てにくくする必要がある。

史上最も有名なチェスの世界チャンピオン、ボビー・フィッシャーは、チェスの駒を繰り替える戦術をバスケットボールに喩《たと》えていた。たえず迅速な球回しをして、相手の陣形の一番弱いところを衝《つ》けというのだ。

とはいえ、この場合は敵陣の弱みを探っているわけではなく、ただ、こちらの弱点がバレないように位置取りを変更しているだけ――敵の目を恐れる弱者の戦術にすぎない。

塚田は、思いついて、今度は皮翼猿《レムール》に連絡を取る。

「河野。敵の様子は見えるか？」

「いや、だめだ。極端に見られるのを警戒してやがるな。ときどき窓から青いオーラが漏れるんだが、どの駒から出てるのか全然わからん」

「始祖鳥《アーキー》は、どこにいる？」

「そう言や、ちょっと前から見ねえな」

皮翼猿《レムール》の返事に、塚田は、うなじの毛が逆立つような危機感を覚えた。

「……すぐ、こっちへ戻ってこい！　地上から、また毒蜥蜴《バシリスク》に狙われる可能性がある」

「またか？　何でだよ？　そういうのは、やつらも、もうやらねえんじゃなかったのか？」

皮翼猿《レムール》――河野は、むかっ腹を立てて叫んだ。

「時と場合によるんだ。おまえだって、これ以上、敵に殺《と》られる記録を更新したくはないだろう？」

塚田は、皮翼猿《レムール》との交信を終えて、火蜥蜴《サラマンドラ》隊の竹腰を呼び出した。

「火蜥蜴《サラマンドラ》――斉藤七段に伝えてください。始祖鳥《アーキー》が接近してきた場合、指示があったらいつでも撃ち落とせるよう、スタンバイしておいてくださいと」

「わかりました。……でも、それは損じゃないんですか？　火蜥蜴《サラマンドラ》の火炎は、一度噴くと丸一時間は使えないんでしょう？」

三局目になると、一介の歩兵《ポーン》にすぎない竹腰でも、かなりルールを理解しているようだった。

「あくまで、万一に備えてです。将棋で、いつでも飛車や角を切れるようにしておくのと同じです」

「なるほど。わかりました」

竹腰は、納得したようだった。

「一つ眼《キュクロプス》。今の指示についてどう思う？」

塚田は、籠目囲い《ヘキサグラム》の中央に寝かしてある、一つ目の赤ん坊に訊ねる。

「皮翼猿《レムール》を呼び戻したことは、警戒のしすぎか、敵の仕掛けを封じる手堅い戦術なのか、微妙なところだ。ふつうなら、火蜥蜴《サラマンドラ》や毒蜥蜴《バシリスク》の能力を一時間失うのと引き替えにして皮翼猿《レムール》や始祖鳥《アーキー》を殺《と》るのは、悪手と考えられる。しかし、どんなルールにも例外となる局面は存在する」

「今は、その例外に当て嵌《はま》ると思うか？」

一つ眼《キュクロプス》は、うっすらと笑ったように見えた。

「王将《キング》の読み通り、その可能性はある。第二局のように大半の駒がオープンスペースに集結して雌雄を決するようなゲームとは違い、今回のように分散して建物の中に隠れている場合、火蜥蜴《サラマンドラ》や毒蜥蜴《バシリスク》の価値は、相対的に低下するだろう。もはや、炎や毒霧の一噴きで敵に大打撃を与えることが望めない以上、そういう使い方をするしかないのかもしれない」

塚田の考えも同じだった。一回使うと休ませなければならない大砲は、ゲリラ戦では、あきらかに威力が半減する。

「したがって、総攻撃の前に毒霧を一回使って皮翼猿《レムール》を撃ち落とすというのは、青軍にとってありえない戦術ではない。仕掛ける直前に相手の目を奪うのは、それなりに理に適《かな》っている」

第一局でも、青軍が毒蜥蜴《バシリスク》を使って皮翼猿《レムール》を殺《と》ったのは悪手のはずだったが、その後、空の視界を失った赤軍は不自由な戦いを余儀《よぎ》なくされた。今回も電撃的に勝負を決するつもりなら、敵が同じことをやって来る可能性はある。

「ただし、それが可能なのは、いったん戦端を開いたら、最後まで攻め続けて寄せきる自信がある場合だろう。こちらから先に始祖鳥《アーキー》を撃墜するのは、リスクが大きすぎる。たとえ敵の視界を奪ったとしても、先制攻撃に続き、効果的な二の矢、三の矢がなければ、相手の反撃を受けたとき大砲が使えないため、一気に不利に陥るだろう」

「こっちだけ先に、火蜥蜴《サラマンドラ》を使ってしまう気はないよ」

塚田は、首を振った。

「あくまでも、青軍が皮翼猿《レムール》を殺《と》った場合、こちらも始祖鳥《アーキー》を殺《と》り返すことでバランスを取ろうというのが狙いだ」

実際、そううまくことが運ぶとは限らないし、もくろみ通りになった場合でも互角に戻るだけだが、とにかく準備だけはしておく必要がある。

しかし、一つ眼《キュクロプス》は首をかしげた。

「そうだとしても、やはり、こちらが皮翼猿《レムール》を呼び戻したのは疑問だったかもしれない。監視の目がなくなったため、敵は毒霧を使わなくても仕掛けが可能になったし、こちらからは、ますます手が出しにくくなった」

「なるほど。……それもそうか」

塚田は、考え込んだ。一つ眼《キュクロプス》の分析には一理あると思ったが、どこまで妥当なのかはわからない。そもそも、こいつが本当に味方であるという確信すらないのだから。

考えたあげく、再び皮翼猿《レムール》を出動させるのは見合わせた。テレパシーで三隊の代表を呼び出すと、後退してお互いの距離を縮め、敵の攻撃に備えるよう命じるにとどめる。

「今、月が沈む」

一つ眼《キュクロプス》の幼《いとけな》い声に続き、まるで消灯したように、周囲から光が消え失せる。

塚田は、息を殺して相手の出方を窺《うかが》った。今この瞬間にも、敵の総攻撃が始まるかもしれない。籠目囲い《ヘキサグラム》を構成する六体のDF《ディフェンダー》が、塚田の緊張を察知したのか、ぼんやり赤く発光しながら、かごめかごめの遊戯《ゆうぎ》をするように、ゆっくりと回転を始めた。

軍艦島は、墨汁《ぼくじゅう》を流したように濃密な闇に包まれていた。

月が落ちてから、すでに一時間半が経過している。

塚田は、いつ敵が攻めてくるか戦々恐々としていたが、いっこうにその気配はない。もちろん、敵も、こちらの布陣が見えない以上、迂闊《うかつ》に攻め込むことはできないのは、当然の話だろうが。

周囲が暗くなると、赤いオーラを敵に発見されやすくなるため、不用意には窓に近づけなかった。塚田は、テレパシーで各駒の視界を順番に借りながら、闇を透かして見る。虹彩《こうさい》を一つ失ったとはいえ、まだフクロウよりもはるかに鋭い自分の視界と比べると、安物の監視カメラを通じて見ているように粒子が粗《あら》い。

何とか事態を打破できないかと戦術について思いを巡らせるが、どれも危険を伴い、実行するにはハードルが高すぎるようだった。不本意だが、当面は様子見に徹する以外の方策を思いつかない。

「裕史？　わたしの声、聞こえる？」

理紗が、テレパシーで呼びかけてきた。一つ眼《キュクロプス》には、誰かが呼んでいる場合、すぐに中継するよう言ってあった。

「ああ、聞こえる。どうしたんだ？」

「どうもしないけど……話しちゃいけないの？」

理紗は、少し気を悪くしたようだった。

「いや、別に、そんなことはないよ」

塚田は、うっすらと笑った。

「どうせ、今、暇だしね」

理紗は、笑わない。

「わたしたち、いつまで、こんなことしなくちゃいけないのかな？」

「さあ。とにかく、この七番勝負が決着するまで、ここから抜け出すことはできそうもないしな」

「本当に、信じられない……」

「そうだな。俺も、まだ夢を見てるんじゃないかって気がするよ」

「違う。この変な世界のこと言ってるんじゃないの。信じられないのは、わたしたちの反応の方！　誰も、全然疑問を感じないで、言われたとおりに殺し合いしてるなんて」

「みんな、疑問がないわけじゃない。でも、とりあえず、目の前に迫った危険には対処しなきゃならないだろう？」

「じゃあ、今こそ、ちゃんと考えるべきじゃない？　今、暇なんでしょう？」

「そりゃあ、そうだけど」

塚田は、頭を掻《か》いた。

「理紗の言いたいことは、よくわかるよ。話し合うべきだと言うんだろう？　だけど、俺は、第二局の終わりに青の王将とサシで話してる。こっち以上に闘志満々だったよ。とても、話し合いの余地があるとは思えない」

「奥本《おくもと》くんは、このめちゃくちゃな状況に、全然疑問は持っていなかったの？」

「そりゃあ、まあ、そんなことはないけど……」

塚田は、奥本が、平静を装いながら懸命に記憶を探っていた様子を思い出していた。

「戦いをやめろとは言わないわ。両方のチームが相手に出し抜かれるんじゃないかって疑心暗鬼にかられてるんだから、今そんなこと言っても無理でしょう？　でも、せめて、情報交換くらいはできるんじゃない？」

「何の情報を交換するんだ？」

「決まってるじゃない。どうしてこんなことになったのか、思い出せるかぎりの情報を共有するの。断片的な記憶でも、つなぎ合わせれば、全体像が浮かび上がってくるかもしれない」

塚田は、理紗の提案について考えてみた。たしかに、青軍の連中が持っているはずの知識は魅力的だが……。

「それは、ちょっと難しいだろうな。赤軍と青軍は、完全に利害が相反してる。情報を共有するのが、どちらに有利に働くかわからないんだから、お互いに本当のことを言うわけがないだろう」

「でも、わたしは、赤と青は、百パーセント敵同士というわけじゃないと思うの」

「どういうこと？」

「共通の敵がいるでしょう？　この悪魔のようなゲームを主催してるやつよ」

「しかし、もし、そんなやつがいたとしても……」

塚田は、あえてその先は言わなかった。かりに赤軍と青軍が一致団結しても、そんな全知全能に近い相手に対抗できるとは、とても思えない。

「わかったよ。ちょっと考えさせてくれ」

「それとだけど」

理紗は、考え込んでいるようだった。ぼんやりとした記憶の中の映像が塚田の意識に流れ込んでくる。

「少しずつ、いろんなことを思い出してるの。赤軍は、ほとんど知ってる人かどこかで会ったことがある人ばっかりだと思う。DF《ディフェンダー》の人たちは、よくわからないけど」

「俺は、DF《ディフェンダー》も、何となく見覚えがある」

塚田は、考え込みながら言った。一人は医師、一人は看護師だった。あとの四人も、医療関係者や救急隊員だったような気がするのだが……。

「そう？　青軍の人はどう？　奥本くん以外に、誰かわかる？」

「いや」

塚田は、首を振った。蛇女《ラミア》を見たとき、この女を知っていると感じたが、誰なのかは思い出せない。

「俺は、青軍で一人、はっきりと思い出したやつがいるぞ」

呼び戻されてから、建物の中を所在なげにうろついていた皮翼猿《レムール》が、横から口を挟む。

「誰だ？」

塚田は、振り返った。

「始祖鳥《アーキー》……あの糞女《くそ》だ。最初から気に食わないやつだと思ってたが、それもそのはずだな。俺は、じかに会って、やり合ってる」

「本当か？」

塚田は、河野が思い浮かべている映像を解読しようとしたが、微妙な揺らぎのようなものがあり、はっきりしない。

「やり合ったって、まさか、殴《なぐ》り合ったわけじゃないよな？」

「あたりまえだ。俺は、女には手は上げねえよ。……鳥の化け物になってない限りはな」

皮翼猿《レムール》――河野は、顔をしかめる。

「ジャーナリストかライターか知らねえが、とにかく、信じられねえくらい嫌な女だ。たしか、校門のところで白井が捕まってて、質問攻めされてたんだ。あいつは気が弱いから、相当、ひどい目に遭わされてたみたいだった。それで、俺が救出に行ったんだ。

あの女には、おまえも会ってるはずだぞ。というより、あの女のターゲットは、おまえだったんじゃねえのか？」

ああ、そうだ……。塚田の中でも、一気に記憶が甦《よみがえ》る。

高柳弘美《たかやなぎひろみ》。名前まで、はっきりと覚えている。アパートや大学、ついには将棋連盟にまで現れては、しつこく話を聞かせろと迫ってきた。

……だが、あの女は、いったい何を取材しようとしていたのか。肝心な点は、記憶に紗《しゃ》がかかったように薄ぼんやりとしている。


「塚田さん。どうでしょうか。わたしのことを信頼してもらえません？」

高柳弘美は、喫茶店で塚田と向かい合って座ると、顔いっぱいに笑みを広げて言う。大きな口から、不自然なくらい真っ白な歯がこぼれた。

「絶対、悪いようにはしませんから」

三十代の前半くらいか。サファリジャケットの袖《そで》をまくり上げ、行動的な女性ジャーナリストを演出しているらしいが、厚塗りのくっきりメイクが印象をちぐはぐなものにしていた。

「事実関係は、すべてお話ししたはずです。これ以上、何を訊《き》きたいのか、全然わかりませんね」

塚田は、声を絞り出すように言った。

「わからない？　本当に？」

高柳弘美は、わざとらしく目を見開いた。

「もう、いいかげん、そっとしといてくれませんか……」

いつもならば、とっくに怒りを爆発させていただろう。しかし、記憶の中の塚田は、すっかり気力を失っていた。舌鋒《ぜっぽう》鋭くやり込める代わりに、弱々しく頭を下げる。

「そっとしといてあげたいですよ。でも、そうはできない理由もおわかりですよね？　なにせ、人一人の命が失われてるんですから」

塚田は、ただうなだれるしかなかった。

「あの晩のことを、もうちょっと詳しく話してもらえません？　どうにも納得できない部分が多すぎるんですよ」

「……あれは」

「あれは？」

「事故だったんです」

塚田は、記憶の中で自分が交わしていた会話を訝《いぶか》しんだ。まったく意味がわからないのだ。俺は、何の話をしていたんだろうか。

「事故ねえ……」

高柳弘美は、運ばれてきたコーヒーに口を付けると、皮肉に唇を歪《ゆが》めた。

「何か、そういうことで決着しそうな雰囲気になってますね。みなさん、上手に口裏を合わせてるようだし」

「俺たちは、誰も、嘘をついてるわけじゃないですよ」

「嘘はついてないって？……ふうん。まあ、そうかもしれないわね。でも、何か肝心なことを隠してません？」

「肝心なことって、何ですか？」

塚田は、反問した。

「わたしもね、いろいろと調べてみたの。そしたら、いろいろと興味深い事実が浮かんできたのね。あなたと、井口さんは……」

塚田は、滔々《とうとう》と喋《しゃべ》る真っ赤な唇を凝視《ぎょうし》していた。照明を受けててらてらと光る様子は、屍肉《しにく》をついばんで血に濡《ぬ》れたハゲコウの嘴《くちばし》を思わせた。

「……それは、関係ないです」

塚田は、かろうじて言葉を発した。

「じゃあ、質問を変えましょうか。あなたたちは、あそこで何をしてたの？」

「それは」

塚田は、絶句した。相手が納得するような筋の通った答えは、とてもできそうもない。

「上陸だって禁止されてるはずなのに、わざわざゴムボートまで用意して……」

高柳弘美の表情は、一転して険《けわ》しいものになった。その瞬間、塚田の脳裏に浮かんだのは、文楽《ぶんらく》で女の人形の顔が一瞬にして鬼女になる仕掛けだった。

「わたしが疑問に思ったのはね、そもそも、あなたたちは、何のために、あんな廃墟《はいきょ》の島へ行ったのかっていうことなのよ」


「そうか、あの女だったのか……」

塚田は、封印されていた記憶の底から溢《あふ》れ出てきた映像に顔をしかめた。たしかに、たった今見たキャラクターは、始祖鳥《アーキー》――河野の表現では馬鹿鳥そのものではないか。

それにしても、高柳弘美との会話を反芻《はんすう》しているだけで、胸が締め付けられるように苦しくなってくるのは、なぜだろう。

「塚田君。さっきから、敵の動きが活発化してるようだ」

そのとき、根本准教授から緊迫した様子の連絡が入る。

「攻撃してきたんですか？」

「いや、まだ、そこまでは行っていない。しかし、青いオーラが行ったり来たりしてるのが見える。まるで、百鬼夜行の提灯《ちょうちん》行列だ」

根本准教授の視界を借りると、たしかに、廃墟の間から青い光が見え隠れすることで、敵が活発に動き回っているのがわかった。

「攻め込んでくる気でしょうか？」

「今のところ、陽動作戦にしか見えないな。たぶん、こちらがどこを防備しているのか確認しているのだろう」

島の西側にある住居スペースには、東西に三本の道が走っている。建物の中を通れば、敵が攻め込めるルートは、さらに数が増えるだろう。たった三つしかない戦闘部隊では、そのすべてをブロックするのは、とうてい不可能だった。

つまり、待ち伏せのリスクを承知で強引に来られれば、こちらの陣地に入り込まれてしまうということになる。

「敵の構成は、わかりませんか？」

「青いオーラが見えるたびに数を数えているんだが、どうやら、一隊が三名か四名で、四つの隊に編成されているようだ」

「四つ？」

こちらより、隊の数が一つ多い。攻撃陣にDF《ディフェンダー》まで加えているのだろうか。

「河野。できるだけ目立たないように、敵の上を飛んでくれ。敵の編成を知りたい」

「わかった」

皮翼猿《レムール》は、敵のいない空き地を飛んでいったん島の東の端へ行くと、青軍の背後から、様子を確認した。巨大な真っ黒の瞳《ひとみ》に、青い蛍《ほたる》のような敵兵のオーラが映し出される。

「うろちょろしてる隊は、四つあるようだな。十八体の駒のうち、十六体までは確認できた。残りは二体だけ……たぶん、青の王将《キング》と聖幼虫《ラルヴァ》だろう」

やはり、そういうことか。青の王将《キング》は、箙目囲い《ヘキサグラム》はおろかDF《ディフェンダー》で守ることさえしていないのだ。つまり、ノーガードの超攻撃型布陣を採用したことになる。

「一つ眼《キュクロプス》。月が出るまで、あとどのくらいだ？」

「月の入りから、二時間三十六分が経過した。残りは、二十四分だ」

「裕史！　敵が来る！」

理紗のテレパシーの叫びに、塚田は、はっとした。

「どこからだ？」

「わたしたちがいるのは、31号棟。敵は、昭和館の前みたい！」

理紗の目に映った景色が飛び込んできた。青い蛍のような光が四つ見える。今局が始まったときに赤チームが再生された、映画館のあたりだ。

塚田は、唇を噛《か》んだ。理紗――死の手《リーサル・タッチ》の隊は、戦闘力では最も弱い。もし、ここで戦闘になり、死の手《リーサル・タッチ》が殺られてしまえば、青軍の青銅人《タ－ロス》は、第二局同様、脅《おびや》かす駒がいなくなって、自由に進撃できるようになる。

「下がれ！　すぐに撤退するんだ！」

塚田は、あわてて指示した。

「おい！　敵の部隊が一つ、こちらの前線を突破したぞ！」

今度は、皮翼猿《レムール》から緊急連絡が入る。

「中央高地の東の端だ。全部で三体、かなり深く入り込んでるな。7号棟を占拠するつもりらしい」

「駒の内訳は、わからないか？」

「二体は、たぶん歩兵《ポーン》かＤＦ《ディフェンダー》だろうな。だが、もう一体は馬鹿でかかったから、はっきりわかったぞ。青銅人《タロス》だ」

塚田は、瞬時に決断した。このまま下がり続けるわけにはいかない。

「根本先生！　青銅人《タロス》の部隊が７号棟に入りかけているようです。鬼土偶《ゴーレム》で退路を断ってください」

「７号棟？　何のために……」

塚田は、理紗から聞いた内容を思い出す。７号棟はたしか職員のクラブハウスだった。木造二階建てで、高所に建てられているものの、それほど重要な建物とは思えない。だが、根本准教授は、眉《まゆ》をひそめた。

「塚田君。敵は、孫子《そんし》の兵法を実践《じっせん》しているのかもしれない」

「孫子の兵法？」

塚田も、名前くらいは聞いたことがあったが、実際の内容には疎《うと》かった。

「古典的な戦《いくさ》では、高地から低地に向かって攻めるのが原則とされている。まちがっても低い方から攻め上がったりしてはならないんだ。高所は見晴らしも利くし、位置エネルギーも利用できる」

たしかに、上からなら、岩を落とすだけでも相手にダメージを与えられる。塚田は、自らの甘さに歯嚙《はが》みした。なぜ、そのくらいのことを考えつかなかったのか。

将棋で言えば、位《くらい》取り戦法だ。フラットな将棋盤でも、中央に勢力を張ったら全局を制圧することができる。まして、中央部が高地である軍艦島では、そこを押さえるのが死活的に重要なのはあきらかではないか。

「青軍は、日給社宅付近が根城《ねじろ》だから、すでに端島神社も勢力下にあると考えるべきだ。その上で、7号棟にまで橋頭堡《きょうとうほ》を築かれたら、まずいことになる」

長期戦になればなるほど、有利なポジションが勝利に直結する。たぶん青の王将《キング》は、この一局の開始からずっと中央高地を占拠する機会を窺《うかが》っていたに違いない。

「だとすると、あっさり7号棟は渡せませんね。根本先生。今すぐ、鬼土偶《ゴーレム》を使って、背後から敵を攻撃してください」

「しかし、三対三では、攻め切るのは難しいだろう？」

「とりあえずは、皮翼猿《レムール》で空から援護します。敵も始祖鳥《アーキー》を投入してくるでしょうが、その間に死の手《リーサル・タッチ》を向かわせます。……うまくすれば、大戦果が上がるかもしれない」

第二局と同じように、鬼土偶《ゴーレム》と青銅人《ターロス》ががっちり組み合って動けなくなってしまえば、背後から死の手《リーサル・タッチ》で襲わせて、殺《と》れるかもしれない。

理紗を危険な最前線に送り込むことには、心を引き裂かれるような痛みを感じた。が、今は、そうするしかない。赤軍の全員が生き残るためには。

敵は、今のところ一つの隊でしかなく、こちらの領分へと奥深く侵入しすぎている。

すばやく応援を送れれば、この戦いは、こちらに分があるはずだ。

「わかった。今から攻撃する」

根本准教授は、鬼土偶《ゴーレム》ともう一体の歩兵《ポーン》、木崎豊に指令を伝え、走り始めた。

塚田の意識に、まるでハンディカムで撮影しているように激しく上下にぶれる映像が流れ込んだ。根本准教授の息づかいまで聞こえる。三体の駒は、敵のいる7号棟を目指して殺到していく。先頭は根本准教授と木崎で、速度で劣る鬼土偶《ゴーレム》はかなり遅れている。

塚田は、理紗に命じて、31号棟の守備を放棄して、7号棟へと向かわせた。皮翼猿《レムール》には、毒蜥蜴《バシリスク》に気をつけながら、周辺を偵察させる。

さらに、竹腰を呼び出して、火蜥蜴《サラマンドラ》隊も応援に繰り出させた。

激しく三隊の視界をザッピングして、塚田は、敵が侵入した木造二階建てのクラブハウスの様子を窺った。青銅人《ターロス》ほか二体の敵は、もうすぐ袋のネズミとなる。

その瞬間だった。建物の二階の外壁をぶち破り、根本准教授の眼前に、巨大な体軀《たいく》の駒が飛び出してきた。青銅人《ターロス》だ。続いて、同じ穴から二体の歩兵《ポーン》も飛び降りてくる。

「逃げろ！　青銅人《ターロス》とは絶対に戦うな！」

塚田は、声を嗄《か》らして叫ぶ。

根本准教授も、その点は心得ているようだった。捕まらないよう、すばやく身を躱《かわ》す。敏捷《びんしょう》性では、青銅人《ターロス》は歩兵《ポーン》にさえ及ばない。

青銅人《ターロス》も、あえて根本准教授を深追いしなかった。てっきり後から来る鬼土偶《ゴーレム》の方に向かうのかと思うと、方向転換し、もう一体の歩兵《ポーン》――木崎に向かって、さみだれ式にたくさんの腕を伸ばす。

青銅人《ターロス》の腕は鬼土偶《ゴーレム》ほど長くはないが、細長い身体を前傾させるとリーチはぐんと伸びる。危ういところだったが、木崎も、たたらを踏むようなステップで逃れ、何とか青銅人《ターロス》に捕まらずにすんだ。

青銅人《ターロス》は、それ以上戦意は見せなかった。鬼土偶《ゴーレム》との正面衝突は避け、まっしぐらに青軍の陣地へ向かって逃げ去っていく。追いかけても無駄だろう。歩兵《ポーン》が追いついたところで、打撃を与えることもできずに殺されるだけだ。

結果、残った青軍の二体の歩兵《ポーン》と、赤軍の二体が向かい合う形になった。

「こいつは……！」

敵の一体には、はっきりと見覚えがあった。銘苅健吾。このゲームのデザイナーであり、おそらく鍵《かぎ》を握る男だろう。

「そいつを殺《と》ってください！」

根本准教授が、銘苅に向かって突進し、鎌のような爪を振り上げた。

銘苅は、ぎりぎりでその一撃を避けると、左手に逃走しようとした。

次の瞬間、横合いから体当たりしてきた木崎が、銘苅の首筋を剔《えぐ》った。鮮血がほとばしって、青いオーラが爆発し、銘苅は消滅した。

やった。塚田は、快哉《かいさい》を叫んだ。これで情報が得られる。銘苅しか知らないはずの、どうしても欲しかった情報が……。

だが、勝利の感覚は、シャボン玉のように一瞬で潰《つい》えてしまった。

青軍のもう一体の歩兵《ポーン》が、木崎の背後から逆襲し、後頭部に鉤爪《かぎづめ》を打ち込んだのだ。

木崎は、その場にばったりと倒れ、ぴくぴくと痙攣《けいれん》し始めた。

木崎を襲った歩兵《ポーン》は、今度は根本准教授に向かって突進し、大ぶりのフックを見舞う。

根本准教授がステップバックして回避した隙に、敵の歩兵《ポーン》は、すばやく逃げ出した。

ようやく追いついてきた鬼土偶《ゴーレム》が、六本の長い腕を広げて、行く手を阻もうとする。

だが、敵は、鬼ごっこのルールは、よく心得ているようだった。

青く輝く歩兵《ポーン》は、アメフトのＲ　Ｂ《ランニング・バック》のようにジグザグにステップを刻み、鬼土偶《ゴーレム》の長大な腕の下をかいくぐった。そのまま振り返ろうともせず、一目散に逃げ去っていく。

その上空で、思わぬ戦いが起きた。

灯台から急降下してきた皮翼猿《レムール》と、撤退する歩兵《ポーン》の援護にやって来たらしい始祖鳥《アーキー》が、激しくぶつかり合ったのだ。

二体は宙で、爪や牙《きば》、嘴《くちばし》を使いながら互いに攻撃し合い、ぱっと分かれた。どちらも致命傷は負わなかったらしい。

「もういい！　無理するな！」

塚田は、はらはらして叫んだ。人間だったときは河野と高柳弘美の腕力は大差だっただろうが、今はどこから見ても互角である。下手をして皮翼猿《レムール》が殺《と》られてしまったら、取り返しがつかない。

皮翼猿《レムール》は、ぎりぎりと牙を鳴らしながら、始祖鳥《アーキー》を睨《にら》みつけていた。始祖鳥《アーキー》もまた、目を見開き、かちかちと嘴を打ち鳴らして威嚇していたが、それ以上本気で戦うつもりはないようだった。自分が援護した歩兵《ポーン》が無事に逃げたのを見届けると、さっさと飛び立った。

すると、根本准教授の目の前で赤い閃光《せんこう》爆発が起きた。断末魔の状態だった木崎が、ついに絶命し消滅したのだった。

ちくしょう。塚田は唸《うな》った。これで、駒割りは互角に戻ったことになる。今は、こちらは銘苅健吾、敵は木崎豊と、歩兵《ポーン》を一体ずつ殺《と》り合って、それぞれ持ち駒にしている状態だ。

「敵は、危険を顧《かえり》みずにこちらの陣地に侵入してきたが、結局は、痛み分けに終わったわけか」

根本准教授が、一つ眼《キュクロプス》を介して、テレパシーで交信してきた。

「そうですね……」

「しかし、だとすると、何をしたかったんだろう？　たったの三体で7号棟を占領して確保できるはずもないし、とりあえず、駒をぶつけて様子を見たかっただけなのか」

塚田は、考え込んだ。青軍がやったことはといえば、最悪の場合、青銅人《ターロス》を殺《と》られるという大きなリスクを冒しながら、小競り合いで歩兵《ポーン》を一体ずつ交換しただけだ。

青の王将《キング》の狙いは、どこにあったのだろうか。何か誤算があったのかもしれないが、そもそも何を目指していたのかが不可解だった。結果は、この通り、駒の損得なしだったわけだし……。

「しまった！」

塚田は、愕然《がくぜん》として叫んだ。

「どうしたんだね？」

根本准教授が、不審げに訊《たず》ねる。

「そういうことだったのか……どうして気がつかなかったんだ！　すみません。信じられないような大ポカをやってしまいました」

「どういうことなんだ？」

根本准教授が、苛立《いらだ》ったように言う。

「わかるように言ってくれ。今の折衝《せっしょう》で損をしたわけじゃないだろう？　いったい何が、そんなにまずかったんだ？」

「残念ですが、このままでは、いずれ負けになります」

塚田は、呻《うめ》いた。

「何か、手を打たなきゃなりません。時間が経過して、必敗形になってしまう前に」

もはや敗色濃厚という重苦しい雰囲気が赤チームを覆っていた。いったん全軍を集結させたかったのだが、こちらが撤退した分だけ敵が進出してくることになる。そのため、三隊は灯台を中心にした守備につき、塚田が一つ眼《キュクロプス》を無線機代わりに、順繰りにテレパシーによる協議を行っていた。

「……つまり、あの歩兵《ポーン》の殺《と》り合いは、敵のシナリオ通りだったってことか」

根本准教授が、つぶやいた。

「やはり、油断できない相手だな。青の王将《キング》は」

「ここまでは、奥本の読《や》みは、常に我々の一歩先を行ってますね」

悔しかったが、塚田も、そのことは認めざるをえなかった。

「奥本は、俺が、銘苅の持っている知識に執着していることを知っていた。だからこそ、銘苅健吾を餌《えさ》にしたんです。俺は、まんまと、ダボハゼのように喰《く》いついてしまった」

「だからといって、なかなか、あんな作戦は実行できないだろう。リスクがあることもさることながら、仲間を平然と捨て駒にするというのは……」

「いや、こういう結果になったのは、偶然じゃありませんよ。最初から計画していたとしか思えません。奥本は銘苅を捨て駒にし、わざとこちらに殺《と》らせたんです。それから、もう一体の歩兵《ポーン》で背後から木崎を殺《と》り返した……。敵の動きは、あらかじめリハーサルをしていたとしか思えないほどスムーズでした」

「裕史。わたし、まだ、よくわからないんだけど」

理紗の呼びかけに、塚田は、テレパシーを切り替えた。テレビ電話の会議のように、全員と一度に話せれば便利なのだが、一人ずつとしか話せないのが、もどかしかった。

「このゲームで勝利するには、駒得を目指すのが常道だ。歩兵《ポーン》を一体タダ取りされれば、両チームの差は歩兵《ポーン》二体分になる。総力戦になれば、この差は大きい。まして持ち駒は、盤上の駒より威力があるからな。だが、そこはお互いに警戒しているから、そう簡単に駒は奪い取れない。それで、青の王将《キング》は、一見駒を等価交換しているように見せかけ、ポイントだけ掠《かす》め取ろうと考えたんだ」

「ポイントって、昇格《プロモーション》に必要な？」

「そう。いいか？　まず、こちらの木崎が敵の銘苅健吾を殺《と》った。この時点で木崎は、昇格《プロモーション》に必要な3000ポイントのうち、900ポイントを獲得したんだ。ところが、その直後、敵の歩兵《ポーン》が木崎を殺《と》ったから、木崎が持っていたポイントは帳消しになってしまった。その一方で、敵の歩兵《ポーン》は、木崎を殺《と》ったことで900ポイントを得ており、そのまま逃げ帰ってしまった」

「でも、それが、そんなに致命的なことなの？」

理紗は、まだ納得していないようだった。

「だって、昇格《プロモーション》には、3000ポイント必要なんでしょう？　たった900ポイントじゃ、三分の一にもならないじゃない？」

「たしかに、それで、すぐに昇格できるわけじゃないよ。……問題は、このゲームでは、ポイントは、時間の経過によっても得られるっていうところだ」

塚田は、溜《た》め息をついた。なぜ、もっと早く、その点に思い至らなかったのだろう。

「王将《キング》とＤＦ《ディフェンダー》以外のすべての駒は、何もしなくても一分に１ポイントが与えられる。つまり、一局の開始から五十時間後には、ずっと盤上にあった駒は、すべて昇格するということなんだ」

理紗は、ようやくはっとしたようだった。

「じゃあ、相手の駒を殺《と》りポイントをゲットすることで、それだけ早く昇格できる……時間を節約できるっていうことなのね？」

「そういうことだ。９００ポイント得れば、他の駒より九百分――十五時間も早く昇格できることになる。しかも、敵駒を殺《と》った後端島神社に入れれば、ボーナスポイントを得られる。青軍は神社を押さえているから、今ごろは、さらに１０００ポイントを加算してるだろう……」

１９００ポイントとなると、三十一時間四十分に相当する。敵の歩兵《ポーン》が先に昇格してから、こちらが追いついて戦力の不均衡《ふきんこう》が解消されるまで、これだけの長時間、持ちこたえなくてはならないことになる。成り駒ができて実質的に駒得を果たしている青軍は、その間、かさにかかって攻め立ててくるだろう。

「だけど、第一局も、第二局も、そんなに長い戦いにはならなかったじゃない？」

テレパシーでは理紗本人の表情は見えないが、たぶん引き攣《つ》ったような笑みを浮かべているのだろうと、塚田は想像した。

「うん。お互いに手探りで戦ってたし、双方ともに、積極的に攻めなければ勝てないと思ってたからね。でも、現在の状態は全然違う。青軍は、このまま時間をやり過ごして、先に歩兵《ポーン》が一体昇格すれば、はっきりと優位に立てるんだ。それまでは、ひたすら守りに専念して、膠着《こうちゃく》状態が続くよう仕向けるだろう。こっちは、その固い守りを無理やりこじ開けなきゃならないんだよ」

青軍は、最終ラウンドを迎え、数ポイント優位に立っているボクサーのようなものだ。判定勝ちを狙って亀のようにガードを固め逃げ回られたら、よほどの力量差がない限り、倒すのは至難の業である。

「一つ眼《キュクロプス》。第三局の開始時から、どのくらい経過してる?」

「六時間十八分だ」

赤ん坊の優しげな声が答える。あの恐ろしい顔はできるだけ見ないようにしようと、塚田は思った。

六時間十八分が経過した現在、殺《と》られた二体の歩兵《ポーン》を除く敵味方すべての駒に対し、等しく378ポイントが与えられたことになる。木崎を殺《と》っている青の歩兵《ポーン》は、さらにプラス1900ポイントだから、計2278ポイントだ。昇格《プロモーション》に必要なのは3000ポイントなので、残りは722ポイント——つまり、与えられた猶予は十二時間と二分しかない。しかも、その前に、問題の歩兵《ポーン》がこちらの歩兵《ポーン》をもう一体捕殺した場合には、さらに900ポイントを得て、即座に昇格《プロモーション》ということになる。敵はすでに両面《リャンメン》待ちのリーチをかけているのだ。

「歩兵《ポーン》が昇格したら、どうなるんだ？」

よく考えたら、一番基本的なことを、まだ訊《き》いていなかった。

「両軍とも、歩兵《ポーン》が昇格した場合は金狼《ライカン》になる」

一つ眼《キュクロプス》は、さも当然という口ぶりだった。まるで、オタマジャクシが蛙になるというように。

「全身を鋼《はがね》のような金毛で覆われた狼男《おおかみおとこ》だと思えばいい。戦闘力は大幅にアップして、ふつうの歩兵《ポーン》二体分強に匹敵する。一対一なら王将《キング》や皮翼猿《レムール》より若干強いくらいだろう。走ったり石段を駆け上がったりする速度は、動物の狼と同程度だ」

聞いてるだけで、げっそりしてくる。将棋の歩兵がと金に成るか、それ以上の強力さではないか。直接戦う羽目になったとき、王将《キング》である自分より向こうの方が強いというのも、プレッシャーだった。圧倒的に強力なはずの鬼土偶《ゴーレム》や青銅人《ターロス》が、動きがスローなために歩兵《ポーン》に逃げられていたシーンを思い出すと、実戦的には迅速に動ける金狼《ライカン》の方が始末に負えない悪い駒かもしれない。

「金狼《ライカン》が厄介なのは、速度や戦闘力以上に、殺《と》られた場合、ただの歩兵《ポーン》に戻ってしまうことだ。これは、将棋のと金と同じだから、今さら説明の要はないだろう」

つまり、いくら金狼《ライカン》が脅威だからといって、こちらの役駒と交換するわけにはいかないということだった。

と金攻め……。将棋において、これほど破壊力があって確実な攻めは他にないだろう。プロや奨励会員が最も好むのも、と金のヤスリ攻めと昔から決まっている。

今から十二時間の間に戦機を捉《とら》えて勝負を決してしまわなければ、どうやら、狼男に喰い殺される悲惨な運命が待ち受けているようだった。

塚田は、腕組みをほどくと、深い溜め息をついた。

持ち駒の銘苅健吾を実体化させておくべきかどうか、どうしても決心がつかない。

銘苅に訊きたいことは、それこそ山ほどある。彼は本当に、このゲームを創《つく》り出した張本人なのか。その場合、勝ちへの道筋（あるいは正しい戦略）は、存在するのか。

青軍では、ここまで、どのような話し合いがなされていたのか。

さらに、木崎豊を殺《と》った駒は誰だったのかなど。

銘苅を駒台に置いている限り、それらすべての情報は宝の持ち腐れでしかない。

だが、戦いのさなかにおいては、任意の場所に実体化させられる持ち駒のあるなしは切り札になる。塚田の中では、一つ眼《キュクロプス》の「死者は生者の十倍強力だ」というセリフが、ずっと引っかかっていた。

第三局は、戦略的にはすでに負けにしてしまっている。このまま何ごともなくゲームが進んだら、青軍には自然に勝ちが転がり込むのだ。それをひっくり返すには、敵の意表を衝《つ》く思い切った攻撃で混乱を作り出すしかない。そのとき、持ち駒は、大きな力を発揮するはずだ。

とはいえ、このゲームでは、早く持ち駒を打つことに、将棋にない利点が存在する。第一に、実体化した駒から情報を得られること。第二に、盤上にある駒には時間の経過によってポイントが加算されることだ。

しかし、銘苅を実体化させ、今からポイントを溜《た》め始めても、ほとんど意味はない。どのみち、他のすべての駒から後れを取っているのだから。魅力は、やはり情報にあるのだ。

それから、ふと嫌な想像が頭を走り、眉《まゆ》をひそめる。

もしかしたら、奥本は、自分が今直面しているジレンマまで、計算していたのではないだろうか。

やつが、銘苅を餌に選んだのは、こちらが喰《く》いつくと予想したからだろう。さらに、銘苅を殺《と》った後で、情報欲しさに実体化させたいという誘惑に駆られることまで狙ったのでは……。

塚田は、頭を振った。

およそ勝負事においては、相手の意図を深読みしすぎるのは禁物である。いたずらに敵のイメージを肥大化させて、無用の恐れを生むことになるからだ。

今は、冷静な目で現状を見つめ、最善と思われる一手を打つしかない。

「おい。青軍《やつら》は、おまえの言ったとおり、すっかり引き籠《こ》もりの態勢に入ったみたいだぞ」

島の上空を飛び回って偵察を続けている皮翼猿《レムール》から、連絡が入る。

「もう、青いオーラはどこにも見えんな。全軍が、日給社宅に入城したらしい」

16号棟から20号棟まで棟続きになった九階建ての鉱員社宅だ。敵は、第三局ではこの日給社宅を本丸にしている。虎の子の、1900ポイント付きの歩兵《ポーン》を守って籠城《ろうじょう》するつもりだろう。そして、歩兵《ポーン》が無事金狼《ライカン》へと昇格《プロモーション》を果たし、圧勝できる態勢を築いてから、おもむろに攻勢に出てくるに違いない。

「せめて、敵の主力がどの建物にいるか、わからないか？」

「今みたく上空を飛んでるだけじゃ無理だな。そこまで探るんなら、窓の外すれすれを飛ぶか、場合によっては中に入るしかないが」

「中に入るのは論外だが、できるだけ、近づいてみてくれ」

「マジかよ？　そんなこととして、毒蜥蜴《バシリスク》に撃ち落とされたらどうすんだ？」

「その可能性は消えた。状況が変わったんだ」

「何だよ。さっきは危ないとか言ってたじゃねえか。……言うことがコロコロ変わるな。本当に、ちゃんとした根拠があんだろうな？」

皮翼猿《レムール》――河野は、ぶつぶつ言いながらも高度を下げ、日給社宅に近づいていった。

皮翼猿《レムール》の目を通して、香港《ホンコン》より密集して建てられた高層アパートの映像が迫ってくる。

島の西を走る浜《はま》通りからは、地獄段《じごくだん》と呼ばれる長い階段が16号棟と57号棟の間を縫って延び、最終的に端島神社に到達する。

敵の姿は、どこにも見えなかった。青いオーラが漏れないよう、建物の奥に隠れているのだろう。

どこかの窓からふいに毒蜥蜴《バシリスク》が現れて、こちらを狙った場合、皮翼猿《レムール》はひとたまりもないだろう。だが、現状では、その心配はまずない。

こちらは、何としても決戦に持ち込みたいし、向こうとしては、それは避けたいのだ。こちらから攻撃をかけようとしても、火蜥蜴《サラマンドラ》には青銅人《タロス》、鬼土偶《ゴーレム》には蛇女《ラミア》という天敵が存在するため、なかなか自由に動くことはできず、その不自由さを解消するには全軍が一丸となって攻撃をかけるしかない。

ところが、その際に、最大のネックになる敵駒がある。毒蜥蜴《バシリスク》である。こちらが密集していると、毒蜥蜴《バシリスク》の毒霧を浴びせられて、一時に多くの駒を殺《と》られる危険性があるからだ。

つまり、現在こちらの総攻撃を牽制《けんせい》しているのが毒蜥蜴《バシリスク》の存在なのだから、青軍は、一時間に一回しか噴けない貴重な毒霧を使ってしまうわけにはいかないはずだった。

皮翼猿《レムール》は、16号棟から20号棟まで飛び回り、くまなく調べたが、収穫はなかった。

敵は、ひたすら息を潜めている。

いったい、どこに突破口を見出《みいだ》したらいいのだろうか。

五棟続きの巨大なアパート、日給社宅は、静まりかえっていた。

疲れを知らない河野――皮翼猿《レムール》は、棟から棟へと飛び回り、窓から中を覗《のぞ》き込んでは、かすかなブルーのオーラが漏れていないかと探し続けているが、今のところは、何一つ発見できていなかった。十八体の青軍の駒は、完璧《かんぺき》なまでに身を隠しているようだ。

「敵は、頭だけじゃなく、手足も引っ込めて、すっかり亀になってるようです」

塚田と赤軍の駒数体は、浜通りに立っていた。青軍はまったく姿を見せていないため、妨害工作を気にする必要もなく、建物の周囲を何周もして、じっくりと観察することができた。

「このままじゃ、攻めるのは容易なことじゃないですね」

「それでも、ここは、何とかして戦いに持ち込むしかないだろう」

根本准教授は、日給社宅を見上げて言った。

「……それはわかってますが、攻撃する側から見ると、この建物は非常に厄介です」

塚田も、日給社宅を見上げた。七階建ての五つの棟が五本の指のように連なっているのだが、海側で吹き抜けになった大廊下によって連結されているため、こちらから見ると、巨大な一個の建物のようだった。

「とにかく、逃げ道が多すぎるんです。敵は、各階で大廊下を通って行き来できますし、出口は地上だけじゃなく、七階付近から中央の高地へも逃げ出せます」

「たしかに、包囲して殲滅《せんめつ》というのが、戦術の基本だからな。この状態で攻めたって、敵は、優勢なときだけ戦い、少しでも不利だと思えばすぐに逃げ出すことができる」

根本准教授は、象牙《ぞうげ》のような質感の鉤爪《かぎづめ》を、かちかちと打ち合わせた。

「だいたい、寄せ手が十八体しかいないんじゃ、採れる戦術は限定されます。すべての出口を封鎖するのは、はなから不可能ですし」

塚田は腕組みして考える。この巨大な建物を完全に包囲しようと思えば、少なくとも現有勢力の十倍、百八十体くらいの駒が必要になるだろう。

第一局から疑問だったのだが、このゲームの本質は、いったいどこにあるのだろうか。もし、これが古典的な戦争《ウォー》ゲームとしてデザインされたのであれば、駒――兵士の数が少なすぎる。そのため、オーソドックスな戦術は、ほとんど機能しないのだ。

「……こちらにも有利な点があるとすれば、敵は、亀になっているために、外の様子がわからないことだろうな。かといって、始祖鳥《アーキー》だけワントップで外に出しておくこともできないだろうし」

根本准教授の言葉に、塚田は、うなずいた。

「もし、敵が、偵察のため始祖鳥《アーキー》を飛ばしてくれるようだったら、美味《おい》しいんですがね。こちらは、見る聞くなしで、火蜥蜴《サラマンドラ》を使って叩《たた》き落とせばいいんですから」

通常の戦いでは、飛び駒一枚を得るために大砲が一時間も使用不能になるのは、割の合わない取引だろう。その直後に決戦になったら、大砲を温存している方が、圧倒的に相手を押しまくることができる。

しかし、現状——この第三局では、事情が違う。ポイントでリードしている青軍は、当面は、いっさい戦いたくないはずだ。ところが、もしこちらが始祖鳥《アーキー》を撃ち落としてしまうと、一時間が経過して火蜥蜴《サラマンドラ》の火力が復活すれば、青軍は始祖鳥《アーキー》一枚の駒損だけが残る。こちらは、それから決戦すればいい。ポイントを掠《かす》め取って逃げた青軍の歩兵《ポーン》は、まだ金狼《ライカン》に成っていないから、現実に駒得したこちらが優勢になるはずだ。

つまり、もし始祖鳥《アーキー》を殺《と》られてしまったら、青軍は、もはや待機戦術を続けることができなくなる。こちらが火蜥蜴《サラマンドラ》が使えるようになる前に、打って出て、何らかの代償を得なくてはならないからだ。戦いの帰趨《きすう》がどうなるにせよ、少なくとも、青軍の当初のもくろみである戦わずして勝つという戦略は崩れ去ることになる。

「始祖鳥《アーキー》じゃなくても、何でもいい、敵駒を火蜥蜴《サラマンドラ》で殺《と》れさえすれば、青軍を無理やり引っ張り出せるんだがな……」

根本准教授は、頭をフル回転させているときの癖で小首をかしげ、口の中でぶつぶつ言っている。

とにかく、戦いにさえ持ち込めば勝機はあるのだ。将棋でも、わずかに有利になったと思った側が、消極的になって手が伸びなくなり、いつのまにか優劣不明になっているという例は多い。

問題は、その前、どうやって戦いを起こすかなのだが……。

「結局、そうやって、二人で溜《た》め息をついてるだけなの？」

振り返ると、理紗が立っていた。あいかわらず右手を背後に隠すようなポーズだった。表情には言葉ほどの険《けん》はない。

「考えてるんだよ。必死になって」

塚田は、少しむっとして言い返す。

「本当？　裕史は、前に言ってたじゃない？　盤の前で頭を抱えてる人を見て、あれは考えてるんじゃなくて、ただ悩んでるだけだって」

「それは……」

自分が言ったことなので、けっこう反論が難しい。

「それに、裕史は、全部、根本先生と二人だけで決めようとしてない？　自分たちだけ頭が良くて、後はみんな、馬鹿だと思ってるんでしょう？」

「いや、別に、そういうわけじゃ……」

根本准教授がフォローしようとしかけたが、理紗は、取り合わなかった。

「もちろん、お二人には進むべき道がはっきり見えてるって言うんなら、わたしたちは、黙ってついていきます。この狂ったゲームの戦術を立てるのは、あなたたちが一番適任だと思うから」

暗に、俺たち二人が一番狂ってると言ってるのか。塚田は、むっとした。

「……だけど、今は行き詰まってるんでしょう？　だったら、みんなの意見を聞くべきじゃない？　誰か、いいアイデアを持ってるかもしれないし」

いいアイデア。そんなものがあれば、聞かせてほしいものだ。

「理紗には、あるのか？」

意外にも、理紗は、うなずいた。

「ある」

「どんな？」

「その前に聞いておきたいんだけど、どうして、今すぐ、全員で、この建物の中に突撃しないの？」

塚田は、やれやれという感じで首を振った。

「それができたら、最初から苦労はしない。敵は、この建物——日給社宅の16号棟から20号棟までの中に、分散して隠れている。その中に闇雲に突っ込んでいくというのは、自殺行為だ」

「そうかなあ？　だって、お互いの戦力は、まだ互角なんでしょう？」

「こっちが、やあやあ我こそは……と呼ばわると、向こうも名乗りを上げて正々堂々と一騎打ちしてくれたら、たしかに互角だろうな」

「どうして、そういう嫌《いや》みな言い方しかできないの？」

理紗は、眉《まゆ》をひそめる。

「敵はまちがいなく、こちらが近づくまでは物陰に隠れていて、不意討ちをかけてくるでしょう。こういう場合、待ち伏せする側が絶対的に有利なんです。アフガニスタンに侵攻したソ連軍が、武器や装備の面では圧倒的優位に立ちながら、軽装備のゲリラから甚大《じんだい》な損害を蒙《こうむ》ったのを見ても、あきらかです」

根本准教授が、大学の教室で地政学の講義をしているように、穏やかに解説する。

「うーん……」

理紗には、現在の状況を二十世紀のアフガニスタンと結びつけて考えるのは難しいようだった。

「日給社宅も、今まで見た建物みたいに、長い廊下に沿ってたくさんの部屋が並んでる構造だろう。想像してみろよ。俺たちが廊下に沿って進んでる間に、いつ部屋の中から敵が飛び出してくるか予想できないんだぞ？　もっと恐ろしいのは、廊下の向こうから突然毒蜥蜴《バジリスク》が現れて、毒霧を噴きかけてくることだ。そうなれば、廊下にいる駒はもちろん、その階にいる味方の駒は全滅するかもしれない。それだけじゃない。さっきの小競り合いのときに、青銅人《タ－ロス》は、建物の外壁をボール紙みたいに簡単に破って飛び出してきた。つまり、隣の部屋から、いきなり壁越しに襲ってくる可能性だってあるんだ」

「そっか」

塚田の説明を聞いて、理紗も、さすがに納得したようだった。

「だとしたら、やっぱり、強行突入は無理ね」

「だから、そう言ってるだろう？　……じゃあ、理紗のアイデアというのを聞かせてもらおうか」

理紗に考えがあるというのは、はったりではないかと思っていたのだが、意外にも、自信ありげにうなずく。

「二つあるの」

「二つ？」

「まずは、持ち駒になってる、銘苅くん？　その人を、すぐに実体化させた方がいいと思う」

「どうして？　そりゃ俺も、いろいろ聞きたいことはあるけどさ。でも、戦いになった後のことを考えると、やっぱ、持ち駒は温存しといた方が……」

「わたしは、戦いになった後のことを考えてるのよ」

理紗は、やんわりと切り返した。

「もちろん、戦いになって一気に青の王将《キング》をやっつけられれば、一番いいんでしょうね。だけど、そううまくいくとは限らないわ。だったら、せめて敵が掠め取ったポイントを取り返すことを考えるべきじゃない？」

「まあ、それは」

塚田には、まだ、理紗が何を言いたいのかが見えなかった。

「そのためには、まず木崎くんを殺した敵の歩兵《ポーン》を見つけなきゃ。でも、わたしたちは、どの歩兵《ポーン》が犯人なのか、見たってわからないわ」

「たしかに、その通りだよ」

根本准教授が、塚田に向き直って言う。

「最終目標は青の王将《キング》だが、ポイントを溜《た》め込んだ敵の歩兵《ポーン》を殺《と》れるなら、今の劣勢は解消できる。そのためには、どいつが犯人だったのか特定しておかなきゃならない」

塚田は、迷ったが、最後には好奇心が勝った。銘苅健吾に対しては、聞いてみたいことがたくさんある。

「なるほど、わかりました。……それで、理紗の二つめのアイデアっていうのは何？」

「敵陣に侵入するのが無理ならば、追い出して攻めるしかないんじゃない？　囲碁では常用の手筋よ」

理紗の語ったプランは、塚田と根本准教授が唖然《あぜん》とするほど、平凡かつクレイジーなものだった。


赤い輝きとともに実体化した銘苅健吾は、目を開けた。場所は、第三局が始まったときと同じく、映画館——昭和館で、塚田と理紗、根本准教授、一つ眼《キュクロプス》、それに六体のDF《ディフェンダー》が、周囲に集まっていた。他の駒は、監視のために日給社宅の周囲に残してある。

「銘苅。いくつか聞きたいことがある。隠し立てしたりせずに、正直に答えろ」

塚田は、前置きなしに切り出した。こいつと話をするのは、第一局に続いて二度目である。

「裕史。この人は、捕虜《ほりょ》じゃなくて、今は味方なのよ」

理紗が、たしなめるように言った。塚田の口調が厳しすぎたからだろう。

「……そうだったな」

「あー、何でも話すけど？」

銘苅は、およそ緊張感の感じられない口調でつぶやく。

「まず、おまえたち歩兵《ポーン》が二体と、青銅人《タロス》が、侵入してきた理由は何だ？」

「青の王将《キング》が命令したから……。俺は、最初から囮《おとり》とか言われてて」

塚田と、理紗、根本准教授は、目を見合わせた。やはり、そうだったのか。

「おまえは、殺される役だったのか？」

「うん。赤の王将《キング》は情報に飢えてるから、絶対に、俺を殺したがるからって。ただし、殺されるときは、他の駒じゃなくて、必ず赤軍の歩兵《ポーン》に殺されるようにって言われてて。その後ですぐに、そいつを殺し返さなきゃなんないからって、芝居の稽古《けいこ》みたいなことまでさせられた」

「で、その殺し返す役は、誰がやったんだ？」

塚田は、勢い込んで訊《たず》ねた。

「あー、正岡峯生《まさおかみねお》？　そんな名前だった」

塚田は、はっとした。

「そいつ、知ってるぞ。うちの――神宮大学の学生だよな？」

「さあ。俺は、そんなマイナーな大学、あることも知らないし」

銘苅は、むっとするような答えを返す。

塚田は、理紗と根本准教授を見やった。理紗だけが、うなずく。

「わたしも、会ったことあるよ。正岡くんって、探検部の子でしょ？」

探検部というキーワードによって、何かがカチリと音を立てて嵌《はま》ったような気がする。とはいえ、その正体はまだわからない。正岡、小林《こばやし》、梶本《かじもと》と、三人の名前が芋《いも》づる式に出てきたが、顔までは思い出せなかった。

「外見に、何か特徴はあるか？」

「別に。歩兵《ポーン》は、みんな同じみたいに見えるし」

「おまえは、見ればわかるのか？」

「うん。あー、まあ、たぶん、わかるかな……」

あやふやな返事だったが、今は、この頼りなさそうな男を信じるしかなかった。

「わかった。次は、このゲームについてだ。これは、おまえが作ったゲームなのか？」

固唾《かたず》を呑《の》んで、答えを待ち受ける。

「あ？　うん。俺がデザインしたやつとー、まあ、だいたい同じみたいな雰囲気っていうか」

煮え切らない言い方に苛々《いらいら》したが、これは肯定と取っていいだろう。

「よし。だったら、教えてくれ。このゲームには、必勝法はあるのか？　必勝とまではいかなくても、正しい戦略とか？」

「そういうのって、別にないんだけど……」

銘苅は、鉤爪《かぎづめ》の付いた手で、顎《あご》の下を掻《か》いた。

「ない？　でも、このゲームを作るとき、ある程度は、戦略とか戦いの見通しなんかも考えたんだろう？」

「まあ、ちょっとくらいは。だけど、作り手側としてはー、初期条件を与えるだけで、後はゲームのプレイヤーが自分で考えて創造してくっていうのが、コンセプトだから」

「初期条件とは何だ？」

根本准教授が、訊ねる。

「ええと……それぞれの駒の性能と昇格《プロモーション》のルール？　あと、天候——月の出入りとか、戦場の地形とか」

塚田は、あてが外れた思いで銘苅を見た。もっとも、銘苅がこのゲームの必勝法まで考えていたとすれば、奥本の方が先に知ることになったはずである。

「……まあ、ゲーム機とかPCのビジュアル・ゲームとー、将棋みたいな頭脳ゲームの融合を目指したっていうか。だから、戦術とかはー、プレイヤーの創意工夫で無限に広がるのがウリっていうかー」

銘苅は、ぼそぼそと、ゲームのプレゼンのような話を始めた。

「……プレイヤーの参加感を高めたいって思って、まあ、しょぼいミニゲームを入れたりするより、将棋とか、昔のアヴァロンヒル・ゲームみたいな戦略的思考の要素を加えたかったっていう感じ？」

「アヴァロンヒル・ゲームって、何だよ？」

この質問には、根本准教授が答えた。

「アヴァロンヒルというのは、アメリカのゲーム会社だ。数人が巨大なボードの上でダイスと兵隊の人形を使ってやる、戦争シミュレーション・ゲームを作ったんだが、七〇年代か八〇年代にはマニアの間でかなり流行してた。パソコンが普及してからは、ほとんど見なくなったな」

「そ。だから、**ダークゾーン**にもその要素を取り入れた。ボードも、アヴァロンっぽいヘックスを使うことにしたし……」

「ちょっと待て。**ダークゾーン**って、おまえが作ったゲームの名前なのか？」

塚田は、鋭く突っ込んだ。

「そうだけど」

塚田は、今度は、一つ眼《キュクロプス》に向かって詰問する。

「おい、いったい、どういうことだ？　この世界はまんま、こいつが作ったゲームじゃないか？」

「前にも言ったが、私には、その質問に答える能力がない」

一つ眼《キュクロプス》は、悠然《ゆうぜん》と答える。

「今さら、とぼけるな！」

「とぼけてはいない。私の知識には、そういう内容は含まれていないのだ。これも前に言ったことだが、私の知るかぎり、これは仮想現実のゲームではないはずだ。しかし、もしこの世界が、そういうものだとしたら、私もまたゲームの一部ということになり、ゲームの設定を超えるようなコメントはできないだろう」

一つ眼《キュクロプス》の答えは、あいかわらず、禅問答のようだった。

塚田は、再び、銘苅に矛先《ほこさき》を転じる。

「なあ、こいつをよく見てみろ。この一つ眼《キュクロプス》も、おまえが考えたんだよな？」

「考えた……？　あー、こんなキャラ、いたかなあ？　まあ、この手のクリーチャーっぽいやつばっかいっぱい作ったから」

銘苅の返答にも、まったくつかみどころがなく、追及するほどフラストレーションを感じる。

「ねえ、さっき言いかけてたのは、何のこと？　ヘックスとかって」

理紗が、代わって銘苅に質問をする。

「アヴァロンヒル・ゲームでは、ボードを蜂《はち》の巣みたいな六角形のマス目《グリッド》に区切ってて、ヘックスと呼んでたんだ。将棋盤のマス目は四角形だけど、それが六角形になってると思えばいい」

また、根本准教授が解説する。

「まあ、そんな感じかな。そんで、ひょっとしたら、ここにもヘックスがあるかもって思ったんだけど、本当にあるみたいだったんで、驚いたっていうか……」

「本当にあるって、どういうことだ？」

塚田は、眉《まゆ》をひそめた。

「だから、俺たちもゲームの駒だから、ヘックスからヘックスに動いてるってことだよ。目には見えないけど、直径がだいたい1・5メートルくらいのサークルみたいなもんで、それが、丸じゃなく六角形になってるだけで」

「何言ってるんだ？　ここの地面に、ぎっしり六角形のマス目が敷き詰められてるっていうのか？」

塚田は、不信の目で、まわりを見回す。虹彩《こうさい》が一個潰《つぶ》れたとはいえ、まだ他の駒よりずっと優れた視力を持っているはずだ。しかし、六角形の枠のようなものは、どこにも見あたらなかった。

「本当なんだよ。気をつけてると、ヘックスからヘックスへ移動するときは、かすかな抵抗が感じられる。ヘックスの中心には磁場があり、どちらかに引き寄せられるから、同時に二つのヘックスにまたがることはできないみたいだ。一つ眼《キュクロプス》と聖幼虫《ラルヴァ》以外の駒は、同じヘックスに同時に二体入ることはできないし……」

塚田は、眉根《まゆね》を寄せた。こいつの言ってることは、本当なのだろうか。試《はじ》みに理紗と身体を密着させて同じ場所に立とうとしてみたが、驚いたことに、身体が弾き出されてしまう。

「一つ眼《キュクロプス》。銘苅の言ってることは、本当なのか？」

「そのとおりだ」

一つ眼《キュクロプス》は、満足げに言う。

「ちょっと待ってくれ。だったら、上下はどうなってるんだ？　建物の別の階にいても、真上に立つことはできないんじゃないのか？」

塚田は、鋭く反問した。

「建物には、フロアごとに独立したヘックスがある。ちょうど、３Ｄチェスのような構造だと思えばいい」

一つ眼《キュクロプス》は、瞬きもせず、じっと塚田を見返す。塚田の方が耐えられなくなり、視線を外した。

「だとしても、鬼土偶《ゴーレム》や青銅人《タ－ロス》のサイズだと、とうてい一つのヘックスには収まりきらないんじゃないのか？」

「あと、皮翼猿《レムール》とか始祖鳥《アーキー》が上空を飛んでるときは、どうなるの？」

根本准教授と理紗も、次々に質問をぶつける。

「ヘックスは細胞のような立体構造で、この島の上には、縦方向にも細長いヘックスが数多く積み重なっている。したがって、上空を飛ぶ駒は、地上とは異なったヘックスの間を通過していることになる。また、ヘックスは将棋盤のマス目のように固いものではなく、駒のサイズによって、ある程度は伸縮が自在なのだ」

そういえば、第二局の終わりに、皮翼猿《レムール》が死の手《リーサル・タッチ》を背中に乗せることができず、ぶら下げて運ぶしかなかったのも、別々のヘックスを通る必要があったからかもしれない。

とはいえ、空間が六角形の――あるいは六角柱のマス目で仕切られているとしても、別段、勝敗に影響を及ぼすことはないだろう。塚田はそう速断して、一つ眼《キュクロプス》の説明を聞き流してしまった。

「まあ、ヘックスを使うのか、四角いマス目を採用して将棋っぽさを醸《かも》し出すのかは、けっこう最後まで悩んでてさ」

銘苅は、相手が聞いていようがいまいがおかまいなしに、自分の頭に浮かんだことを話し続ける。

「将棋やチェスのマス目って、現実の空間とは違ってんだよね。現実の空間は、縦横の長さが1だと、斜めの距離はルート2なのに、四角いマス目の場合は、王将やキングは一手で動けるから、斜めも同じ1になっちゃう。だから、チェスのエンド・ゲームでは両方のキングが競争するとき、見た目は遠くのキングが斜行して、直進するキングより早く着いちゃったりするんだ。その点、六角形だったら、隣接する六つのマス目は全部等距離だから。それで、ダークゾーンでは、現実の空間に近づくようにヘックスを使うことにしたわけ」

塚田は、眉をひそめた。今の話は、どこかで聞いたことがある。いや、少し前に自分自身で考えていたことと、ほとんど同じではないか。

漫然と将棋盤を眺めていると、整然としたマス目にごまかされて、実は盤上の空間が歪《ゆが》んでいることに気がつかないものだ。盤上の空間と日常の空間の違いを正しく認識しなければ、将棋というゲームを正しく理解することはできないだろう。

「銘苅。おまえ、将棋はかなりやるのか？」

「いやー。全然、興味なかったし。わかるのは、駒の動きくらいかな」

「それでよく、盤上の歪みのことまで気がついたな？」

「何言ってんの。今の、全部、あんたから聞いたんじゃん？」

銘苅はこともなげに言い、塚田は絶句した。

「俺が？　それは……」

「あと、カバヤマさんにも、いろいろ教えてもらってたし」

「誰だよ、それ？」

「『電脳将棋ゼロ』っていう将棋ソフトの開発者。いろいろアドバイスしてもらってたんだよ。あれ出したとこと、うちのソフトハウスは、系列が一緒だから」

塚田は、はっとした。

「……『電脳将棋ゼロ』なら、俺も愛用してた」

毎年開かれる将棋のソフトの世界大会で、それまで最強と目されていた『ホザンナ』というフリーソフトを破って一躍有名になったプログラムの名前である。そう言われてみると、椛山《かばやま》とかいうプログラマーの名前も、どこかで耳にしたことがあるような気がした。

「あ、そう」

銘苅は、さほど感銘を受けた様子もない。

「俺だけじゃない。最近のプロや奨励会員は、みんな使ってるはずだ。棋譜《きふ》管理の機能が充実してて、研究には使い勝手がいいし」

塚田は、記憶を探ってみた。

「たしか、将棋のソフトでは主流だった機械学習に、モンテカルロ法を応用したプログラムだったと思うけど」

「モンテカルロ法って、何？」

理紗が、胡散《うさん》臭そうに訊《たず》ねる。

「最初は、むしろ囲碁のソフトで有名になった手法なんだけど、知らない？」

理紗は、首を振る。

「俺も、正確には説明できないけど、乱数を使って近似計算を繰り返すことで、正解に近づいていく計算方法らしい。ゲームの場合には、ランダムに手を選んで、読みの中でとりあえず最後まで指してみるんだ。これをプレイアウトというらしいんだけど」

「ごめん。何言ってるか、全然わかんない」

理紗が、途中で遮った。

「将棋のソフトの話は、今、別にどうでもいいでしょう？」

「うん。……いや、何か思い出しかけたような気がして」

塚田の頭の中で、うっすらと一つの情景が甦《よみがえ》りかけていた。もうちょっとで思い出すことができるのだが。

「……まあ、ゲームの話はもういい。塚田君。さっきの井口さんのプランの準備に入ろう。銘苅《かれ》が、正岡という歩兵《ポーン》を見分けられるということさえわかれば、それで充分だ」

根本准教授が、塚田の記憶を断ち切る。

塚田はうなずいたが、銘苅健吾を見て、何かが引っかかった。銘苅には、もっと他に訊《き》かなければならないことがある。そんな気がしてならなかったのだ。

日給社宅の五つの棟の一階には、赤軍の駒総動員で周囲の建物から掻《か》き集めてきた、木片や畳などが、雑然と積み上げられていた。

ゴミを収集して運搬している間に、窓から毒蜥蜴《バシリスク》に狙われたら、甚大な被害を蒙《こうむ》っていただろう。しかし、皮翼猿《レムール》が飛び回りながら絶えず鋭い目を光らせていたおかげで、青軍の駒は一体も姿を見せようとはしなかった。

「とても、正気の沙汰《さた》とは思えないな」

根本准教授が、鱗《うろこ》に覆われた首を振る。

「そうですね。でも、他に手はないと思います」

塚田も、自分で自分がやろうとしていることが信じられなかった。しかし、現状は、すでに、徳俵《とくだわら》に足がかかっている。少々無理気味でも、ここで、勝負手を放たないと、このまま土俵を割ってしまうことになるのだ。

ここで必要なのは、事態を打開する奇策、相手が予想だにしていない鬼手《きしゅ》だった。

「井口さんのアイデアは、きわめて論理的だし、現実的な戦術だと思うよ。隠れている敵を燻《いぶ》り出すというところはね。問題は、我々には、いっさい火を起こす手段がないということだ」

小一時間ほど試行錯誤を繰り返してみたが、どんなに激しく木と木を擦《こす》り合わせても、うっすらと熱を帯びるだけで、炎どころか煙も立たなかった。太陽の光は存在しないし、月の光を集める手段があったとしても無意味である。結局、ふつうの方法で火を起こすのは不可能であると結論せざるをえなかった。

「つまり、理紗が最初に言ったとおり、ここで火を作る方法は、一つしかないということですよ」

塚田は、半ば独り言のようにつぶやく。

「それが問題だ。第一に、あまりにも支払う代償が大きすぎる。青軍を日給社宅から追い出すことができても、その後の戦闘では大きなハンディを背負うことになる。加えて、炎は起こせても、それが燃え移るという保証がない。ここダークゾーンでは、通常の物理法則は成り立たないようだからね」

「その点は、銘苅を信じるしかないと思いますよ」

塚田は、辛抱強《しんぼうづよ》く言った。根本准教授の懸念《けねん》はもっともだが、もはや、そんなことは言っていられないのだ。

「……このゲームの構想段階では、火を起こしたりすることは全然考えてなかったんすけど、まあ、設定資料集には、火蜥蜴《サラマンドラ》の火炎で周囲のものが燃える描写とかもあったと思うんで、一応、火は燃え移ることになってるはずっていうか——」

銘苅が、ぼそぼそと補足したものの、根拠が薄弱というか、こんなに薄ぼんやりとした証言に頼るのは、不安でしかたがなかった。

「しかし、もし、火蜥蜴《サラマンドラ》の炎で火事を起こせるとしたら、両軍の戦力が均等とは言えなくなるんじゃないか？　青軍の毒蜥蜴《バシリスク》には、そんなことはできないだろう？　設定では、両軍の駒は非対称でも、能力は完全に見合ってるはずじゃなかったのか？」

根本准教授は、鋭い質問を投げかける。

「まあ、それは……こんな使い方までは、ちょっと、考えてなかったし」

銘苅は、首をかしげた。

「でもまあ、この場合、たぶん毒蜥蜴《バシリスク》を使っても同じような結果は得られるんじゃないかなあと。毒霧を使って、燻し出せばいいわけなんで——」

これも、かなりいい加減な推論だったが、とりあえずは納得するしかない。

第一局、第二局で、火蜥蜴《サラマンドラ》が炎を噴いたときは、どうだっただろうかと思うが、炎が周囲の物体に及ぼした影響までは思い出せなかった。

塚田は、日給社宅の方に二、三歩歩み寄った。銘苅からヘックスの話を聞いて以来、妙に意識してしまう。たしかに、少し動くたびに、見えない障壁を越えているような、微妙な抵抗を受けている感覚があった。

「一つ眼《キュクロプス》。時間は？」

「第三局の開始時から、八時間五十八分が経過した。あと二分で月が落ち、ステージは薄明から暗黒へと変わる。また、敵の歩兵《ポーン》が金狼《ライカン》に成るまで、残り九時間二十二分だ」

塚田は、腹を決めた。

「火蜥蜴《サラマンドラ》！　位置に付け」

かつては、それが奨励会の幹事だったとは、とても思えない。急須《きゅうす》の化け物のような形をした火蜥蜴《サラマンドラ》は、四本の短い肢をよちよちと動かして這《は》い寄り、日給社宅の真正面で身構えた。細長い口吻《こうふん》がさらに伸びる。

塚田は、大きく深呼吸し、頭の中でカウントダウンを行う。5、4、3、2、1……。

唐突に、まるで天から巨大な黒い布が降ってきたように、暗黒が訪れた。

「よし、火をつけろ！　ゆっくりでいい。五棟、全部にだ！」

塚田の命令で、火蜥蜴《サラマンドラ》は、眩《まばゆ》いばかりの炎を噴き出した。とはいえ、敵の駒に浴びせかけるときと比べると、火勢は弱かった。射程は短くてもかまわないが、確実に木片や畳に燃え移るよう、息長く、ゆっくりと吐かせる。

「成功だ！　燃え移ったぞ」

根本准教授が、ほっとしたように叫ぶ。火蜥蜴《サラマンドラ》はゆっくりと移動しながら、炎の舌で一階に積み上げた可燃ゴミを舐《な》めていく。炎の軌跡に沿ってゴミの山は燃え続けており、しかも、徐々に火勢を大きくしつつあった。

廃墟《はいきょ》とはいえ、鉄筋コンクリート造りのアパートが一気に炎上するとは期待していなかったが、一階から徐々に燃え広がっていけば、激しい煙によって敵を燻り出すことができるはずだ。

敵を根城から追い出すためとはいえ、戦う前に火蜥蜴《サラマンドラ》の炎を使ってしまうのは大きな賭《か》けである。だが、いくら奥本でも、こんな奇襲までは読めなかったはずだ。やつは、俺の性格や棋風は熟知している。だからこそ、これは予期できない。俺一人の発想では、こんな無茶な戦術は採れないからだ。

炎は予想以上に順調に育って、日給社宅の一階部分は、完全に火の海と化していた。黒い煙は建物全体を包み始めている。奥本も、今ごろはさぞかし泡を喰《く》っていることだろう。

「逃げ出してくる敵を、よく見極めるんだ！　勝てない相手——青銅人《ターロス》はスルーしろ。殺《と》れると思った相手だけを、確実に殺《と》れ！」

塚田は、一つ眼《キュクロプス》のテレパシーを通じて、要所に配置した部隊に指示を行った。

一階では炎が燃えさかっているから、日給社宅の中にとどまれない場合は、七階から中央の高地へ脱出するしかない。

今度は、こちらが待ち伏せする番だった。首尾よくいったら、火蜥蜴《サラマンドラ》の炎を投資した分以上の戦果を挙げられるはずだった。

「敵だ！」

中央の高地に配していた歩兵《ポーン》――白井航一郎から、興奮したテレパシーが伝わってきた。

「三体いる。たぶん、歩兵《ポーン》かＤＦ《ディフェンダー》だ」

「逃すな！」

その中に、木崎を殺した歩兵《ポーン》がいるかもしれない。正岡峯生という敵の虎の子が。

塚田は、白井の視界を借りて敵の姿を見定めようとしたが、まわりが暗い上に煙の影響もあって、思うにまかせない。

とはいえ、流れはもはや、完全に赤軍に傾いているのではないだろうか。塚田の期待は、しだいに、やれるという確信に変わっていった。

「いた！　正岡だ！」

銘苅の意識が、激しい振動のように伝わってきた。そして、一瞬だけ垣間《かいま》見た映像も。正岡峯生という歩兵《ポーン》の特徴を、塚田は頭に叩《たた》き込む。比較的大柄で口吻も長い。だが、正岡は、あっという間に、もうもうと立ちこめる煙の中に姿を消してしまう。

「逃がすな！　そいつを追いかけろ！」

塚田は、赤軍の駒の視界を次々に乗り換えながら、目指す目標の姿を探し求めた。

その瞬間だった。煙の中から、巨大な姿が飛び出してくる。青銅人《タ－ロス》だ。

塚田が視界を借りていた歩兵《ポーン》――稲田耀子は、たちまち無数の手に捕まってしまう。

煙幕があだになって、間近に来るまで気がつかなかったのだ。

しまった……稲田耀子を殺《と》られてしまった。塚田は、唇を噛《か》んだ。これで、歩兵《ポーン》の数に差がついてしまった。一体失えば、差し引きで、敵との歩兵《ポーン》の数は二差になる。

しかし、塚田は、奇妙なことに気がついた。彼女の視界が、いっこうに暗転しない。駒が死ぬ際の赤い閃光《せんこう》爆発もない。

塚田は、近くにいた別の歩兵《ポーン》――竹腰に視界を切り替えた。

青銅人《タ－ロス》は、稲田を生かしたまま捕らえ、運んでいるようだ。

その先には、三体の青軍の歩兵《ポーン》がいた。そのうち一体が、前に進み出る。まちがいない。こいつは、さっき見たばかりの正岡だ。

ようやく、敵のやろうとしていることを悟り、塚田は、血の気が引くのを感じた。

正岡は、青銅人《タ－ロス》が差し出した稲田耀子の喉笛《のどぶえ》を鉤爪《かぎづめ》で一気に掻《か》き切った。激しく血が噴き出すと、稲田はぎくしゃくと痙攣《けいれん》し絶命する。青銅人《タ－ロス》は、力を失った稲田の身体を興味のなくなった玩具《おもちゃ》のように放り出した。稲田の身体は、たちまち赤い光に包まれて、消滅する。

しまった……。

正岡峯生はさらに900ポイントを獲得してしまった。これで、昇格《プロモーション》に必要だったノルマは、悠々とクリアーしたことになる。

続いて、竹腰の視界が捉《とら》えたのは、信じられないような光景だった。穿山甲《センザンコウ》のような鱗《うろこ》に覆われた背中が、ぱっくりと割れ、中から、金色に輝く長い毛が生えた物体が姿を現す。まるで、蛹《さなぎ》の中から、巨大な蛾《が》が羽化《うか》して出てくるような感じだった。

毛むくじゃらの生き物が伸びをするように長い両腕を伸ばすと、犬科の動物に特有の長い鼻面《はなづら》を持った頭部が露《あら》わになる。外気に触れて膨脹《ぼうちょう》したのか、すでに元の歩兵《ポーン》より二回りくらいは大きくなっていた。狼の特徴である真円の瞳《ひとみ》が、まっすぐこちらに向けられた。敵の姿を認めたらしく、輝く毛並みがざわざわと逆立つ。

これが、金狼《ライカン》なのか。

金狼《ライカン》は、腹に響く咆吼《ほうこう》を上げた。瘧《おこり》のように震えながら唇を捲《まく》り上げ、夜目にも白い長大な牙《きば》を剝《む》き出すと、口元からは、だらだらと粘性の強い涎《よだれ》が流れ落ちた。

何だ、こりゃ。怖すぎるだろう。たかがゲームなのに、何でこんなふうにしたんだよ、銘苅……。

塚田は、生唾《なまつば》を呑《の》み込もうとしたが、口の中は、からからに渇いていた。

次の瞬間、金狼《ライカン》は、驚くべき敏捷《びんしょう》さで塚田の視点である竹腰に飛びかかった。竹腰も応戦しようとするが、スピードに差がありすぎるため、鉤爪の一撃はかすりもしない。金狼《ライカン》は、竹腰の右腕に咬《か》みつきストリングチーズのように易々《やすやす》と喰いちぎると、竹腰の身体をうつぶせにして地面に押さえつけた。

しかし、今度も、とどめを刺そうとはしない。もはや、ポイントは不要だからだろう。

金狼《ライカン》は、激痛にもがき苦しむ竹腰の身体を軽々と抱え上げ、さっきの返礼のように、青銅人《タ ー ロ ス》に向かって投げ与えた。

空中で青銅人《タ ー ロ ス》のたくさんの腕に捕まっても、竹腰の目は、金狼《ライカン》の姿を捉えていた。

金狼《ライカン》は、鼻を持ち上げて、しきりに風の臭いをかいでいる。

それから、脱兎《だっと》のごとく飛び出し、四つ足で疾走《しっそう》し始めた。下方から噴き上げてくる煙をものともせず、中央高地から駆け下りようとしている。

次の瞬間、竹腰の身体は青銅人《タ ー ロ ス》の大顎《あご》によって両断された。末期《まつご》の閃光で視界が赤く染まったかと思うと、ブラックアウトする。

塚田は、恐怖に竦《すく》む足を懸命に叱咤《しった》して、走り始めた。

逃げなければならない。

金狼《ライカン》がキャッチしたのは、まちがいなく自分の臭いだ。そのことを、塚田は、直感で悟っていた。

DF《ディフエンダー》はどこだ。走りながら、塚田は、必死に周囲を見回した。六体のDF《ディフエンダー》は、敗走してくる敵に備え、籠目囲《ヘキサグラム》いを解いて、日給社宅の一階周辺の警戒に当たっていた。

まさか、こんなに突然自分の身が危なくなるとは、思ってもみなかった。

「塚田！　気をつけろ。階段だ！」

頭の中で、河野――皮翼猿《レムール》の声が響いた。

振り返ると、日給社宅の端の16号棟の脇にある長い階段――地獄段を駆け下りてくる獣の姿が目に入った。燃えさかる炎の照り返しを受け、ふさふさした毛並みが赤金色に輝いている。

まずい。どうやら、金狼《ライカン》の速度は想像していた以上らしかった。塚田は、全力疾走でその場を逃れようとした。視界に、わらわらと集まってくるＤＦ《デイフエンダー》数体の姿が見える。塚田のテレパシーに応じて、駆けつけてきたのだ。

金狼《ライカン》の速さであれば、このまま走って逃げても、確実に追いつかれるだろう。とっさの判断で、塚田は、その場にとどまり、ＤＦ《デイフエンダー》六体が到着するのを待つことにした。

しかし、金狼《ライカン》は、こちらの姿を視認したとたん、さらに加速した。スキーの直滑降のような速度で、地獄段を逆落としにしてくる。これではＤＦ《デイフエンダー》が間に合わない。塚田は、戦闘を覚悟し、拳《こぶし》を握りしめた。あの化け物が相手では、はたして、どこまで戦えるだろうか。

そのとき、右方向からグライダーのように滑空してきた黒い影が金狼《ライカン》に襲いかかった。

金狼《ライカン》は、尖《とが》った耳をぴくりと動かすと、立ち上がって応戦する。

皮翼猿《レムール》は、金狼《ライカン》の頭上を掠《かす》めると、大きく旋回して、再び攻撃態勢に入った。

金狼《ライカン》は、皮翼猿《レムール》の襲来にタイミングを合わせて跳躍する。一瞬捕まったかと思ったが、皮翼猿《レムール》は、からくも身体を捻《ひね》って躱《かわ》した。青銅人《タ－ロス》のジャンプから逃れた経験が生きたのかもしれない。

もうしばらく、足止めしてくれ……。塚田がそう祈ったとき、左手上空から、別の影が出現した。始祖鳥《アーキー》だ。全身に殺意を漲《みなぎ》らせ、けたたましく鳴き喚《わめ》きながら、一直線に皮翼猿《レムール》に向かっていく。こうなっては、皮翼猿《レムール》も金狼《ライカン》を釘付《くぎづ》けにするどころではないだろう。

皮翼猿《レムール》と始祖鳥《アーキー》は、空中でがっちりと組み合って、上になり下になりしながら死闘を繰り広げた。今度ばかりは、どちらかが死ぬまで戦いは終わらないだろう。

妨害するものがいなくなった金狼《ライカン》は地獄段を駆け下り、ギャロップのような足取りで、あっという間に肉迫してきた。

間一髪だった。皮翼猿《レムール》が稼いだ数秒間で、六体のDF《ディフェンダー》は籠目囲《ヘキサグラム》いを完成していた。

塚田は、回転を始めたアルマジロのようなDF《ディフェンダー》の間を擦り抜けて、何とか囲いの中に飛び込む。

金狼《ライカン》は、すぐ後ろに迫っていた。塚田は刹那《せつな》、背中に鞴《ふいご》のような息づかいを感じる。

しかし、回転する籠目囲《ヘキサグラム》いに弾かれると、金狼《ライカン》は、激しい怒りの唸《うな》り声を上げた。

囲いの弱点を探しているように行ったり来たりするが、六体のDF《ディフェンダー》が回転ノコギリさながらに向ける鋭い角にはさすがに手を出しかねるらしく、鼻の付け根に皺《しわ》を寄せて白い牙を剝きだして、怒りに燃える真円の瞳で塚田を睨《にら》みつける。

塚田は、震える足を踏みしめて、ようやく立ち上がった。DF《ディフェンダー》の一体が持ってきて籠目囲い《ヘキサグラム》の中央に置いた、一つ眼《キュクロプス》を抱き上げる。

危ないところだったが、かろうじて敵の速攻は受け止めた。とはいえ、このままでは負けは確実だ。何とかして逆転の手立てを見つけなければならない。その前に、玉頭《ぎょくとう》に肉迫している金狼《ライカン》を排除するのが先決だが。

そのとき、島の一番西側の狭い通路を通って理紗が現れた。塚田の危機を知って駆けつけてきたのだろう。

一瞬、イルミネーションに彩《いろど》られたメリーゴーラウンドの幻が見える。光の残像をなびかせて回転する木馬。その向こうに見えた理紗の姿は、この世のものとは思えないほど美しかった。

金狼《ライカン》は、ぴくりと耳を動かして、理紗の方に注意を向ける。

「危ない、理紗！　逃げろ！」

塚田は叫んだが、理紗は、落ち着いていた。

「……だいじょうぶ」

その言葉が嘘ではないと実証するように、すぐ後ろから鬼土偶《ゴーレム》が姿を見せた。一歩、理紗の方に踏み出しかけた金狼《ライカン》は、たちまち数歩後ずさりする。

「そいつを捕まえろ！　殺すんだ」

塚田は、鬼土偶《ゴーレム》に命じる。スピードが違うため、まさか、鬼土偶《ゴーレム》に金狼《ライカン》を捕獲できるとは期待していなかった。ここは金狼《ライカン》を追い払うことができれば、よしとすべきだろう。

ところが、意外なことに、鬼土偶《ゴーレム》を前にしても、金狼《ライカン》は、いっこうに逃走に転じようとはしなかった。それどころか、背中の金毛を逆立ててしきりに唸りながら威嚇を始めたのだ。

この不遜《ふそん》な態度を見て、鬼土偶《ゴーレム》は怒り心頭《しんとう》に発したらしい。巨象のような身体を丸めてニワトリを追うような姿勢になり、長い両腕を通りの幅いっぱいにまで広げながら、金狼《ライカン》に迫って行く。

金狼《ライカン》は、鬼土偶《ゴーレム》の速度に合わせるように、ゆっくりと浜通りを後退していった。

何を考えてるんだ、こいつは。塚田は、金狼《ライカン》の動きに不審を抱いたが、その一方で、これは千載一遇《せんざいいちぐう》の好機かもしれないと思い始めていた。

金狼《ライカン》は、スピードで優《まさ》ることを過信して、ああやって平気で鬼土偶《ゴーレム》を挑発しているのだろう。だが、油断していると足下を掬《すく》われることには、気がついていないようだ。

塚田は、鬼土偶《ゴーレム》の視界に同化すると、背中の毛を逆立てて、頭を低くしながら後ずさりする金狼《ライカン》を見下ろした。同時に、視野に入る瓦礫《がれき》の位置を確認する。それから、一つ眼《キュクロプス》を介したテレパシーで、必要な指示を鬼土偶《ゴーレム》に与えた。

金狼《ライカン》は、浜通りを南西方向に、じりじり後退している。向かって左側には、日給社宅の五つの棟を連結する吹き抜けの大廊下があって、一階部分はまだ炎に包まれていた。積み上げた木材か畳が崩れたらしく、音とともに火の粉《こ》が舞った。

ほんの一瞬、金狼《ライカン》の注意が、そちらに逸《そ》れたように見えた。

今だ。

塚田の命令は、一つ眼《キュクロプス》が中継し、瞬時に鬼土偶《ゴーレム》に伝達される。

鬼土偶《ゴーレム》は、巨体にしては精一杯の敏捷《びんしょう》さで屈《かが》み、半ば地面に埋もれていた100キログラム以上はありそうなコンクリートの塊をつかみ、大根のように楽々と引き抜いた。フリスビーを投げるように、スナップを利かせ、金狼《ライカン》に向かって投げつける。

金狼《ライカン》は地面に転がり、唸りを上げて回転しながら飛来したコンクリート塊をすんでのところでやり過ごした。金狼《ライカン》の背後で、爆発したような土煙が上がる。

そのときには、鬼土偶《ゴーレム》は、すでに二個目のコンクリート塊を持ち上げていた。今度は、さっきより大きく、200～300キログラムはありそうだ。

しめた、と塚田は思った。金狼《ライカン》を殺《と》れる。狭い浜通りでは、左右に逃げる余地はない。かといって、背中を見せて逃走すれば、鬼土偶《ゴーレム》が投げる次の礫《つぶて》（というには巨大だが）は避けられない。

鬼土偶《ゴーレム》は、砲丸投げのようなポーズでコンクリート塊を抱え上げ、金狼《ライカン》を狙いながら、じりじりと前に出た。

金狼《ライカン》にも、もはや相手を挑発する余裕はないようだ。上目遣いで鬼土偶《ゴーレム》が掲《かか》げているコンクリート塊に全神経を集中しながら、ひたすら逃走の機会を窺《うかが》っている。

逃がすか。

こいつをここで殺《と》れれば、戦力の差は一気に縮まる。二体の歩兵《ポーン》を失ったのは痛かったが、問題は成り駒だ。金狼《ライカン》さえいなくなれば、まだ戦える……。

そのとき、理紗の叫び声が聞こえた。

「裕史！　上上！　上を見て！」

塚田は、鬼土偶《ゴーレム》の視界を離れて、自分の目で頭上を見た。

日給社宅の最上階の窓だ。真っ暗な夜空をバックに、炎の明かりを受け、白い寛衣《ローブ》をはためかせた細長いシルエットが浮かび上がっていた。両腕を身体にぴったり添わせ、硬直した身体の大半を窓から乗り出しながら、尺取り虫《しゃくとり》が貧乏揺すりをしているような単調な動きを繰り返している。

まるで樹上から獲物を狙う山蛭《ヤマビル》のような姿は、蛇女《ラミア》だ。

鬼土偶《ゴーレム》に向かって逃げろと命じかけたとき、まさしく山蛭のように、蛇女《ラミア》がぽろりと窓から脱落した。九階分の高さを音もなく落下すると、すばやく鬼土偶《ゴーレム》の後ろの首筋に喰《く》らいつく。

鬼土偶《ゴーレム》は、身震いした。瞬時に、死命を制せられたのだ。

それでも、強い使命感により、最後まで抵抗をやめない。

左手を伸ばし、首筋に血吸蛭《チスイビル》のようにへばりついている蛇女《ラミア》を捕らえると、同時に、右手に持ったコンクリート塊を、渾身《こんしん》の力で、金狼《ライカン》に向かって投げつけた。

金狼《ライカン》は、飛び退《の》こうとしたが、今度は間に合わなかった。コンクリート塊に下半身を押し潰《つぶ》され、傷ついた犬のような悲痛な鳴き声を上げる。

金狼《ライカン》の全身は、青いスパークに包まれた。蠟燭《ろうそく》が溶けるようにだんだんと萎縮《いしゅく》して、元の歩兵《ポーン》の姿に戻ったかと思うと、そのまま消滅してしまう。

鬼土偶《ゴーレム》は、その間に、左手に捕らえた蛇女《ラミア》を握り潰していた。蛇女《ラミア》は、苦悶《くもん》のあまり、大きく口を開けて硬直していたが、青い閃光《せんこう》とともに弾《はじ》け、やはり消え失せてしまった。

残った鬼土偶《ゴーレム》は、しばらく、その場に立ち尽くしていた。全身の筋肉がコントロール不能になったような振顫《しんせん》を見せ始める。やがて、眼球や喉の奥、身体の深部から射してきた深紅の光がどんどん輝度を増していって、最後は目も眩《くら》むような大爆発となった。

閃光が消えたときには、網膜の上に緑色の残像がたゆたうばかりで、鬼土偶《ゴーレム》の姿はどこにも見えなかった。

やられた……。

塚田は、血が滲《にじ》むくらい唇を噛《か》んだ。

敵は、金狼《ライカン》を餌にして、第二局と同様、赤軍の最も強力な駒である鬼土偶《ゴーレム》をまんまと奪取した。まずは歩兵《ポーン》の交換でポイントを掠《かす》め取り、次いで、乱戦に乗じてポイントを溜《た》めた歩兵《ポーン》を金狼《ライカン》に成らせるのに成功し、今度は、濡《ぬ》れ手に粟《あわ》で獲得した金狼《ライカン》と蛇女《ラミア》の二枚を投資することで、もくろみ通り鬼土偶《ゴーレム》を得たのだ。まるで藁《わら》しべ長者のように、効率よく戦果を拡大していったことになる。

こちらは終始敵の思うがままに踊らされていた。結果は二枚替えとはいえ、苦労して殺《と》った金狼《ライカン》は、こちらの駒台に載ったら、ただの歩兵《ポーン》に戻ってしまう。これだけひどい駒損を喫《きっ》しては、すでに投了級の局面なのかもしれない。

「裕史。だいじょうぶ？」

理紗が、心配そうな顔で駆け寄ってきた。

塚田には、力ない笑みを浮かべることしかできなかった。

走りながら、耳の奥にずっと、喘鳴《ぜんめい》のような音がこだましていた。恐怖と絶望から、自分の呼吸が、浅く速《はや》くなっているのがわかる。

塚田は、物陰に身を隠しながら、あてどのない逃避行を続けていた。付き従うのは、一つ眼《キュクロプス》を抱えた理紗——死の手《リーサル・タッチ》と、六体のＤＦ《ディフェンダー》、それに、少し離れた上空から周囲に目を光らせている皮翼猿《レムール》だけだった。

皮翼猿《レムール》と始祖鳥《アーキー》の戦いは、激しい格闘の末に地面に落下したとき、たまたま、そばに味方の歩兵《ポーン》がいたおかげで、皮翼猿《レムール》の勝利に終わっていた。それにより持ち駒には始祖鳥《アーキー》が加わったが、とても、現在の絶望的な劣勢を覆《くつがえ》すには足りない。

「……たった今、隠れていた火蜥蜴《サラマンドラ》が見つかって、殺《と》られた」

一つ眼《キュクロプス》が、のんびりとした口調で、塚田と赤軍にとって死刑宣告に近い言葉を吐く。

「それにより得られた１８００ポイントで、敵の歩兵《ポーン》が、また昇格《プロモーション》を果たしたようだ。これで、青軍の成り駒……金狼《ライカン》は、計二体になった」

勝ち将棋鬼のごとしという言葉があるように、一度形勢が離れてしまうと、その差はとめどもなく広がっていく。大きな犠牲を払って一体の金狼《ライカン》を消したばかりというのに、今度は、新たに二体目と三体目が生まれてしまう。これでは処置なしだ。

「奥本は、もう一回、全駒をやろうとするかもしれないな」

こちらの駒をすべて奪い取られた上、なぶり殺しにされるのかも……。第二局の悪夢が甦《よみがえ》りかけたが、塚田のつぶやきは、一つ眼《キュクロプス》が否定する。

「充分それが可能な状況かもしれないが、どうやら青の王将《キング》にはそのつもりはないようだ。想像するに、第二局で油断をして冷や汗をかいたため、最短での勝ちを目指すことに切り替えたのかもしれない」

「なぜ、そんなことがわかる？」

塚田は、歩調を緩めると、理紗に抱かれた一つ眼《キュクロプス》の方を振り返って詰問する。

「根拠は、ひとつだけだ。青の王将《キング》は、いまだ鬼土偶《ゴーレム》を盤上に打っていない。第二局のように、全局を支配することをもくろんでいるのなら、青銅人《タロス》と鬼土偶《ゴーレム》の二枚で要所を押さえてから、徐々に我々を追い詰めようとするだろう」

「でも、どうして？　いつまでも、鬼土偶《ゴーレム》を持ち駒として温存してたって、意味ないじゃない？」

今度は、理紗が訊《たず》ねた。

「いや……そうか。なるほど」

塚田は、ようやく、一つ眼《キュクロプス》の言わんとしたことを悟っていた。

「奥本が、鬼土偶《ゴーレム》を使わない理由は、ただ一つしかない。俺を見つけたら、一気に詰ましてしまうつもりなんだ」

奥本は、急速に、このゲームに習熟し始めているようだ。悔やしいが、常にこちらの一歩先を行っている。

「一気に詰ませるって？　どうやって？」

「鬼土偶《ゴーレム》は、最強の戦闘力を持つ大駒だが、持ち駒になったら、さらに恐ろしい威力を発揮するようになるんだよ」

塚田は、「死者は生者の十倍強力だ」という言葉の意味するところを、ようやく理解し始めていた。

「鬼土偶《ゴーレム》と青銅人《ターロス》の最大の欠点は、機動力に欠けるということだ。スピードが遅いため、たいていの敵は、まともに戦おうとせず逃げてしまう。ところが、持ち駒になったら、瞬時に、どこにでも出現することができるため、機動力は無限大になるといってもいい。これでは、対処が難しい」

「そうか……。待ち駒《ま》っていうの？　後ろから追われてるときに、いきなり前方に現れたりしたら、完全に、挟み撃ちにされるわね」

「それもある。しかし、もっと怖いのは直接手だ。いきなり俺にくっつけて打たれたら、たぶん、それだけで、もう詰んでしまう……」

もし逃げ場のない場所で奥本の視界に入ったら、すかさず鬼土偶《ゴーレム》を打たれるだろう。

不死身の駒に対しては、どんな合駒も無効で、事実上、一枚で相手の玉を詰ませられるターミネーターと言ってもいい。もちろん、死の手《リーサル・タッチ》や蛇女《ラミア》なら、鬼土偶《ゴーレム》を斃《たお》せるのだが、鬼土偶《ゴーレム》が殺《と》られたとき、敵駒を二体も道連れにしたことを考えると、詰みそのものを防ぐことは不可能に違いない。

「最悪なのは、籠目囲《ヘキサグラム》いに入城している場合だ。DF《ディフェンダー》が邪魔で、自ら逃げ道を狭《せば》めているようなものだし、鬼土偶《ゴーレム》に対してだけは、DF《ディフェンダー》が何体で防御しようと意味がないんだよ」

塚田の言葉は、自らに負けを言い聞かせているようなものだった。

「じゃあ、どうするの？」

「逃げるしかないな。……逃げ続けるしか」

敵駒が支配する住宅地を避けて逃げ回るうちに、いつのまにか、島の東部にある炭坑施設群の間に来ていた。石炭のケージを上げ下げする捲座《まきざ》。竪坑《たてこう》の入り口。選炭施設。貯炭場のベルトコンベアー跡。遅かれ早かれ、ここにも敵の手が及ぶだろうが。

そのとき、皮翼猿《レムール》から、緊張したテレパシーの警告が入った。

「塚田。どうも、おかしいぞ。そこは、危ないかも……おい、敵だ！」

どこにいるのかと、聞き返す暇もなかった。ザーっという豪雨のような音が聞こえる。

少し離れた場所から、毒蜥蜴《バシリスク》が毒霧を噴射しているようだ。皮翼猿《レムール》の視界を借りたが、すでに真っ黒な霧の中に包み込まれている。皮翼猿《レムール》はもがいたかと思うと、赤い閃光を発して地上へ落下した。それで、だいたいの位置関係がわかった。皮翼猿《レムール》が殺《と》られたのは、さっきまでいた30号棟の近くだ。

「近くに、敵がいる！」

塚田は、周囲を見回した。まだ月は沈んだままで、軍艦島は濃密な闇に包まれている。そのせいで、黒い毒霧は、ほとんど目に見えなかった。

皮翼猿《レムール》の代わりに、始祖鳥《アーキー》を打とうかと迷った。しかし、青軍には、まだ、火蜥蜴《サラマンドラ》が残っている。次も、すぐにまた、撃ち落とされてしまうかもしれない。

「行こう」

塚田は、再び、前進を開始した。

島の東側の空き地。第二局では両軍が激突した場所だが、今は墓場のように静まりかえっている。

頭上を、何かが飛び過ぎる気配がした。

皮翼猿《レムール》だ。奥本は、殺《と》ったばかりの皮翼猿《レムール》を、すぐに打ってきた。これで、こちらの位置は完全に知られてしまったはずだ。

すぐに、ここから離れなければ。塚田が前進しかけたときに、意外な方角、今まさに向かおうとしていた前方から、奥本の声が響いてきた。

「塚田あ。これで詰みだな——こちらの二勝一敗だ」

言い返そうとしかけて、塚田は、あやうく自制した。声を出せば、こちらの居場所を教えるようなものである。テレパシーで全員に方向転換するよう指示を出しかけたとき、突然、目も眩《くら》むような明かりが、網膜を襲った。

火炎放射器のような炎の筋が、すぐ目の前を横切っている。意表を衝《つ》かれて、塚田は立ち竦《すく》んだ。奥本は、まぐれ当たりを狙ったのか。

次の瞬間、目の前に、もう一つの光、駒が実体化するときの青い光芒《こうぼう》が広がった。

そのとき、塚田は、遅ればせながら、奥本が惜しげもなく火蜥蜴《サラマンドラ》を使ってきた意味を悟った。

そうか。炎は照明弾の代わりだったのだ。赤いオーラを放つ一団の駒の中で、どれが俺なのかを正確に確認するための……。

塚田は、青く輝く鬼土偶《ゴーレム》の巨体を見上げた。お互いを隔《へだ》てている距離は、わずか2、3メートルである。もはや逃げ場はない。

すると、塚田の横にいた理紗――死の手《リーサル・タッチ》が、右手を伸ばした。真っ黒な異形の手がするすると伸びて、4、5メートルは先にいる鬼土偶《ゴーレム》に触れる。すると、鬼土偶《ゴーレム》の顔が、苦痛に歪《ゆが》んだ。これで、鬼土偶《ゴーレム》の死は確定した。

塚田は、鬼土偶《ゴーレム》が報復に理紗を殺すのではという恐怖に駆られたが、すぐに、それが見当違いの心配であることに気づく。

すでに断末魔で青い輝きが急速に強くなり始めた鬼土偶《ゴーレム》は、理紗には目もくれようとせず、長い三対の腕でがっちり塚田の身体を捕まえたのだ。瞳《ひとみ》のない琥珀《こはく》色の眼球が、強烈な殺意に燃えているのがわかる。

とてつもない力だった。呼吸《いき》ができない。全身の骨が砕ける激痛。身体中の穴から、血が噴き出してきたようだ。涙でぼやけた視界が、真っ赤に染まる。

眼底出血……いや、これは、死の直前の赤い閃光《せんこう》だ。

鬼土偶《ゴーレム》の巨大で真っ黒な牙《きば》が目の前に迫ったかと思うと、鋭い先端がこめかみに突き刺さった。

そして、視界が暗転する。

断章3

塚田は、黙々と棋譜並べに精を出していた。

一昔前のように、将棋盤の上に駒を並べて、棋譜の手順を追うわけではない。塚田の前にあるのは、『電脳将棋ゼロ』というソフトを起動したノートパソコンだけだった。将棋連盟からインターネットで取り込んだ棋譜を、画面上で高速再生するのである。

流れるようなスピードで駒が動き、消え、出現する。ふつうのアマチュアだったら、目で追うことさえできない速度だったが、プロの予備軍である奨励会三段ならば、充分指し手の流れに付いていくことができる。必ず並べるのは、タイトルホルダーなどトップ棋士十数人の実戦譜に加えて、特に重要な序盤定跡《じょうせき》の最新型が現れた棋譜だった。

難解な局面では、ときおり再生をストップして考える。もちろん、トップ棋士たちが長考した内容を、短い時間で百パーセント理解するのは不可能である。しかし、無駄に長々と鑑賞している暇はない。大量の棋譜にすばやく目を通さないと、現代の情報戦を勝ち抜くことはできないのだ。

二時間ほど根《こん》を詰めて先輩棋士たちの激闘をチェックしていると、さすがに目と頭が疲れてきた。

塚田は、ノートパソコンを閉じて、立ち上がり、インスタントコーヒーを淹《い》れて飲む。

理紗は、日本棋院で囲碁の手合い——公式戦があるために、留守だった。

どうして、自分だけが、まだプロになっていないのかという思いに襲われた。将棋と囲碁の違いはあるが、持って生まれた才能も、貪欲《どんよく》に勝利を目指す意志も、これまでに捧《ささ》げてきた人生の時間も、けっして理紗に比べて劣っていないはずだ。要はシステムの違いにすぎないのだ。

三段リーグは将棋界のボトルネックだが、単に出口が細いだけでなく、ラムネの瓶《びん》のようにガラス玉で塞《ふさ》がっているような気がする。一年間に四人しかプロに昇格させない制度は、将棋界全体のためというより、一部の棋士の既得権益を守るためにあるとしか思えない。トキのように手厚く保護されているのは、弱い棋士たちである。年を取って棋力が衰《おとろ》えるのはしかたがないが、もはや将棋に対して何の情熱も向上心もなく、ただ民間企業の定年くらいまで何とか今の地位にしがみついていたいというおっさんたち。たとえ薄給でも、毎月一局将棋を指すだけで最低限の生活が保障されるのだから、これほど甘い世界もないだろう。もし、三段リーグでしのぎを削っている奨励会員たちが、いっせいにプロ棋界に解き放たれたら、プロの下位三分の一は、まちがいなく淘汰《とうた》されるだろう。

将棋界もまた、上の世代のために若者が割を食っている、一般社会の縮図にすぎないのか。

塚田は、コーヒーを飲み干《ほ》す。舌の上に苦い後味だけが残った。

まだ並べるべき棋譜は残っていたが、ずっと部屋に閉じ籠《こ》もって液晶画面を睨《にら》んでいるのが苦痛になってきた。

長丁場の戦いでは、上手に気分転換をすることも必要になってくる。塚田は、バックパックを肩にかけるとアパートを出た。

今日は授業はなかったが、大学へ向かった。研究室に顔を出すと、根本准教授と大学院生たちが、試験的に開発している将棋のプログラムについての激論を戦わせており、白井航一郎も参加していた。さっそく、塚田も、その輪に入る。

「……ですから、先手《せんて》と後手《ごて》とでは、序盤の戦略的目標が違うんです。一番根本《こんぽん》の部分ですから、それをプログラムに反映させるべきだと思います」

塚田は、持論を展開する。

「でも、結局のところ、どちらも、より良い手を発見して、局面を有利に導《みちび》こうとするわけだろう？　有利な局面の条件は、先手でも後手でも違いはないわけだから」

根本准教授は、納得できないという顔で反論する。

「それが、違うと思うんです。そもそも、正しい手を指していれば有利になるわけじゃありません。有利になるとすれば、相手がまちがえたときだけです」

「そっか。局面の均衡《きんこう》は、好手《こうしゅ》や妙手《みょうしゅ》じゃなくて、悪手によってしか動かないってことだよね？」

白井が、つぶやいた。

「うん。将棋やチェスにおいて、勝着というのはないんだ。あるのは敗着《はいちゃく》だけだよ」

「しかし、それと、先手と後手の目標が違うというのは、どう結びつく？　要するに、どちらも、局面の平衡《パリティ》を崩そうとするわけだろう？　自分の側に有利な方向に」

根本准教授は、身を乗り出した。

「ええ。しかし、局面の平衡《パリティ》と、互角かどうかということは、根本的に違うんですよ」

塚田は、指導教官に対して、講義をしているような気分になってきた。

「先手は、一手早く展開できるために、ゲームの開始時点から、ずっとイニシアチブを握ってます。よく将棋の解説で、序盤から互角の状態が続いているとか言いますけど、厳密にはおかしな話ですね。先手がスタートからの有利さを保って、局面の平衡《パリティ》が保たれていると言うべきでしょう。あるいは、すでに先手番の得が失われて混沌《こんとん》とした状況になっているか、どっちかですね」

「先手番の得かあ……。でも、それって、正しく指せば勝利に直結するくらい大きいの？」

髪をむさ苦しいポニーテイルにした男子大学院生が、質問する。

「そこまでは、わかりません。将棋で、双方が最善手を指した場合、どういう結果になるかは、まだ結論が出ていないんです。考えられるのは、先手必勝、後手必勝、千日手、持将棋《じしょうぎ》の四通りですが、後手必勝はありえないと思いますね」

「うーん……そうか。何となくわかってきたな。先手は、すでにある得を拡大するよう努める。一方、後手は、それを解消しようとするわけなんだね。たしかに、ベクトルが逆なだけじゃなくて、やってることに質的な違いがありそうだ」

根本准教授は、いつもの癖で、腕組みしながら、キーを叩《たた》いているように指先を動かしている。

「チェスには、互角化《イコーライズ》という考え方があります。先手番の白は、テニスのサーブに匹敵する有利さ《エッジ》を持つとされていますから、後手番の黒は、すみやかに先手番の得を無毒化する必要があるんです。将棋でも、後手番なら、まずは互角化《イコーライズ》を目指すべきでしょうね。古い世代の棋士は、後手番でも最初から勝ちに行きますが、これは戦略的には誤っていると思います。とにもかくにも互角化《イコーライズ》することを目標にすべきでしょうし、その結果が千日手なら、むしろ歓迎しなければならないでしょう」

塚田は、将棋について過去に考えてきたことを滔々《とうとう》と語った。奨励会員という肩書きのおかげで、研究者たちも真剣に傾聴してくれる。

その後、研究室でしばらく雑談すると、カフェテリアに向かった。昼食時以外は空《す》いているので、将棋部の部員たちが卓上盤で対局をすることが許されていた。

塚田が現れると、将棋部員たちは歓呼《かんこ》で迎え、我先に指導対局をしてもらおうとする。

神宮大学の将棋部は、強豪というほどではなかったが、関東大学将棋連盟の大会では、そこそこの成績を残していた。塚田は、まず、エース格の学生と対戦すると、短手数でひねり潰《つぶ》した。それからナンバー2《ツー》と3《スリー》を吹っ飛ばし、さらに駒落ちも含めた新入部員たちとの三面指しでも、ことごとく圧勝する。

将棋部員たちは、奨励会三段の鬼のような強さに茫然《ぼうぜん》としていた。塚田は、いつしか、昔のことを思い出していた。

郷里の将棋会所に通《かよ》って、常連の大人たちを次々に負かしたときの栄光を。まだ幼い塚田の棋力に誰もが驚嘆し、将来は名人まちがいなしだろうと褒めそやす。自分でも、そうなると信じて疑わなかった。遅くとも十六、七歳でプロ入りし、スター棋士として華々《はなばな》しく活躍する未来が、すぐ目の前にあるはずだった……。

ふいに目頭《めがしら》が熱くなってくるような感覚に襲われたために、塚田は対局を切り上げ、カフェテリアを後にする。

すでに夕刻になっていた。アパートに帰ろうかと思ったが、『将棋世界』の編集部に用事があったことを思い出し、将棋連盟に寄った。雑誌の付録の『次の一手問題』に、まちがいがないかチェックするアルバイトを引き受けていたのだ。

「一カ所だけ、あきらかに変なところがありました。たぶん図で一歩《いっぷ》が抜けてるんだと思います」

塚田が指摘すると、連盟職員の竹腰則男さんは、大げさに感謝してくれた。

「いやあ、これは、誤植ですね。助かりました」

「あと、五番ですが、次の一手で有利にはなりますけど、後手も遠見《とおみ》の角で受けると、けっこう粘りが利きますよね。打ち場所をなくしといた方が、すっきりするんじゃないですか？」

詰め将棋の余詰《よづ》めの有無などはコンピューターでもわかるが、こうした肌理《きめ》の細かいチェックは、まだ人間にしかできない。

「ああ、そうですね。ありがとう」

竹腰さんは、何度もうなずく。

「塚田君は、最近、けっこう調子いいんじゃないですか？」

竹腰さんは、以前から塚田のことを気にかけてくれていた。

「いやあ、まあまあですよ。この間も、拾い勝ちでしたから」

そこへ顔を覗《のぞ》かせたのは斉藤均七段だった。下半身デブのビール腹で、球根のような体形だが、短い足でよちよちと塚田の方へ近づいてくる。塚田は、見えないように顔をしかめた。斉藤七段は歴代の奨励会幹事の中でもうるさ型で通っており、塚田も、よく苦言を呈されていたからだ。

「塚田君。ちょっと」

しかたなく、そばへ行って小言を聞くことにする。

「どうなの？　毎日、頑張《がんば》ってる？」

「はい。とにかく、将棋漬《づ》けになるようにはしてます」

塚田は、大学に入った直後、生活がやや自堕落《じだらく》になった時期があった。三段リーグで思ったように勝てなかったので現実逃避をしたくなったのだ。河野たち同級生に誘われて麻雀《マージャン》を打つようになったのだが、記憶力と読みの力が常人とは隔絶《かくぜつ》しているためか、面白いように勝てたので、すっかり嵌《はま》ってしまった。そんなとき、斉藤七段に、生活のすべてを将棋一色に塗りつぶすよう、アドバイスを受けたのである。

「将棋漬けねえ……。でも、ちょっと、方向性が違うんじゃないの？」

斉藤七段は、度の強い眼鏡の奥で眉《まゆ》をひそめ、太い首を捻《ひね》るような仕草をする。

「たとえば棋譜並べなんだけど、パソコンでざっと流して見ただけで、わかったような気になってない？」

「それは……」

図星だったので、言葉に詰まった。しかし、新手《しんて》の情報はすぐに仕入れておかないと、それだけで負けてしまうこともある。一局一局に、そんなに悠長に時間をかけていられないのだ。

「まあ、大量の棋譜をチェックするには有効な方法かもしれないけど、やはり、これという棋譜は、手で将棋盤に並べて、実際に対局してるつもりで考えなきゃダメなんだよ」

斉藤七段は、まるで舌打ちしながら喋《しゃべ》っているような湿った口調で言う。

「はい」

言うことはわかるが、なかなか実行は難しい。

「あと、君は、記録係をあんまりやってないよね？　まあ、拘束時間も長いし、アルバイトとしては美味《おい》しくないだろうけど、得るものは大きいはずだよ。どうして進んでやろうとしないのか、僕には理解できないね」

これも、耳に痛い話だった。他人の指す将棋の棋譜を取るというのは、どうにも性《しょう》に合わない。現名人だって、奨励会時代は、ほとんど記録は取っていないはずだと思う。もちろん、そんなことは、口には出せないが。

「将棋漬けって言ってもね、何となく将棋に触れてるだけで安心しちゃってたら、意味ないんだよ。もしかしたら、僕が前にしたアドバイスが逆効果になっちゃってる？」

「いえ……それは、だいじょうぶです」

塚田は殊勝《しゅしょう》に答えたが、腹の中では違うことを考えていた。人間、そんなに四六時中、集中力を維持することはできない。だったら、とにかく将棋に関連することに触れて、将棋の雰囲気に浸っていれば、潜在意識から何かが変わっていくのではないかと思う。

さんざん斉藤七段に絞られてから、将棋会館を出ようとしたときに、今度は、師匠の多胡重國九段と鉢合わせする。今日は、つくづく、いろんな人に会う日らしい。

多胡九段は、細かいことをうるさく聞いたりしないが、塚田のことを案じているのはわかった。師匠とはいえ、実質的には、奨励会に入会する際の身元保証人に過ぎない。塚田はそう思っていたが、こうして本気で弟子のことを心配してくれているのを見ると、励まされる気持ちになる。

大勢の人が、自分を応援してくれている。その人たちを失望させないためにも、もっと頑張らなくては。

戦え。戦い続けろ。塚田は、心の中でつぶやいた。


夜の遊園地には、どこか別世界のような雰囲気が漂《ただよ》っていた。

日中と違って、目に付くのはほとんどがカップルばかりである。塚田たちも例外ではない。塚田と理紗、それに河野暢宏と水村梓の四人で、ダブルデートをしているところなのだ。

おかしなものだと思う。ひととき将棋のことを忘れたくて、こうして遊びに来ているのに、ずっと将棋のことばかり考えている。

「どうしたの？　さっきから、溜《た》め息ばっかりついて」

理紗が、呆《あき》れたような笑顔で言う。

「うん。いや、俺、そんなに溜め息ついてた？」

「一枚目の手形が不渡りになった経営者みたい」

何なんだ、その喩《たと》えは。

「それより、あの二人、案外うまくいってるんじゃないか？」

塚田は、ちょっと離れたところで談笑している梓と河野を指さす。梓は、肩を出したパステルピンクのワンピースという可愛い系のファッションだった。対するに河野は、夜なのにサングラスを額にかけ、だぶだぶのズボンとB系のブルゾンという格好である。どう贔屓目《ひいきめ》に見ても、暴走族かストリート・ギャングにしか見えない。

「うーん、どうかな――。河野くんは優しいから、合わせてくれてるだけかも」

「河野より、奥本でも誘った方がよかったかな？」

　理紗は、答えなかった。

　今晩のダブルデートは、夏ですから夜の遊園地へ行きませんかと、水村梓が発案したものだった。たまたま近くにいた河野に声をかけてみると、すぐに乗り気になったため、実現の運びになったのだが。

「水村さんって、ちょっと、何考えてるのかわからないとこがあるわね」

　理紗が、ぽつりと言う。

「そうかな。……まあ、無邪気っていうか、天然なのかもな」

「うーん。それとは、ちょっと違うような」

　理紗は、小首をかしげた。

　そのとき、けたたましく馬鹿笑いをしながら、高校生くらいのカップルが理紗の横を通り過ぎた。幼い顔に厚化粧を施《ほどこ》した少女が手にしたソフトクリームが、ふんわりしたチュニックを着た理紗の肩に触れる。

「きゃっ」

理紗が驚いて声を発したので、少女はこちらに視線を向けたが、まるで路傍《みちばた》のポストを見るように無表情だった。そのまま、なんのリアクションもせず行き過ぎようとする。

「おい！　ちょっと待てよ！」

塚田は、むっとして叫んだ。カップルが、足を止める。

「人の服を汚しといて、黙って行く気か？」

「なんだよ？」

髪を金髪に染めた少年が、一歩前に出て塚田と向き合った。肩をそびやかしているが、あきらかに動揺しているのが窺《うかが》えた。彼女の手前、しかたなく突っ張っているらしい。

「なんだよじゃねえだろ？　すみませんぐらい言ったらどうだ！」

「裕史。もういいよ。たいしたことないから」

理紗が塚田の袖《そで》を引いたが、塚田は、もう収まらなくなっていた。

「すみません、だ。何度も同じことを言わせるな」

少年の方が5センチほど背が高かったが、塚田の目を見ると、表情に怯《おび》えが走った。ポケットに手を突っ込む。しまった。ナイフでも出すつもりだろうか。ガキを相手に、むきになったのを後悔したが、ここで引き下がるわけにはいかない。

「おーし。それはしまっとけ」

河野が、後ろから、少年の手を押さえた。

「なんだ、てめ……」

最後まで言う前に、河野のローキックが、太腿《ふともも》の後ろに派手な音を立てて炸裂《さくれつ》する。

少年は、苦痛に顔を歪《ゆが》め、太腿を押さえてしゃがみ込んだ。

「人に迷惑かけたら、すぐに謝るのが社会のルールだ。わかったか？」

少年は、河野と塚田を見た。目にはうっすらと涙が浮かんでいる。

「すみません、だ」

塚田は、一歩近づいた。

「すみま……せん」

少年は、目を伏せて、掠《かす》れ声で言う。

「ちょっと、何すんの？　あんたたち、こんな暴力なんかふるって、ただじゃすまないよ！」

諍《いさか》いの原因を作った少女の方が、切れてしまったようだ。完全に逆上している。

「警察、呼ぶからね！　絶対、許さないから！」

その瞬間だった。蹲《うずくま》っていた少年が、突然、びっくり箱の人形のように躍り上がると、ナイフを突き出した。遊園地の照明を受けて、刃が煌《きら》めく。

河野は、すんでのところで、身体を捻ってナイフを避けた。今度は、少年の股間《こかん》に容赦のない蹴《け》りを叩《たた》き込むと、さらに顔面に膝《ひざ》を入れた。少年は、鼻血を出して仰向《あおむ》けに倒れた。河野は、その手からナイフを奪い取る。

そのとき、梓が、長い首を寄せると、少女の耳元で何かを囁《ささや》く。「ただじゃすまないのは……」と「殺人未遂」という言葉だけが聞こえた。

それだけで、少女は完全に硬直してしまった。

「おい、行こうぜ」

河野が、塚田と理紗の背中を押した。振り返ると、少年は茫然《ぼうぜん》と座り込んだままで、少女が啜《すす》り泣く声だけが聞こえる。

「おまえさあ、さっき自分がどんな目つきしてたか、知ってるか？」

塚田の肩に手をかけて、河野が言った。

「目つき？　そりゃ、思いっきり腹を立ててたから、かなり険悪だったろうな」

「そういうレベルじゃねえぞ」

河野は、眉根《まゆね》を寄せて首を振る。

「前から思ってたけどな、おまえの目つきには、俺でさえ、ときどき怖くなることがある」

おまえにだけは言われたくないと思ったが、助けてもらったばかりなので、反論しなかった。

「おまえは、やっぱり根っからの将棋指しなんだろうな。盤上を睨《にら》んでるときの目は、異様に鋭い。視線が錐《きり》みたいに突き刺さるんだ。それは、勝負師としていいことなのかもしれない……。だがな、そのままの視線を、絶対に盤の外には向けるな。そいつは、人間に向けていい視線じゃない」

塚田は黙ってうなずいた。ときどき怖い目になるというのは、理紗にもよく言われる。しかし、河野にまで指摘されるとなると、尋常な様子ではないのだろう。

その後のダブルデートは、何ごともなく、静かに終わった。

塚田の記憶に深く刻み込まれたのは、イルミネーションに彩られたメリーゴーラウンドである。

光の残像をなびかせて回転する木馬。その向こうに見えた理紗の姿は、なぜか、この世のものとは思えなかった。

下巻につづく

本作はフィクションであり、実在の人物、団体等とは一切関係ありません。

図版製作／ワークスプレス株式会社

本書は、二〇一三年九月に祥伝社文庫より
刊行された作品に、修正を加えたものです。

ダークゾーン 上

貴志祐介《きしゆうすけ》

平成29年 12月25日　初版発行
令和6年 12月15日　7版発行

発行者●山下直久

発行●株式会社KADOKAWA
〒102-8177　東京都千代田区富士見2-13-3
電話　0570-002-301（ナビダイヤル）

角川文庫 20688

印刷所●株式会社KADOKAWA
製本所●株式会社KADOKAWA

表紙画●和田三造

◎本書の無断複製（コピー、スキャン、デジタル化等）並びに無断複製物の譲渡および配信は、著作権法上での例外を除き禁じられています。また、本書を代行業者等の第三者に依頼して複製する行為は、たとえ個人や家庭内での利用であっても一切認められておりません。
◎定価はカバーに表示してあります。

●お問い合わせ
https://www.kadokawa.co.jp/（「お問い合わせ」へお進みください）
※内容によっては、お答えできない場合があります。
※サポートは日本国内のみとさせていただきます。
※Japanese text only

©Yusuke Kishi 2011, 2013, 2017　Printed in Japan
ISBN978-4-04-106247-0　C0193

角川文庫発刊に際して

角川源義

第二次世界大戦の敗北は、軍事力の敗北であった以上に、私たちの若い文化力の敗退であった。私たちの文化が戦争に対して如何に無力であり、単なるあだ花に過ぎなかったかを、私たちは身を以て体験し痛感した。西洋近代文化の摂取にとって、明治以後八十年の歳月は決して短かすぎたとは言えない。にもかかわらず、近代文化の伝統を確立し、自由な批判と柔軟な良識に富む文化層として自らを形成することに私たちは失敗して来た。そしてこれは、各層への文化の普及滲透を任務とする出版人の責任でもあった。

一九四五年以来、私たちは再び振出しに戻り、第一歩から踏み出すことを余儀なくされた。これは大きな不幸ではあるが、反面、これまでの混沌・未熟・歪曲の中にあった我が国の文化に秩序と確たる基礎を齎らすためには絶好の機会でもある。角川書店は、このような祖国の文化的危機にあたり、微力をも顧みず再建の礎石たるべき抱負と決意とをもって出発したが、ここに創立以来の念願を果すべく角川文庫を発刊する。これまで刊行されたあらゆる全集叢書文庫類の長所と短所とを検討し、古今東西の不朽の典籍を、良心的編集のもとに、廉価に、そして書架にふさわしい美本として、多くのひとびとに提供しようとする。しかし私たちは徒らに百科全書的な知識のジレッタントを作ることを目的とせず、あくまで祖国の文化に秩序と再建への道を示し、この文庫を角川書店の栄ある事業として、今後永久に継続発展せしめ、学芸と教養との殿堂として大成せんことを期したい。多くの読書子の愛情ある忠言と支持とによって、この希望と抱負とを完遂せしめられんことを願う。

一九四九年五月三日